推理短篇集

岩永琴子的出现

[日] 城平京 著
警部殿 译

虚构

虚構推理短篇集 岩永琴子の出現 城平京

U0889859

北京时代华文书局

千本樱文库

前 言
PREFACE

文库，原本是指收纳书物的仓库和书库，也指收纳书与记事簿，以及不常用物品的小箱子。以前者为例，京浜急行线的“金泽文库站”就是以前镰仓时代北条氏用来收藏汉书用的，“金泽文库”的由来便是如此。东京都的世田谷区也存在着收集着珍贵汉书的“静嘉堂文库”。后者则更多地被称为“手文库”。

江户时代以来，可以放入袖袂的小开本书籍逐渐流行起来，被称为“袖珍本”。明治 36 年（1903 年），富山房发行了小开本的丛书，起名《袖珍名著文库》。随后，明治 44 年（1911 年），讲述战国时代的猿飞佐助和雾隐才藏系列故事的讲谈社“立川文库”发行出版。讲谈是日本民间艺术，以口语化的方式讲述历史故事的形式。而“立川文库”则是将讲谈收录成册集中出版的丛书，据统计当时刊行量为 200 册左右。从那时起，文库就脱离了原本的释意，逐渐演变成了现在的类书集丛。

文库说法借鉴了日本出版业界的传统说法。而千本樱源自日本奈良县吉野山樱花盛开的奇景，世人皆称“一目千本樱”来形容樱花美景。千本樱文库的纳入作品皆为日系作品，题材包括推理、悬疑、幻想、青春、文化等类型，正如千本樱满山盛开的绝景。

现代日本，以“文库”命名刊行的丛书系列有200种以上，所谓“文库本”只不过是统称而已。日本传统的“文库本”常用的是A6尺寸的148mm×105mm，也叫“A6判”。千本樱文库的所有书籍将在“文库本”的基础上提升，达到148mm×210mm的开本标准。追求还原的前提下，力图带给读者更清晰的阅读体验。

从上世纪70年代以来，日系推理小说逐步进入中国读者的视野。随着时代更替，涌现出了各种不同风格的作家。日系推理能够长久不衰的原因之一在于设立的各种新人奖，这些新人奖能为日本文坛输送新鲜血液，不断地创作优秀作品。

《虚构推理》作为城平京的集大成之作，斩获了“本格推理大赏”。随后又改编成了漫画和动画，具有相当高的人气。因此，该系列很快推出了续作《虚构推理短篇集：岩永琴子的出现》。本作收录了五部短篇，其中还有作者城平京亲笔所写的新作短篇。希望各位读者能够尽情感受岩永琴子的魅力。

千本樱文库编辑部

目 录
CONTENTS

短篇集

Short stories

岩永琴子的出现

Appearance of Kotoko Iwanaga

登场人物&事件介绍

岩永琴子

宛如洋娃娃一般的美丽女性。不过，因为其年幼的外貌，经常被人当成中学生。在她十一岁的时候遭遇了神隐案件，以一只右眼和一条左腿为代价与“妖怪”们签订契约，担任起了专门调解“妖怪”们争端、解决相关案件的“智慧之神”，同时也是联系“妖怪”与人类的“巫女”。第一次遇见九郎的时候便一见钟情，并强迫其成为了自己的恋人。

樱川九郎

与琴子就读于同一所大学的研究生。曾在祖母的要求下，吃下了以自身的寿命为代价来预测未来的妖怪“件”、以及永生的“人鱼”，因此拥有了可以决定未来的能力和不死的肉体。在那些妖怪的眼中，九郎反而更像是超越了怪物的恐怖之物，对其抱有畏惧之心。从表面上看来，对于自己的恋人岩永琴子，他一直都采取冷漠的态度，不过这也许是他独特的关心方式吧。

樱川六花

九郎的表姐。和九郎拥有同样能力的女性。因为某种目的，与九郎和岩永目前处于敌对关系。

“钢人七濑”事件

某位写真偶像的怨灵单手持巨大钢筋在街头徘徊的都市传说。为了消灭怨灵，琴子和九郎对大众隐瞒了其死亡的真相，并用自己虚构的推理，使得实际存在的都市传说成为了“虚假的现实”。（详见《虚构推理》，城平京著，北京时代华文书局出版）

虚构推理

短篇集

Short stories

岩永琴子的出现

Appearance of Kotoko Iwanaga

第一篇

山神大蛇之所见闻

“今晚我要去隔壁县内的深山，跟那边的山神大蛇见上一面。”

岩永琴子对着自己的恋人樱川九郎透着口风，想要从他那里得到点回应。九郎则一如往常，没有显露出任何感兴趣的神情。他一边翻弄着手里捧着的书，一边反问起来。

“跟大蛇在深山见面？”

“是的。隔壁城市山脚下的住民现在不断减少，交通也不方便，晚上更是人烟稀少。”

虽说去往隔壁县的电车一小时大约有两趟，从最近的车站步行到山脚下也并非多远的距离，不过山脚周边只有零零散散的民居、田地和果园，要是一个人的话，未免会略显孤单。

“山神也算是个大人物了吧？怎么，又是去调解妖怪之间的纠纷这类麻烦事吗？”

“也并不是这么夸张的事，不过直接见面谈会更方便吧。”

虽说岩永琴子并非妖怪或是怪物，不过因为某些原因，在她年幼的时候，接受了通常被人称为妖怪、怪物、鬼怪、妖物、魔物、幽灵的请求，调解它们之间的纠纷与争吵、解决相关问题。换句话说，她就是这些妖魔鬼怪们的“智慧之神”。当然，时而也被称为联系人类与妖怪的“巫女”。

在与妖怪们定下契约的时候，作为升格神明的证据，琴子被夺取了一只右眼与一条左腿。虽然是单眼单足，但由于她平时都佩戴着义眼和义肢，因此不是在近距离仔细观察的话，几乎能以假乱真，况且高性能的义肢也使得她的日常生活没有任何不便。虽然她平时都拄着一支红色的拐杖，但更多是装饰作用，即使不借助拐杖也可以自由行动。

这天是十月二十五日，时间是周一的下午四点左右。在岩永和九郎一同就读的 H 大学的学生食堂里，二人正坐在角落的餐桌前。岩永还只是本科生，九郎已经是这所大学的研究生了。二人的课程虽然不在一起上，但有空的时候还是可以在大学里见面。这天也是如此，岩永把九郎拽到了食堂，一边让他协助自己完成课堂上要用的报告书，一边把自己今晚的计划向他全盘托出了。

还没到饭点，食堂里也没什么人，岩永他们周围的桌子甚至全都空着，因此他们可以毫无顾忌地谈论跟妖怪相关的话题。

看着在报告纸上奋笔疾书的岩永，九郎这才换上了一副无可奈何的表情。

“岩永，去见见那个山神大蛇也未尝不可，但你虽然是妖怪们的智慧之神，毕竟也没什么特殊能力，不是吗？”

“太失礼了吧。我能够知晓妖怪们的语言，就算是幽灵，我也能够触碰得到——这就是我的特殊能力啦。”

可以与各种各样的妖魔鬼怪进行对话，触摸到能够穿透墙体的幽灵，这些虽然称不上什么了不起的能力，也没什么值得炫耀的，但也没理由被九郎瞧不起吧！

“你也就只有这些能力，不是吗？像是怪力、飞天、使用符咒、引发超常现象等物理或者法术性质的——这些可以在妖怪的暴力下保护自己的能力，你一样也没有呀。你看，电影或是漫画里跟妖怪魔物们打交道的，不都是些武艺高强或身怀异能，靠力量来打倒魔物的吗？那些与你有过交集的妖怪魔物里面，不是也出现过不愿老老实实听话，采取过激行为的类型吗？”

的确，岩永只有与那些妖魔鬼怪们沟通的能力，除此之外也只不过是再普通不过的人类罢了。在遭到对方暴力袭击或是抵抗的时候，可谓束手无策。不过值得庆幸的是，有很多妖怪都愿意协助岩永。借助这些妖怪的力量进行对抗或行动，也就谈不上是难事。此外，在事情变成要用暴力来解决的局面之前及时化解问题，才是岩永的一贯做法。

更何况，在虚构故事里也有同样的例子——被人称为“妖怪猎人”的稗田礼二郎，也是一个没有特殊能力的普通考古学家而已。然而他却凭借自身的博学多识和行动力，解决了很多妖怪之间惊天动地的大型案件。

听着比自己年长几岁的恋人的想法，岩永停下了写字的手，摆出了一副责备的表情。

“使用暴力是野蛮的行为，我是不会这么做的。过去的伟人也这么说过，‘有话好好说’[①]，不是吗？”

“说了这句话的人，紧接着就被人用枪袭击身亡了吧？”

被戳到痛处的岩永赶紧更正。

“还有其他的伟人，还说过‘非暴力不合作’[②]呢！”

“在我印象中，说这句话的人也死于刺杀哦。”

“即便如此！暴力也是不会有好下场的！有一位伟人说过，‘我有一个梦想’[③]。重视秩序，追求和平，对暴力说‘不’——”

“那个人最后也被人用枪暗杀了哦。”

岩永的名人名言连发战术反而使得自己陷入了不利的境地。更何况她列举出的三位伟人都死在刺客的枪口下，看起来很是不吉利。

不过，岩永立刻想到，可以利用自己不利的状况来得到好处。

“如果担心我的安危的话，那就请九郎学长用你的优势来弥补我的不足之处吧！毕竟所有妖魔鬼怪都很怕你，不是吗？”

说起这位樱川九郎，今年二十四岁，若以人类的眼光去看，他是那种浑身散发着有如在草原上吃草的山羊一般慵懒气息的青年。话虽如此，在他尚且年幼的时候，因为某些原因，获得了不死的肉体和怪

---

① 语出犬养毅，日本近代资产阶级政党立宪政友会第六任总裁，后被日本国内激进派枪杀而亡。

② 语出甘地。

③ 语出马丁·路德·金。

异的特殊能力。因此，从某种意义上来说，九郎的肉体已经并非人类。据岩永了解，所有妖魔鬼怪都十分畏惧九郎。如果要挑出一个能够凌驾于妖魔之上的存在，非九郎莫属。

“若是九郎学长能以我男友的身份陪在我身边的话，就根本无需担心妖怪们会实施暴力了吧。来吧，学长快用你的长处来填补我的不足吧！”

“也就是说，你这句话是以我是你男友为前提所提出的吧？”

“难不成，学长想成为我的配偶吗？”

“我并不是想跟你讨论法律上的问题。”

岩永本想开口追问九郎“到底是什么上的问题”，却发现时间已经很晚了。如果再说些没有营养的话题浪费时间，写完报告的时间也会推迟，与山神的会面就要拖到更晚了。

“总之，我今晚要和山神大蛇见面，请学长跟我一起去吧！据我所知，这条大蛇的身躯像龙一样庞大，甚至还有传闻说它吃过人类……”

事实究竟如何尚且不得而知，不过庞大的身躯应该是实情。至少比起岩永那不足一米五的身高和未满四十公斤的体型，大蛇更占了上风才对。今年十九岁的岩永，从外貌和体型上看来，更像是一个年级尚幼的中学生。在巨大的山神面前一定显得更加弱不禁风吧。

让岩永没有想到的是，九郎很干脆地拒绝了她的请求。

“今晚不行。我还想在家细细品尝白天做的猪肉酱汤来着。你就一个人去吧。”

这种生物通常被人称为“蚺蛇”，也有人称之为“大蛇”，也就是所谓的身形巨大的蛇的统称，不过现实中所谓的“大蛇”指的应该就是体型较大的蟒蛇。世界上最大的蟒蛇，身长十多米，有如人类的胳膊这么粗。不过日常生活中也不会提到“大蛇”这种古语中出现的辞藻，更不可能听人说过。

相反，蚺蛇或大蛇，传说和神话故事里通常指的都是那些拥有足以吞食人类的巨大身形，被当成山神或水神一般敬畏的妖怪。有关这类妖怪，类似于“看见有座从未见过的桥出现在河川上，走上桥才发现原来是大蛇的身体”“在山中步行疲劳时看见倒在地上的枯木，靠在上面休息的时候突然动了，这才发现是条大蛇”的都市传说，全日本范围内都曾经出现过。

日本神话里出现过的，被称为“八岐大蛇”的巨大蛇神可谓闻名世界。至于其他出现在神话里的蛇怪——“野槌”①和“海怪蛇”②，说不定有人也曾听说过。至于民间传说里的蚺蛇或大蛇，通常被人形容成“仅仅撞见其样子便会发高烧，并在痛苦中死去”的可怕怪物。

此时，夜晚的深山里，在土地和枯叶所混杂的香味的包围下，这条仅仅存在于民间传说中的巨大蛇妖，正在岩永琴子的面前高高地昂

① 野槌：日本传说中妖怪的一种，外形像是锤子的蛇妖。

② 海怪蛇：日本传说中海上的妖怪，长达数千米，似蛇似鳗。

着巨大的头颅，眼睛里闪烁着奇异的光辉。

大蛇的身体就像是树龄数百年的参天大树一般巨大。就算在它的身体上驾驶一辆小轿车，也能够平稳行驶。若是这条大蛇张开血盆大口，别说是身形娇小的岩永，就连一匹强壮的赛马都能一瞬间全部吞下。从头顶到尾巴的距离更是无从得知——它的身体在树木的缝隙间盘绕，尾巴的末端已然消失在远处的黑夜里。

“公主殿下，为了解决在下的烦恼远道而来，感激不尽！”

虽然大蛇的头部还处于很高的位置，但它已经尽量把头部往下压低，态度看上去很诚恳。

“不，这是我的使命，无需向我道谢。”

大蛇似乎看出了自己有些不开心。面对大蛇的低姿态，岩永连忙反省道。

心情不好的理由，当然不是因为自己特地从隔壁县乘坐电车赶来，还要从山脚下花上二十分钟来爬山——她对于大蛇并无怨言。

妖怪们已经在山脚下为她准备了神舆，由几个浮在空中的火球妖怪一边为她照亮前方道路，一边抬着她爬上了山。因此岩永丝毫没有感受到长途跋涉的疲劳。此处位于海拔较高的山上，此时又是晚上十点多，夜间的冷空气让周围温度变得很低。不过岩永穿着事先准备好的薄外套，头上又戴着贝雷帽，也并未受寒冷所苦。

正在低头俯视着岩永的这条大蛇，正是在 Z 县 M 市西部地区群山中栖息了数百年之久的山神。这一带最具代表性的山名叫“筑奈”，因此这条大蛇也通常被称为“筑奈的山神”。因为其寿命极长，体型也就长得极其庞大。与之体型相符，它拥有强大的力量和智慧，麾下的妖怪也非常多。虽然这里位于深山密林中，连月光都照不进来，不过聚集而来的妖狐们用狐火将周围照亮了，被称为“树木的精灵”的木灵们手里也都提着小灯，站在树上为岩永指引着来去的路。

其他与山神有交情的妖怪们，也都保持着一定距离，在远处饶有兴致地见证着岩永和大蛇的会面。

也就是说，这座聚集了所谓妖怪、怪物、鬼怪、魔物们的深山中，就只有岩永一个人类，与这里的山神近距离见面。更何况正值深秋时节，气候已经变得有些冷了，普通人类绝不可能悠然地留在这座深山中。不过，对于岩永来说，却是再熟悉不过的日常光景。

“据我了解，山神大人您原本在这一带就被人类当成水神供奉吧，如果您有烦恼的话，我本就该在所不辞才对。”

岩永脱下贝雷帽，对着山神鞠了一躬。

妖怪们的智力普遍低下，很多情况下都需要借助作为人类的岩永的智慧。不过这条大蛇通晓人类的语言，是属于妖怪中罕见的具有高智慧的一类吧。想必这附近的妖怪们平时也都需要借助它的智慧。因此，对于眼前的大蛇，岩永也格外注意礼节。

出乎岩永的意料之外，山神充满遗憾地回应道：

“被人类当成水神供奉，那已经是很久之前的事情了。如今这片湖沼旁边的祠堂也已经腐朽衰败，更没人愿意为了祈求降雨奉上供品。

现在的人们就算听说过在下之名，也没人愿意相信了。虽然在下还有一点微不足道的神力和异能，比附近的这些妖魔鬼怪们都要强一点，不过要是称为神明实在是有些自不量力。如今就算有人求雨，在下也已经失去操纵天气的能力，祠堂会被废弃也是理所当然的。”

只不过，就算这位山神大人还拥有降雨的能力，如今向神明祈求降雨的传统也早已废除了。被废除神力的神明们，有时候甚至会被当成妖怪消灭掉。因此，对于这位山神来说，被人忘却、没人相信其存在，反而是最好的结果。

岩永所在的地方，左边便是一片宽广幽暗的湖沼。形状呈椭圆形，直径大概有五十米左右，是一片巨大的湖沼。正值夜晚，虽然看不清楚对岸的情形，不过从狐火光线的可见范围来观察，能够看到湖沼内部浑浊的水；此外，从周围被踩踏的灌木看来，最近有不少人曾到过这里。

根据岩永来之前的调查显示，这片湖沼从前被称为“水神栖息之所”，山脚村庄遭受长期暴晒，气候干旱的时候，村民们会排队向祠堂奉上供品，举行祈求降雨的仪式。过去，大蛇和龙常常被人奉为水中之神，它们一般也都栖息在这样的湖沼湖泊中，保佑着附近人们的风调雨顺。

究其原因，大概是过去附近的村民们曾经目击到大蛇在湖沼中清洗身体、饮用池水，因此才将它当成了水神吧。而这件事最近则又被人提起，因为深山中有这样一片巨大湖沼，因此有人怀疑这里栖息了什么妖怪魔物。这件事甚至被写成了文章发表，眼前的这条大蛇也被冠名为“筑奈湖沼的大蛇”，列入日本怪物传说之一。

仔细想来，这篇文章的作者和编纂者们，也都是根据以前流传下来的大蛇传说进行一定程度的总结整理，想必他们自己也没有想过大蛇是否真的存在吧。事实上，就连附近城市和村庄的居民们，也没有一个人相信大蛇是存在的。更何况这里既是人口稀疏的村庄，又地处深山，还要花上二十分钟从山脚下往山上爬，实在很难让人提起兴趣。

而这条没人相信其存在的“筑奈湖沼的大蛇”，此时就在岩永面前。它紧闭着双眼叹了口气。

“人世间的变化实在是太快，在下不明白的事情也渐渐变多了。于是在下便想借助名声在外的公主殿下的智慧，这才派出了使者请您前来。”

就在十天前，一只木灵跑来拜访岩永，告知她山神大蛇有事情想要请岩永解决。岩永在大致了解事情经过后，自己又做了一番调查，并约在今晚当面提出解决方案。

仅仅从这两位的体型比较，岩永实在显得太过渺小。然而，对于这样的岩永，大蛇却表现出了十足的信赖。

两只狐妖搬来了木墩放在岩永的身边给她当椅子。岩永重新戴上贝雷帽后坐到木墩上，并把手中的拐杖靠在身边。

“这里地处深山，又是大半夜的，在下拿不出什么像样的东西来招待公主殿下。不过若是公主殿下有什么愿望的话，在下倒是可以尽力满足您的。”

山神小心翼翼地对岩永说道。看样子，岩永的心情好坏与否在它的眼中是头等大事。

岩永将背着的旅行包放在脚边，一边拉开包的拉锁一边解释起来。

“没关系的。我心情不好和山神大人您无关，我有些私人的事情……”

“是因为……私事吗？”

“没错，我有一个名叫樱川九郎的男友，他因为想要在家细细品尝自己亲手熬制的猪肉酱汤，所以拒绝陪我一道前来。”

“哦哦，对于那位大人，在下也是久仰大名。”

“独居的男性大白天就在家煮那种东西也就罢了，吃饭的优先级居然还超过了正牌女友的请求——真是让人火大！”

“大概是因为他很信任公主殿下吧，所以才能放心让您一个人来。”

“不，在临出门前他还说了些不信任我的话来着。甚至还说了我要见的说不定是一只吃人的大蛇什么的！”

“这怎么会！就是再给在下一个胆子，也不敢吃公主殿下啊！而且人类通常都会穿着布匹绸缎，身上还带着金属制品，一点都不好吃——”

“看来您还是吃过呀。”

“在下毕竟活了很长时间，所以难免有过几次……过去山脚下那边的村民们都称在下为‘吃人的大蛇’。他们为了祈求降雨，就曾经奉上过活祭。尽管如此，人类并非是如此美味的，尤其是近来更是可能惹祸上身，因此在下都尽量避免。”

如果有人上山之后行踪不明的话，很可能会有搜索队或猎户成群结队地上山搜寻。对于以山为栖息地的山神和其他的妖怪们来说，是一件很头疼的事情吧。

“还是先说说我的事吧——他是怎么放心让可爱的女朋友深夜一个人去偏远乡村的深山里见大蛇的！”

事实上，岩永在出发前也曾这样逼问过九郎，结果只得到了“深夜里跑进深山去见大蛇的女朋友哪里可爱了？”这样的回答。

“让您深夜前来深表歉意。近来，白天这边的人很多，能跟公主殿下见面的时间只有在日落以后……”

这位谨慎的山神在听到岩永的抱怨后，显得更加畏畏缩缩。不过，虽然岩永自称是“一个人”前来的，她周围可一直跟着一群把她当成智慧之神崇拜的妖怪们，说是“一个人”并不准确。

“虽说如此，九郎学长多少也有些过意不去吧，所以才把热猪肉酱汤倒了些在保温杯里，还给我做了饭团，让我带在身上当晚饭来吃。”

岩永从旅行包中取出不锈钢材质的保温杯和装着饭团的饭盒，整齐地放在一旁，接着掏出了用来装猪肉酱汤的小碗和筷子——这些也都是九郎在出发前硬塞给她的。

山神看着眼前的景象，更加不可思议地歪着头。

“既然都让你带猪肉酱汤了，九郎殿下为什么不陪您过来一起吃呢？”

“应该是可以的，没错吧——我在过来的电车里也突然意识到了。”

所以岩永才不开心。九郎虽然是自己的恋人，两人交往时间也不算短，可不知为何，他总是不够温柔浪漫。

岩永打开保温杯，把猪肉酱汤倒进了碗中。杯子的保温效果看似相当出色，味噌的香味立刻就扩散开来。紧接着，她打开了饭盒的盖子，用筷子夹起一个饭团，这才抬起头看向了山神。

“我们来说说正事吧！您的烦恼是在这片湖沼下面发现了被人杀害的尸体吧。”

岩永右手握着筷子，望向旁边安静到令人毛骨悚然的湖沼。

山神大蛇也侧过头部。仅仅一个动作就卷起了一阵风，吹散了酱汤的热气。

“是的，那位女性为什么要特地前来这片湖沼丢弃尸体，在下一直都挂念在心，始终无法释怀。希望您能够给出一个在下能够接受的解释。”

山神的烦恼竟然与人类的杀人案件有关。

大约在一个月以前的九月二十六日，那天是周日，下午两点左右。

前往筑奈山中采集蘑菇的当地农户们，发现湖沼的水面上漂浮着一具男性的尸体。虽然地处深山，但好在手机有信号，他们就立刻报了警。案件也马上在全市引起了骚动。

刚发现尸体的时候，人们都以为是登山的男子不小心落入湖沼溺水而亡，但在仔细查看后却发现男子穿着西装，并且系着领带，实在不像是一名登山者该有的打扮。在将尸体从湖沼中打捞上来进一步检查后发现，死者的胸口有一处被锐利的刀刃刺入过的伤痕。于是警方立刻断定这是一起杀人案件。在后续的调查中，警方判断男子被某人搬运进了筑奈的深山中，并将尸体抛进湖沼。

“一般情况下，特地跑来这种深山里抛尸，无非就是为了隐藏尸体，或者推迟尸体被发现的时间，不是吗？”

就算偶尔有登山爱好者出没，只要把尸体掩埋在深山里，基本上不会被发现，警方也就不可能立案调查。即使发现了尸体的存在，只要拖延得足够久，尸体会自然腐化，脸型等特征就难以分辨，死者身份自然就难以判断——对于凶手来说，这无疑是最好的选择。岩永身边的这片湖泊，水深足有四十米左右，湖底也有很厚的淤泥，只要在尸体身上绑上重物沉下湖底，想必发现尸体会很难发现。

虽然湖沼的附近有登山道，有些人们也会趁着时节来山里采摘蘑菇和野菜。不过，毕竟此处是距山脚有二十分钟左右路程的高处，当地人都不经常来的。

不过，从结果上讲，死者被抛进湖沼后仅仅几天后就被人发现，虽然手机和身份证等随身物品并不齐全，但警方还是很快就知道了死者的身份。死者名叫吉原纮男，男性，今年三十五岁，D县某大型建筑公司的部长。

嫌犯的身份也很快就被锁定。十月九日，警方逮捕了名叫谷尾葵的三十岁女性。随后便清楚了嫌犯的杀人动机。谷尾小姐对于自己的罪行供认不讳。虽然在案情上还有尚未搞清楚的疑点，不过警方目前主要的搜查方向已经转变为巩固证据的阶段。因此，这起案件说是已经侦破也不为过。按道理来讲，这本不是一个会让山神烦恼的案件才对。

大蛇伸出了前端分岔的细长信子，在空中吐动着。接着向岩永反驳起来。

“非也，非也。在这起案件里，凶手在此处抛尸并非是为了隐藏尸体。在下那天碰巧目击到了那位女性在湖沼抛尸。在下还记得，那天深夜，在下突然感觉到有人类的气息进入深山，来到附近。于是就攀上枝头，在树叶间偷偷地观察起来，想知道此人有何贵干。”

即使是不见五指的深夜，在山神的眼睛里也如同白昼一般，周遭的事物都能够看得一清二楚。妖怪们抬着岩永上山的时候，山神的双眼在黑暗之中也能放射出探照灯一样的光芒。这起案件的犯人也绝对想不到，有一条大蛇在距离自己很近的地方目睹了抛尸的全过程吧。

“前来抛尸的人，就是那位作为疑犯被逮捕的女性吧。”

“正是。尸体被发现后，不仅是警方疲于奔命、市民引发骚动，就连这座山中的妖怪们都议论纷纷。有天，狐妖们带着人类的报纸来汇报情况，在下从上面得知了，之前目击到的女性被逮捕的消息。”

也就是说，警方逮捕的正是真凶本人。

大蛇继续说了起来。

“竟然在作为饮水源的湖沼内随意抛尸，这件事虽然让在下一度非常恼火，不过这片湖沼毕竟也曾有过野兽的尸骸，人类也曾在这里倾倒过垃圾。因此在下会定期让山中的妖怪们帮我清理打扫。然而，关于抛尸的事情，在下还是始终无法释怀。首先，如果想要推迟尸体发现的时间，一般会在尸体上绑上重物，将其沉入池底。不过那位女性并没有这么做，而是直接将尸体丢进了湖沼里。”

所以，尸体才会漂浮在湖沼水面，很快就被人发现。

“更重要的是，那位女性在抛尸的时候，自言自语的内容，在下可是听得一清二楚。”

大蛇将听到的话原原本本地复述了出来。

“‘如果能早点发现就好了——’。”

对于前来抛尸的女性来说，这句话只不过是她小声的嘀咕，就算是站在她身边的人也不一定能够听得清楚。如果不是当时藏在她十多米开外地方、拥有异能的大蛇，任何人都听不到、更不会在意那句自言自语。

“那位女性将尸体搬到这种人迹罕至的地方抛尸，同时却希望尸体能够被早点发现——如果希望尸体早点被人发现的话，就不需费这么大劲搬到深山里，随便丢到山脚下的路上就行了，不是吗？比起在这种人迹罕至的地方，抛尸在山路上不是更容易被人发现吗？虽说山路蜿蜒向上，有的地方能够俯瞰到整片的湖沼，但湖沼的湖面会形成一处天然的死角，仅仅是路过湖沼周边是很难发现尸体的。就算是这个季节有人会来深山里采蘑菇，但选择这种地方抛尸，在下还是无法理解。”

大蛇的考虑的确合乎情理。岩永一边喝着尚有温度的猪肉酱汤，一边借助着妖怪们的“鬼火”的光线，观察起湖沼和附近的情况。因为湖沼的湖面比山路地势低，因此，有些地方不走近观察是很难看清楚的。

至于岩永手中的猪肉酱汤，虽然里面的萝卜、胡萝卜和牛蒡切得很厚，但又恰到好处的入味。九郎一定是在白天就早早做好，然后又煮了不短时间吧。虽说如此，在一条大蛇的近距离注视下独享美食，这种感觉终归是不好受的——岩永禁不住又有些生气。

虽然心里有诸多抱怨，但眼前的事情还是耽误不得。

“这么说，犯人作出了不合常理的行为呀。”

大蛇点点头表示同意。

“的确如此。在下百思不得其解。仅凭人类的脚力，从山脚步行至此已非易事，更不用说是搬运一个成年男子。虽说犯人在人类女性中也算是身材比较高大的那一类，但想必也不是一件轻松的事吧。那么她又为何要特地在这片湖沼里仍尸体呢？”

“的确，那时正处深夜，如果没有某种理由，通常也不会选择在这里抛尸吧。根据女犯人的供述，她用的是过去被称为“猫车”[1]，就是那种工地里经常用到的运送混凝土的独轮手推车来搬运尸体的。一个人推着独轮手推车，里面还装着死人，别说是深夜的山路了，就算是大白天推着，走在平坦的公路上都够呛。”

“是啊，女性推动装有尸体的车，还得携带照明设备，居然能抵达这么深的地方。”

大蛇所目击到的场景和犯人的供述完全一致。

岩永用筷子夹起了一个饭团。

“虽然山神大人的疑惑合情合理，不过警方也察觉到疑点，并再次审讯了犯人吧。为什么要特地在这片湖沼抛尸——在尸体被发现时，身上并没有被绑上重物，因此犯人并没有想要沉尸湖底的打算。警方关于这点对犯人进行追问也是理所应当的。”

警方查案也很细致。就算得到了疑犯的供述，掌握了一定的证据，但一旦发现了与事实相违背的疑点，还是会逐一确认。这些容易疏忽的疑点，很可能会成为将来法庭审判上对检察官一方不利的证据。

岩永对大蛇复述了警方再次审问时，犯人所作出的回答。

“犯人谷尾葵是如此作答的——‘我听说那片湖沼中栖息着会吃人的大蛇，只要把尸体丢进去，想必大蛇会将其吃掉吧。’”

---

① 猫车，日本传说中的妖怪，又叫火车（かしゃ）。将罪人送到地狱的就是所谓的猫车，据说是在葬礼运送尸体的过程中刮起大风雨、打开棺盖把死者尸体夺走的妖怪。形像为猫，故称猫车。

大蛇伸出信子，左右摆动。

这份供述同样上了新闻，因为犯人抛尸的理由过于违反常识，因此也引发了一时骚动。犯下杀人罪行的人竟然妄图通过传说的怪物来处理尸体，这种观点让人们觉得怪诞又恐怖。

“当地依然流传着水神大蛇栖息在这片湖沼的传说，这段故事甚至还上过电视。犯下杀人罪行的犯人急于处理眼前的尸体，于是在极度慌乱的状态下，想到了这么一个荒唐的点子。犯人谷尾葵在小的时候，曾在某处见过山神您的样子也说不定。她一定也曾听过山神吃人的传闻吧，便死马当活马医，把尸体搬到了您这里。”

在听过犯人的答案之后，警方并没有恍然大悟般的轻松。毕竟，没人会相信传说中的吃人大蛇真的存在。只不过，犯人谷尾葵在回答的时候态度很认真，不像是在说谎，因此警方也在对其进行精神状况的鉴定。这些都是在进行刑事诉讼的时候所必要的程序。

关于凶手奇怪的抛尸动机，虽然曾一度引发了大街小巷的讨论，但热潮很快就消退，如今已经几乎看不到案件相关的报导了。毕竟每天都在发生各种大小事件，即便是有些疑点的案件，在犯人逮捕供述之后，也就相当于圆满解决了，也就不值得再花费篇幅去写一篇新的报导。

“可不是这么一回事！我觉得犯人的目的还是为了隐藏尸体。只不过，他选择的并非是掩埋或是沉尸湖底，而是想要将其作为祭品，献给山神大人罢了。”

大蛇用低沉的声音问道。

“那么，那位女性在抛尸时候的自言自语又是怎么一回事呢？”

“谷尾葵那段自言自语的意思，并非是‘我虽然在这片深山里抛尸，但还是希望有人赶紧发现’，而是希望您这位山神‘早点发现就好了’才对。她认为山神大人您一旦发现尸体，就会将其吃掉，这样也就达到了隐藏尸体的目的。”

这样一来，大蛇所听之语也就合乎逻辑了。岩永可谓不费吹灰之力就解决了山神的烦恼。

然而，大蛇此时却严肃地反驳起来。

“此言差矣。在下也曾看过新闻，上面清楚地写着犯人女性的供述。然而如此一来便不合乎情理了。即使如她所料，在下发现了尸体的存在，但也并非一定会吃下。那位女性所期待的应是在下吃掉尸体——也就是我将尸体处理。因此，那位女性在抛尸的时候，应该自言自语的内容是‘要是能够顺利吃掉就好了’才对。她最大的愿望并非是尸体被在下发现，而是被在下吃掉。”

果然，大蛇并不能接受岩永的推理。虽然这是一条巨大到不合情理、还精通人言的蛇，其思考却意外具有逻辑性。而且，与那副巨大的身体正相反，它总是能注意到最不起眼的细节，该说是细致还是神经质呢？正因如此，才会对人类女性无意间的自言自语十分在意，乃至于无法释怀吧。

大蛇吐着细长的信子，继续细致地解释着。

“因此，也就产生了新的疑问。那位女性为何要对警方说出虚假的供词呢？”

“想必是为了隐瞒抛尸的真正理由吧。”

岩永的随声附和却让大蛇激动起来，身上硕大的鳞片仿佛蠢蠢欲动。

“正是如此，所以请您给出一个在下能够接受的理由。”

对于警方的调查内容的第一手资料，岩永是没法弄到手的。虽说过去在机缘巧合之下，有位旧相识曾介入某个案件的调查，自己也弄到过警方的调查资料，但运气并非一直站在她这边。虽说可以拜托栖息在大街小巷的妖怪和幽灵们到处打探，曾经还弄到过警方都未曾掌握到的事实，但这种事情毕竟也有诸多限制。至少在眼前的案件中，她所能够借助的信息来源就只有报纸和电视报导，甚至是八卦周刊的小道消息。

因此，大蛇想要得知的，其实就是犯人抛尸时的心理活动。就算再怎么罗列物证，恐怕也难以得出一个合理的解释。事情的真相更是只有犯人一人知晓。虽说如此，如果岩永不能针对犯人行动的理由，给出一个能令大蛇接受的解释的话，就要给她“智慧之神”的名号抹黑了。

看来今晚很长呀——岩永将碗中的猪肉汤一饮而尽，心里说。九郎在临行之前让自己带了宵夜看来是对的，不过他没有陪着自己一起过来，则是大错而特错。她将手中的碗筷放下，从包中拿出在车站孤零零的自动贩卖机中买来的茶饮料，拧开瓶盖。

“首先整理一下整个案情吧。毕竟山神大人您也博学多闻，如果关于案件产生什么分歧就不太好了。”

整个案件的开端是在五年前——

五年前，住在D县的谷尾葵有一位名叫町井义和的恋人，他却被人发现死在了另一位女性的公寓里。而那位同他一样死去的女性，谷尾葵并不认识。从两人的遗体被发现时的状况判断，应该是殉情而死的。也就是说，他与谷尾葵交往的同时，町井还在与其他女性交往。

虽然尚未弄清楚殉情的主导者是谁，警方的调查行动就结束了，不过当时町井在某大型建筑公司担任会计，而警方在后续的调查中发现了他通过操纵公司账户，盗用巨额公款的事实，并且近期就要从会计部门调离到其他岗位。想必是有关部门的审查迫在眉睫，觉得隐瞒不下去的町井心灰意冷后劝说那名女性与他一同自杀——这在当时是最有说服力的解释。

谷尾葵当时在D县独居，从事医疗相关的职业，不过在发生了这种事情后便回到了位于Z县M市的老家。在那之后两年之间，除了家人以外谁都不见，一直待在家中。恋人背着自己脚踏两条船已经是巨大的打击，更不用说还做出了犯罪行为，并携情人一同自杀，想必舆论的压力和周围的议论纷纷让她不堪重负，才不愿意与外界接触吧。

她的老家就住在筑奈山脚下，是一间独栋住宅。父母都在政府工作，平时也顺便照看家里的田地。屋子的后面就是筑奈山，周围也没有什么住民，因此，她是可以在不被人注意到的情况下出入深山的。

在那之后，谷尾葵在M市内医疗机构找了份工作，也渐渐与邻居们有所接触，生活也稳定了下来。父母在一年前相继因病去世以后，谷尾葵就一直在老家独居。因为父母曾经做过农活，因此家中有一辆用来运送沙土的独轮手推车。

接着，按照谷尾葵本人的叙述，在今年的九月二十四日，周五晚上七点半左右，死者吉原纮男造访了她的住所。

吉原纮男和町井在同一家公司工作，比町井年长不少，谷尾葵对他也有印象。接下来，谷尾葵便从吉原口中得知了，五年前町井的案件实际上是吉原的计划，而盗用公款的也并非自己的恋人，而是眼前的吉原纮男。吉原当时为了让町井顶罪，将他和情人一同杀害，并伪装成了自杀的样子。而且，町井当时虽然脚踏两条船，不过正考虑同谷尾葵结婚，并且与情人分手，于是正准备以此为契机告发吉原盗用公款的不正当行为。

在此之前，町井虽然知晓吉原纮男的不正当行为，不过一来吉原是自己的前辈，二来自己脚踏两条船的小辫子也攥在吉原的手上，以至于一直没法做出行动。因此，为了清算自己的过去，才下定决心告发前辈。

吉原纮男的计划非常顺利，拜此所赐逃脱了盗用公款的罪责，而且还跟事业上能够帮助自己的女性结了婚，甚至有了孩子。前途更是一片大好。

然而好景不长，今年开始，吉原在公司中恶评不断，妻子更是遭遇不幸，在事故中丧生；雪上加霜的是自己还在体检的时候被发现内脏中有几块可疑的黑影，复检的结果则毫无变化，需要进行更加详细的检查——连续的不幸降临在他的身上。

在吉原纮男心中，这种负面的连锁正是自己“五年前罪行的报应循环”。因此，为了忏悔自己的罪行，才跑到谷尾葵的老家。现在对她坦白一切，仿佛就可以逃离命运的报复，起码能够让自己活得更长一些。

“犯人谷尾葵的供述便是以上这些。事实上，被害者吉原纮男的同僚也表示，最近曾见到过吉原面色惨白地自言自语‘必须要为五年前的事情道歉’；事实证明，被害者也的确联系过町井的家人。根据町井最小的弟弟的证词，吉原纮男曾经在电话联系过他，想要‘谈一谈五年前的事情’。不过当时因为他工作太忙而没能细说，吉原纮男便先去造访了谷尾葵的老家。”

岩永把从周刊杂志和新闻里得到的案件相关信息加以整理，复述给了大蛇。警方发表的正式说明虽然要更简略，不过大体上是一致的。

听到吉原纮男的忏悔后，谷尾葵陷入了极度的震惊。回过神来，发现自己手中握有厨房的菜刀，而吉原已经被刺身亡了。谷尾在此后拿走了吉原携带的手机和钱包等随身物品，将尸体搬上手推车，前往深山进行抛尸。那时是在晚上十点以后。虽说是深夜，不过她曾经来过深山数次，也有照明用的设备，因此她觉得自己一个人行得通。

在犯人谷尾葵的供述中，死者吉原虽然是男性，但体型上本就和自己相差不多，再加上最近连续遭遇到不幸，消瘦很多，身体也不算重，因此一个人搬运尸体比想象中要轻松许多。

根据谷尾葵的供述，她于九月二十四日的深夜，将吉原纮男的尸体抛弃在深山的湖沼里。翌日是二十五日，周六，因为上午一直有降雨，一整天都没有人进入过山中。不过在放晴的第二天，也就是二十六日，尸体便被登山者发现了。

在谷尾葵的计划中，尸体被巨大的蛇怪所吞食，没有人能够发现尸体的存在，仅仅是外县的某位公司职员行踪不明，警方根本不可能会立案调查。之所以要取走尸体身上的手机和其他随身物品，据谷尾的供述，是因为有手机等杂物存在的话，大蛇会不愿吞食尸体。仅仅穿着衣服的话大蛇便能够下咽了。

被害者的身份在发现尸体的第二天就查明了。虽然尸体身上没有手机和证明身份的东西，不过在他口袋里发现了一枚公司的徽章。调查徽章上的设计，立刻就查出了被害者所在的公司。再加上尸体浸泡在湖沼浑浊的水里，因此腐败并不严重，根据公司的相关人士的指认，很快就确认了被害者的身份。

紧接着，根据公司同僚的证词，被害者最近因为“五年前”的事情患了病，于是公司内曾经发生的盗用公款案件也浮出水面。接下来，警方便了解到，五年前案件中死者那边的相关人员正好住在发现尸体的深山脚下。

被害者吉原纮男于二十四日乘坐电车前往最近的车站，并徒步造访犯人谷尾葵的家中。这里地处乡下，在傍晚时分见到陌生男子从车站下车，车站工作人员和几位居民都有印象。能够在不被人察觉的情况下将尸体搬运到深山，有这种条件的居民本身就少，即使还没发现与五年前案件有所关联，谷尾葵便已经被警方纳入了疑犯行列。

在得知警方掌握了五年前恋人死亡案件后，起初沉默不语谷尾葵终于承认了自己的罪行，并详细地叙述了案发时的情形。

五年前的町井案件的真相虽然尚且不明，不过根据吉原纮男的言行举止以及吉原家中留下的笔记，能够得知他的确与五年前的案件有着莫大的关系。如果不是这样的话，那么吉原不会毫无理由地造访谷尾葵的家中。在吉原的手机里，也保留着和谷尾的通话记录。至于通话的内容，则是询问犯人二十四日去拜访她是否方便的简短联络。

警方并未发现凶器和被害者的手机、钱包等随身物品。根据谷尾葵的证词，死者的身份证已经被她裁成小块并在自家的庭院里烧毁了。至于凶器和其他的随身物品，则是在湖沼抛尸后，同样丢进了水中。

“这阵子警察一直在湖沼里打捞，就是要找被丢进这里的凶器什么的吧。”

听了岩永的叙述，大蛇终于明白这些日子警方一直在山中搜寻的理由了。

“现场在深山里的话，搜查人员仅仅是携带工具到这里就很不容易了。再加上湖底有很厚的淤泥，想必打捞工作一直没什么进展吧。”

看来，仅凭犯人谷尾葵的“想让大蛇吃掉尸体”的荒唐供词，并不能被警方接受，他们需要更加确切的物证才能提出指控。

“山神大人，除了尸体以外，犯人谷尾葵还丢了什么东西进湖沼里了吗？”

“在下好像看见了她丢了什么东西进去……”

大蛇的回答有些含糊不清。它当时的注意力都被抛尸吸引了，并未留意到犯人的其他小动作，因此也没法断定。

岩永喝了一大口茶后，便重新拧上瓶盖，将饮料瓶放在一边。她拿过空碗来，将保温杯里剩下的、还冒着热气的酱汤一口气倒进了碗里。

“我能够得到的案件相关信息就只有这么多了，有些地方则需要通过猜想来补充。不过，犯人抛尸湖沼的理由，想必十分单纯吧。”

岩永取过筷子，一边准备饮用酱汤，一边从容地说道。

大蛇则一脸怀疑地望着她。

“很单纯，是吗？”

“正是。一般在这种情况下，理由都是相同的——包庇真凶。”

对于尸体的处理不到位，自己也没有躲藏或逃跑，而是轻易被警方抓住了。不过在供述中存在明显不合理的，像是谎言的地方，这个时候首先考虑的就是包庇真凶的可能性。

“警方似乎也曾经考虑过这种可能性吧——是否有真凶或是共犯？深夜，女性一个人搬运男性尸体前往深山抛尸，看起来非常不自然。谁都会怀疑，繁重的体力活是有人代替她做的。”

岩永嚼着猪肉说道。

“目前尚未发现凶器的事实，也从另一方面印证了这种推测。如果凶器是和尸体一起丢进湖沼的话，那么就能在尸体附近找到凶器。警方刚开始也是遵从着这种推测进行搜寻的。不过，看样子到现在为止依旧一无所获。这样一来，凶器就很可能并非是谷尾家中的菜刀，而是真凶的私人物品。如果发现凶器的话，就能够立刻锁定真凶的身份——比方说是某个人的遗物或是限定发售的商品。因此，真正的凶器很可能并没有被丢进湖沼里。”

看起来大蛇并未考虑过这种可能性。听着岩永的解释，它用力地点了点头。

“虽说如此，不过事实上，那名被逮捕的女性的确是以一人之力来抛尸的，那时候在下也并未察觉到其他人类的气息。虽然在下并不确定她是否把凶器一并丢进湖中，不过对于您包庇真凶的推测，在下还是很难接受。”

仿佛是察觉岩永推测中的矛盾一般，大蛇不自觉地提高声音。

“不，公主殿下。这种推测从根本上就说不通呀！如果那名女性想要包庇共犯或真凶的话，就更不必来这种地方抛尸了。不仅如此，正因为女性不太可能一个人搬运尸体来这种地方，反而让人产生‘真凶另有其人’的联想。这不是本末倒置吗？如果想要包庇真凶的话，完全可以不用如此费力，直接向警方投案自首不就行了吗？”

大蛇注意到自己推测中的矛盾，也在岩永的计算中。

“并非如此。谷尾葵来这里抛尸，有其必然的理由和好处。就算被人怀疑存在共犯，不过因为自己亲自来抛尸，反过来可以将此人从嫌犯名单中排除——她想要包庇的真凶或共犯便是这种人。”

妖狐的鬼火闪烁摇曳着。岩永在火光的照射下，抬起头望向大蛇，露出了一丝微笑。

“谷尾葵之前接到过死者的电话联络，知道他会来拜访。对方是跟自己不愿回忆的过去有联系的人，更何况还来告知自己五年前的事情。她也隐隐感觉到会有什么不好的事情发生吧。面对这样的人，一般女性会愿意一个人面对吗？难道不是会事先联络其他相关人士吗？”

“话虽如此，可……”

“因此在与被害人见面的时候，说不定她还事先叫了其他案件的相关人士来到家中。接着，在场的那位案件相关人士在冲动之下杀死了被害者。谷尾葵考虑到自己窝在这种乡下，如今更是双亲都去世，也没什么活着的价值了；而犯下罪行的真凶则拥有大好的将来，因此她决定包庇真凶。”

岩永的推测合情合理，因此大蛇并未提出反对意见。不过它心中总隐约感觉到，在岩永的推理某处，还存在着巨大的漏洞。

“她先让驱车前来的真凶回去，接着将尸体装进手推车，搬运到深山并抛尸于湖沼里。之所以这样做，理由有三。第一，是为了尽可能地消除真凶所留下的证据。在真凶的行凶过程中，很可能在被害者身上某处留下了自己的头发、皮肤或指纹等证据。如果直接将尸体交给警方的话，很可能在尸检中发现与真凶相关的证据。因此她选择将尸体长时间浸泡在浑浊的湖水中，尽可能销毁与真凶留下的痕迹。因此才会选择抛尸在片湖沼。”

岩永用筷子搅拌着碗里的酱汤，继续说了下去。

“第二，是为了给真凶制造不在场证明。警方也会考虑到，女性独自深夜前往深山抛尸的行为很不自然。不过此时谷尾葵早就让真凶回家了。在她搬运尸体前往深山的过程中，真凶有足够的时间在其他地方制造不在场证明。”

“不在场证明？”

“就是在凶案发生的时候，当事人不在现场的证明。就是山神大人您刚刚提到的‘抛尸湖沼会让人怀疑有共犯’的反向思考。正因为凶手很难一个人搬运尸体到湖沼，才让人怀疑有共犯。反之，当时无法搬运尸体到湖沼的人，就不可能是共犯！也就是说，她的目的就是要将没有参与抛尸的真凶排除在疑犯的范围之外。再加上，如果警方认为谷尾葵是独自一人将尸体搬运到湖沼的话，就更不会怀疑她有共犯了。为了包庇真凶，她可谓做足了工作。”

大蛇一时间无法反驳。虽然在岩永至今为止的推理中并未发现什么矛盾，不过，想到自己最为关心的地方，还是开口说出了自己的疑惑。

尖锐的牙齿在夜色中泛着白光。

“那么，那位女性在抛尸的时候，为何会自言自语‘如果能早点发现就好了’呢？根据公主殿下您的说法，尸体在任何时候被发现都是无所谓的，不是吗？虽然目的是为了制造真凶的不在场证明，如果无法推测出准确的死亡时间，不在场证明的存在也就失去意义了。最多只能推测出被害者造访那位女性家中的时间。因此，能够行凶的时间也缩小，抛尸的时间段也被限制了。”

“哎呀，您可真是爱刨根问底啊。”

“非常抱歉，在下性格便是如此。即便那位女性有当成真凶被逮捕的觉悟，也并不一定需要尸体立刻被人发现吧？至少她不需要像是祷告那样自言自语。那么，这就和在下亲耳听到的事实不符了。”

当然，岩永已经准备好了反击的利刃。

“所以说，山神大人，这便是她的第三个理由。谷尾葵想要尽可能地消除真凶存在过的痕迹。在自己家的话，只要花时间把所有角落都打扫一遍，即便忙到后半夜，想必也能够达到目的。但是在家门以外呢？说不定真凶还在别的某处留下了什么证据也说不定。像是凶手驾驶的汽车所留下的车胎痕迹、下意识接触过的什么地方，这些说不定都能成为关键的证据。”

岩永一边解释着，一边举起了手中的木碗。

“因此，谷尾葵为了尽可能地消除那些痕迹，才将尸体丢进山神大人的湖沼中。”

看样子，大蛇并不能理解岩永这句话里的逻辑。在短暂的沉默后，它充满怀疑提出了自己的疑问。

“这到底是什么意思？”

“她这么做，正是希望能够尽快降雨！山神大人在当地被称为水神，曾经也有人来您这里献上祭品，祈求降雨吧。只要能够下一场大雨，不管是车胎的痕迹也好，指纹也罢，都能够顺着雨水消失得无影无踪了。”

面对岩永如此异想天开却又说得通的推测，山神大蛇再次因为震惊而张开了血盆大口。岩永此时提出的观点正如同谷尾葵在供述中所提到的理由那样，既怪诞又充满超自然的意味，也难怪能让大蛇哑然。

正因为谷尾葵曾经听说过大蛇的传说，那么自然也就听说过过去人们向其祈求降雨的传说。

大蛇努力地保持着威严的语气，好让自己的声音显得不那么慌乱。

“请稍等，在下被人称为水神毕竟是很久以前的事情了，而且在下也并没能做出什么实际上的贡献。首先来说，将尸体丢进湖泊只会让在下更愤怒，这跟献上祈祷的行为完全相反吧！不管怎么样，随意将人类尸体丢入湖泊，是没法成为‘为了祈求降雨而献上祭品’的。”

岩永毕竟被称为智慧之神，对于祈祷之类的祭典职事，比起眼前这位大蛇可是要丰富得多。

“祈求降雨的方法，自古以来大体上分为两种。一种是对水神表示崇敬，讨其欢心而使得水神听到人们祈求降雨的愿望。这是相对正面的方法。相对地，另一种方法则是惹怒水神，使其因为愤怒而降下大雨。”

“啊，这么说来，在下也曾经听说过此类故事！”

能够观赏到这位过去被人尊崇为水神的大蛇露出如此惊讶的反应，也不失为一种奇妙的体验。

“各地所传承的激怒水神的例子其实数不胜数。过去人们曾往水神栖息的瀑布下的深潭或水池中投入蛇类所厌恶的食物或金属制品，因为污染了水神的栖息地，因此会惹得水神立刻降下暴雨——在这种祈求降雨的仪式里，会向水池或沟渠里丢入动物的尸体。”

没有降雨就意味着农作物没有收成，这是关乎农户生死存亡的大问题。不过一旦降雨过多，农作物也无法存活。雨水是可以滋润作物和毁灭生灵的双刃剑。因此，根据不同的场合，人们会选择取悦于水神或是激怒水神的方式来祈求降雨。

“正因传闻中人们即便取悦这片湖沼的水神，却依然不见降雨，谷尾葵便反向思考，如果激怒水神的话，是否就会降下暴雨呢？虽然通过天气预报能够得知降雨的概率，不过具体能够下多大的雨，自己是无法得知的。要洗去真凶的痕迹，当然是越大的雨越好了。因此，同样是为了祈求降雨，谷尾葵才会选择将尸体丢进湖沼。”

岩永说着，凑近木碗喝了一口酱汤。

“结果正如她所期望的那样，山神大人您生气了吧。”

刚刚还在抱怨的大蛇突然垂头丧气了起来。

“难怪第二天下了场大雨啊！就算是偶然，也太过巧合了吧……”

水神本人都说是偶然，那想必的确是偶然。不过，这种偶然恰好证明了岩永推测的合理性。

“山神大人听到的自言自语也说得通了。谷尾葵正是想让您发怒。因此才不自觉地说出‘要是能够早点发现就好了’这种话。若是发现不了尸体的存在，那么发怒自然也无从谈起了吧。”

趁着大蛇还在哑然，没时间反驳的时候，岩永又继续说了起来。

“接下来的事情就简单了。谷尾葵被警方逮捕以后，只要交代出‘希望大蛇吃掉尸体’这个假的理由就行。她之所以提出‘大蛇吃人’，是因为她可能真的相信传说中大蛇的存在。当然，也有可能是她考虑到这些供述会被警方怀疑自己有精神问题，从而使得法庭改为讨论自己是否具备承担责任能力的话题，尽可能让自己的罪行减轻。”

大蛇抬起头思索片刻依然不得其解，又缓缓地低下头看向岩永。

趁此机会，岩永指出了真凶的备选人物，为自己的推理划下句点。

“真凶可能是町井的那位最小的弟弟。毕竟他也接到过被害者的电话，他对急切想跟自己见面的那个人抱有疑虑。同时也因某种原因，得知了被害者和自己哥哥过去的恋人有过联系，因此自己也联系了她。然后，他就在案发当天去了谷尾家中，听到了被害者的那番自白。在得知自己兄长死亡的真相后，他意外失手杀害了对方。”

既是过去恋人的亲弟弟，又能够理解杀人的理由，因此谷尾葵会包庇他，于情于理都说得通。

岩永的目光停留在餐盒中仅剩的一个饭团上。要是再往后拖下去可就没东西吃了。

于是她立刻向大蛇问道。

“那么，这个推测能让您满意吗？”

大蛇在沉默片刻之后，又一次抬起脑袋，摇了摇头。

“抱歉，您的推理依然没能完全说服在下。按照您的推理，她在当时最大的愿望是降下大雨，那么应该说‘要是能顺利下大雨就好了’才更符合逻辑吧。即使退一万步，也该说‘要是大蛇能够发怒的话就好了’才对吧！”

大蛇的语气中略带几分痛苦。从情感上，它虽然很想接受岩永的说法，但在理智上又对于其中细微的矛盾无比在意。

岩永喝了一口饮料瓶中的茶，点了点头。

“正是如此。警方肯定也调查了案件当晚，现场是否存在第三者。如果是从其他地方开车过来的话，附近肯定会有什么人目击到吧。所谓的共犯或是真凶理应是不存在的吧。”

面对轻易就否定之前推测的岩永，大蛇也不由得愣住了。岩永用筷子插进最后一个饭团，举起来放在嘴边。

“因此，可以确定是谷尾葵独自作案，她向警方供述的内容也基本上都是真的。唯一隐瞒的，大概就是在湖沼抛尸的理由了吧。”

湖面上反射着狐火、月光，以及木灵手里提灯的火苗。此时的湖沼一如往常般死寂。

“那么，公主殿下，真正的理由是什么呢？”

看着向自己探过身子，双目圆睁的大蛇，岩永笃定地说了下去。

“谷尾葵是为了能让警方帮自己找到某件事物，某件自己想要找到的事物。”

湖沼周围的灌木和地面上依然有很多足迹，其中大多数都是尸体被发现后，警方赶来打捞尸体时留下的。不过那些比较新的足迹和活动痕迹，则是警方今天来到湖沼进行搜索作业时所留下的。

“警方目前还在这片湖沼中进行搜索，目的是为了寻找被丢在这里的菜刀和被害者的随身物品。而这正中犯人谷尾葵的下怀。”

岩永咬了一口插在筷子上的饭团后，对着再次哑然的大蛇继续说了下去。

“她曾经往这片湖沼中丢过什么东西。在她杀害吉原纮男以后，她开始意识到那个东西的重要性，想要将其回收。然而，在这样的深山里，她无法凭借一己之力在这片广阔的湖沼中进行搜索。因此才想要借助警方的力量。只要供出自己把凶器和被害者的随身物品丢进湖沼，警方就很可能会对这里进行搜索。她所期望的，正是警方在搜索的时候帮她找到之前她丢进湖沼的那个东西。”

“那么，那位女性所自言自语的正是……”

面对岩永的提示，大蛇也多少有所察觉。岩永则点点头。

“谷尾葵期望被发现的，并非是吉原纮男的尸体，而是她曾经丢进湖沼的东西。因为是很久以前丢进去的，因此自己也并不清楚到底还能否找得到。因此她才忍不住说出‘如果能早点（帮我）找到就好了’这句话吧！”

大蛇下意识地转过头去，望了一眼身旁的湖泊。

自己原本以为，犯人想要尸体尽快被人发现，才会百思不得其解。但如果是想要尸体以外的其他东西尽快被人发现的话，就说得通了。而且警方如今搜索湖泊，目的不也是搜寻尸体以外的其他东西吗？

沉默片刻，大蛇依然将信将疑地垂下脑袋看向岩永。

“您、您所推测的理由我大致明白了。但是如此一来，不必在此抛尸，只把凶器等小东西带过来丢进湖泊里不就行了吗？这样一来不是轻松很多吗？不，这样说来，她甚至都不需要在此丢弃凶器，只要跟警方说自己‘把凶器丢进这片湖泊里了’，警方不是一样会来湖泊搜寻吗？”

“如果照您所说的，就会有矛盾出现了。谷尾葵为了自己的目的，一定要让警方得知命案的存在，并且将她作为疑犯逮捕；以此为前提，她才可能做出‘把凶器丢进这片湖泊里了’的供述，不是吗？那么，她又如何让警方知道命案的发生呢？”

岩永轻笑着向大蛇提出疑问。大蛇充满戒备地盯着岩永，慎重地回答道。

“首先，要是尸体没被人发现的话，就没法引起警方的注意了吧？”

“那么，她又如何让人发现尸体呢？立刻去警局自首吗？这样可说不通哦。如果立刻去自首的话，在警方眼中她便是犯下杀人案后直接就来自首的人，跟脱罪行为完全无法划等号。然而她却必须在供述里提到自己把凶器丢进了湖沼里。而将凶器丢进湖沼，正是隐瞒罪行的行为——想要隐瞒罪行的犯人，又怎么可能不先去处理尸体，而是前来自首呢？”

大蛇陷入了沉默。岩永此时已经吃完了最后一个饭团，正端着碗喝着剩下的猪肉酱汤。这时，巨大的黑影落在她头顶。大蛇俯下脑袋，继续静静地听着岩永的推理。

“谷尾葵内心期望着，有人能够发现尸体，警方能够把自己逮捕。然而，她同时也希望警方能够认为自己有过对尸体进行处理隐藏的行动。因此，将尸体搬运深山并抛尸湖沼便是最好的选择。抛尸的时候顺带把凶器等物品一并丢进湖沼，则是极为自然的行动。并且通过‘想要让栖息在湖沼的大蛇吃掉尸体’这番供述，向警方传达自己想要‘隐藏尸体’的意图。不仅如此，还能够通过让警方通过自己的荒唐证词而怀疑自己精神是否正常，为了确认她证词的可信度，警方就需要更加确凿的物证，因此前往湖沼进行搜索就十分必要。”

喝完酱汤后，岩永举起空了的木碗，指向眼前的湖沼。

“这就是刻意选择这片湖沼抛尸的好处。她很有可能事先听说了某个人要在周日进入山中采蘑菇，届时会通过那片湖沼的消息。毕竟只是人烟稀少的乡村，附近居民的动向想必能够通过很多途径了解到吧。虽然不能说百分百，不过她还是很有信心，自己丢弃的尸体在近期就会被人发现。”

夜晚的凉风吹过，周围的灌木沙沙作响。岩永面前这条大蛇如同一堵高墙，遮挡了夜晚飘来的寒冷潮湿的空气。巨大的蛇怪始终闭着嘴巴，沉默不语，仿佛是在思考着反驳的话语。

“那、那么犯人究竟是想在湖沼里找什么呢？在您的推理中，她过去丢进这里的东西是什么？”

终于，大蛇张开如同裂谷般的巨口，提出了自己的疑问。

岩永则轻描淡写地回答道。

“想必是跟她过去的恋人町井义和相关的某个物件吧？当时的她，一定在心里憎恨着背叛自己，还跟别的女人一起自杀的恋人吧！在五年前的案件之后，她回到老家曾闭门不出长达两年的时间，想必这件事给了她很大的打击。然而，她却在五年后得知，过去的恋人竟然是被同僚陷害，不仅惨遭杀害，更是被冠上了冤罪。此时的她，对于过去恋人的情感，想必也发生翻天覆地的变化了吧！”

“虽然当时他的确有脚踏两条船的行为，但有想要和自己结婚的意愿，更何况盗用公款的人也并不是他。谷尾葵想必在内心深处已经原谅了过去的恋人。再联想到自己曾经那么憎恨与他相关的事物，一定会深感后悔吧。”

“原来如此，确实有理。也就是说，她曾经丢进湖沼的，就是某件与过去恋人相关的东西，对吧？那个东西会让她想起曾经背叛自己的男人，所以才会丢进湖沼里。然而，如今却想取回那件东西……不过，为了找回那个东西，真的值得自己如此大费周章地抛尸于此吗？”

大蛇用强硬的语气质问道。岩永则很干脆地确认了。

“正是如此。首先，她在五年前的案件以后，就从独居的D县搬回了老家。在搬家前就已经处理掉了所有和过去恋人有关的东西了吧。就算剩下一些照片和纪念品之类的，烧掉或者当成垃圾扔掉也就行了。”

岩永旋紧了保温杯的盖子，把饭盒盖上后连同筷子和木碗一起收进了方便袋，放进了背包里。看着不紧不慢的岩永，焦急的大蛇忍不住催促起来。

“那么，她到底丢了什么东西在湖沼里呢？”

“这个嘛……恐怕是恋人的孩子吧。”

岩永轻描淡写地笑了笑，开口说道。听到她的回答，大蛇的表情仿佛凝固住，身体也一动不动。岩永在此之前的推理，大蛇还不怎么觉得意外，不过解答还是完全出乎了自己的意料。

岩永喝了一口饮料瓶里的茶，补充解释道。

“在恋人町井义和死后，回到乡下的谷尾葵才发现，自己已经怀上了死去恋人的骨肉。对尚且不明真相的她来说，这是背叛了自己的男人的孩子。虽然孩子是无罪的，但到底要怎么做，自己还是苦恼不已。她在回到老家后曾经有两年没有和外界联系，也是为了向周围的人们隐瞒她怀孕的事实吧。”

就算是怀了孩子，发觉自己的身体变化也是需要一段时间的。在恋人案件发生的时候，谷尾葵还尚且不知自己怀孕，直到两个月后才发现——这种说法也说得通。

“虽然能够生下孩子抚养其长大，不过当时的她还是选择了在自己家中将尚未成形的婴儿做了流产。于是，婴儿的遗体便留在了她身边。”

在现代社会里，有些不去医院，抑或是因为某些理由无法去医院的女性，选择生下婴儿后便残忍抛弃，把流产、死产的婴儿随意抛弃在公共厕所的隔间——这样的新闻比比皆是。甚至在河流和海边都有人曾发现过婴儿的残骸。

“想要处理死婴，想必是一件麻烦事吧。对谷尾葵本人来说，这是背叛了自己的恋人的孩子，自己无法涌现出母爱不说，反而会让她感到痛苦，让她想起那些不愿想起的回忆；把死婴随意丢弃更是不可能，在小村子里发生这种大事，立刻就会被人指指点点；找外人商量也不现实——为了处理这具诞生于悲剧的小小遗体，她陷入了深深的苦恼。最终，她选择了将死婴沉入了深山的湖沼里。”

时间已经进入深夜。在这片深山里，除了岩永之外，没有其他人类的气息，甚至远处也看不见民居的灯光。只有几位曾经死于深山的亡灵，正在饶有兴致地观察着人类与大蛇之间奇怪的谈话。而这些栖息于深山的妖魔鬼怪们，平时几乎不会和人类产生任何接触。

“想要在不被人注意的情况下，把一具小小的遗体掩埋的最好方法，大概就只有沉入深山的湖底了吧。埋在山里的话，在地面挖上一个深坑本来就不是易事，如果埋得浅了，更是可能被山中的野兽挖出来，被路过的人发现。既然如此，就不如把死婴装进袋子里，绑上重物沉入湖底，这样既不费工夫，罪恶感也要来得轻一些。”

大蛇转过头去，凝视着广阔的湖沼。虽然它过去被尊崇为水神，不过栖息的场所本来就是包括湖沼的整座筑奈山。因此就算过去有人在此遗弃过死婴，它也不一定会注意到。

“上个月，谷尾葵从被害者那里得知了过去恋人死亡的真相，因为自己之前在冲动之下选择流产、抛弃死婴而感到了深深的后悔。既然自己不再憎恨过去的恋人，那么就更没有理由去怨恨他的孩子。相反，她觉得自己之前的行为罪孽深重。至少也得把死婴捞出来，诚心地为死去的生命祈福。因此，她便实施了让警方帮自己搜索整片湖沼的计划。”

饮料瓶中的茶所剩不多，岩永重新拧上盖子，把瓶子同样塞进了背包里。接着，她拿过了靠在身旁的手杖。

“如果警方发现湖底的婴儿遗骸，也一定会慎重地对待吧。说不定还会询问谷尾葵，‘对于这具死婴是否有印象’之类的话。那么此时，自己就能够将真相全盘托出，将打捞上来的死婴好生安葬便可；就算是不去向自己打听，对于婴儿遗体，警方也一定会交给寺庙供奉的，对吧？”

岩永从树墩上站起身来，靠近湖沼。湖沼的水面一如往常的死寂。山林深处的湖沼，是野兽和鸟类的饮水处，湖中也栖息着其他的生物。在生物依存的生态环境之中，在食物链的闭环之间，就算出现几具遗体也是再正常不过的事情。因此，在湖沼里丢进两具死尸，也并不会影响这里的生命循环吧。

“所以说，总有一天，会在湖沼的底部发现婴儿的遗体吗？”

大蛇的视线从湖沼转回岩永的身上。岩永耸了耸肩。

“估计是找不到了吧。山神大人您刚才不是也提到过吗——定期命令妖怪们清扫湖底的垃圾和野兽的尸骸。从时间上推断，她丢弃婴儿的时间是四年以前吧。那么估计早就被这一带的妖怪们清理掉了吧。这群妖怪们就算是发现一具人类婴儿的尸骸，估计也是不会向山神大人您逐一报告的吧。”

听了岩永的回答，大蛇忍不住“啊”地小声叫了出来。也就是说，支持岩永推理的决定性的证据，如今早就不存在于世上了。

“即便没有证据能够证明我的推理是否正确，不过这是既不与山神大人的证词互相矛盾，同时，也是可能性最高的假设了吧。”

岩永将手杖在手中转了半圈，指向湖沼。

“谷尾葵过去曾经在这片湖沼里丢弃了死婴。想必当时是趁着夜黑风高上山，独自行动的。因此在冲动杀害吉原纮男之后，她想到，可以使用同样的方法进行抛尸——将吉原的尸体扔进湖沼里，其实是为了取回对自己更为重要的另一具尸体。”

又一次，大蛇陷入了短暂的沉默。终于，它缓缓地蠕动起巨大的身体，垂下脑袋深深地叹了口气。

“人类这种生物，想的事情不仅可怕，更是会付诸行动呢……”

“没错没错——”

“不不不，公主殿下您也是不遑多让……”

虽然罕见地得到了岩永的赞同，不过大蛇还是蜷着身体，一副诚惶诚恐的模样。这条只在传说中出现的，身躯犹如城楼一般巨大的蛇怪，此时在岩永面前，也不过是一只再普通不过的妖怪……

岩永看了一眼时间，此时市内的公共交通大概早已下班了。不过，所幸有能够在空中飞翔的妖怪，于是大蛇便命令它送岩永回去。东边的天色渐红，看来听见公鸡打鸣之前，自己就能够躺回温暖的被窝里了。

第二天的上午十点左右，为了接受定期体检，岩永来到了 H 大学附属医院。九郎此时也正好空闲，于是也陪着她一同前来，顺便来回收昨天的保温杯和餐具。

不陪她去夜晚聚集了妖魔鬼怪的深山老林，却热衷来这种既不远，又满地都是便利店的地方——岩永本想如此抱怨，但既然九郎已经来了，便把嘴边的话生生咽了下去。虽说在都市的新建设施里，其实也会有妖魔鬼怪栖息。

距离体检还有一段时间，于是两人便在医院的长椅上坐了下来。

岩永一只手拿着手杖，把昨晚的情形描述给了九郎。

听完后，九郎有些疑虑地问道。

“对于你的解答，山神大蛇接受了吗？”

对于自己的恋人岩永，九郎似乎一直都当她是个孩子。

“那是自然。毕竟我完美地解答了山神大人所有的疑问呀。”

如果在刚见面的时候，岩永就直接把自己的最终假设告诉大蛇的话，说不定会被它刁难，事情会更加麻烦。于是岩永稍微地展开了一些逻辑推理。结果正如她所料，这位山神大蛇，正是一位注重细节、喜欢刨根问底的妖怪。

面对岩永轻描淡写的回答，九郎皱了皱眉，追问起来。

“那么，岩永，对于你的假设，你自己相信几分呢？”

“不太信。事实上，我认为谷尾葵对警方供述的内容很可能都是事实，她也是真的想让大蛇吃掉尸体。”

岩永再次轻描淡写地回答道。九郎则是一脸“果然是这样吗？”的表情。

“在见山神大人之前，我派了一位通晓人言的幽灵去拘留所的谷尾葵那里查探过情况。她似乎喃喃自语着‘大蛇终究还是没能发现尸体啊’这样的话。”

当然，如果是直接询问本人的话，无疑是最直接的选择。不过以岩永的身份，根本无法接近身处拘留所的谷尾葵，因此只好拜托幽灵帮忙，让它去探查情况。根据幽灵汇报的情况，她似乎完全无法意识到身边妖怪魔物的存在。

“但是，我的解答既没有前后矛盾，又合情合理。不过，犯人真的会采取完全合情合理的行动吗？山神大人所指出的，谷尾葵的供述中，希望山神大人‘帮我吃掉尸体’，与其所听见的‘早点发现尸体’相互矛盾，不过对抛尸时的谷尾葵来说，如果大蛇不能‘早点发现尸体’的话，更不可能‘吃掉尸体了’。这么想来，她的那番自言自语，其实也并非是前后矛盾的。”

虽然如此，不过就算直接对大蛇说“人类就是有时候不会采取合理行动的生物，就别纠结细小的矛盾了吧”的话，它也绝不会认可的吧。然而事实就是如此。一位女性，深夜独自一人搬运一具成年男性的尸体前往深山，在高度紧张和精神压力下，即使采取了什么不合情理的行动也都是有可能的。

“更极端地说，也很有可能是山神大人自己听错了。如果是这样的话，那么所有的前提便无法成立了。”

“被人称为山神大蛇的巨大妖怪，恐怕是绝对不会承认是自己听错的吧。”

九郎接过岩永递来的，装有保温杯和餐具的方便袋，表情有些复杂。

“是的，所以我当时也算是绞尽脑汁，急中生智了。”

能够让山神满意的话，今后岩永作为智慧之神的名号就会更响亮了吧——

九郎似乎留意到了什么，稍作思考后便再次开口。

“只要你的推理中出现一个错误，估计那位大蛇就会愤怒地叫着什么‘别拿谎言敷衍我’之类的，然后把你给吃掉了吧——”

“我才不会犯这种低级的错误呢——”

当然，岩永也并非对大蛇说谎。可能性最大的假设在之前就已经考虑好了，更何况谷尾葵供述的内容也早就摆在那里。因此大蛇也根本无法提出什么否定岩永假设的证据吧。也就是说，大蛇根本没法对她发怒。

然而，九郎的语气里却更加几分严肃来。

“你还是稍微注意一下自己的安全，别再这么粗神经了吧。毕竟你可不擅长体力活。”

“所以说，只要学长你和我一起不就好了——”

“总不能每一次都刚好在一起吧。你没有对危险的警觉，才是我现在最担心的。我还以为这次你多少能吸取些教训了……”

九郎说着，感到有些徒劳地垂下了肩膀。

对于九郎话中所包含的意思，岩永有些不太理解。对她来说，自己也一直保持着最低程度的警觉，而且更擅长用头脑作战——虽然昨天临行前就这么说过，不过似乎在九郎眼中，自己的能力还是过于弱小。希望九郎有一天能够重新审视自己。岩永心里暗想道。

不过，大蛇的烦恼毕竟也都解决了，也是时候考虑其他的事了。

“对了对了，又有远方的妖怪来找我商量事情了，还是一只海和尚[1]。我得在明天晚上前往日本海沿岸的某处断崖跟它见面才行——”

看着岩永，九郎叹了口气。

“好吧。这次就给你带上日式杂烩汤吧——”

一边说着，一边好像赶人一般挥了挥手。听这意思，这次又是想让岩永自己一个人去吗——眼前的这个男人，还真是一点都不浪漫！

“凭什么只准备杂烩汤就够了啊！跟我一起去啊一起去！”

岩永不断用手杖敲着九郎的小腿，抱怨着。不过，对于没有任何痛感的九郎来说，几乎是没有任何效果的。

这时，一只小妖怪出现在岩永身后。它轻轻地拽了一下岩永的裙边，告诉她检查的时间快到了。

岩永的日常生活仍旧不怎么悠闲。

① 海和尚：又名和尚鱼，一种日本民间传说中的海怪。

虚构推理

短篇集

Short stories

岩永琴子的出现

Appearance of Kotoko Iwanaga

第二篇

鳗鱼屋的幸运日

“喂，你一个人会来这种专门吃鳗鱼的店吗？”

梶尾隆也盯着眼前正吃着鳗鱼饭朋友问道。他的朋友，戴着眼镜的十条寺良太郎停下了筷子，瞥向了眼前的梶尾。

“专门吃鳗鱼的店，说的是我们现在吃的这种吗？”

“对呀。”

梶尾也对着自己的那份鳗鱼饭动起了筷子。他点点头。

这一天是十月二十六日，周五，下午两点刚过。两人从最近的车站步行了七八分钟，来到一处有着引人注目的卷闸门的商店街，然后选了街道深处的鳗鱼屋，各点了一份特级鳗鱼饭。虽然午餐的时间已过，不过这姑且算是两人正式的午餐。

冒着油光和香气的鳗鱼肉整齐地排列着。十条寺用筷子夹下一块鳗鱼肉，又夹了一点沾了调味汁的白饭，简短地回答道。

“一个人，大概不会来吧。”

“怎么说？”

“虽然鳗鱼饭很好吃，不过毕竟价格也摆在那里，不是什么时候想吃就能随便吃的东西。像这家店的一份鳗鱼饭，大致上能在其他的店里吃顿不错的午饭，而且还是连续吃一周的价格。要是一个人的话，我绝对会选择后者。”

“说的是啊。虽说我们的工资也不是吃不起，不过以我们的性格，都不是那种说去吃鳗鱼饭就会去吃的人。”

梶尾和十条寺都已经年逾三十后半，目前都还单身。虽说两人并非吃不起奢侈的食物，不过这家店的鳗鱼饭价格也不是随时吃得起的。

这间饮食店专门做鳗鱼料理，店内装修也是古香古色。午餐的主菜里就只有普通、上级、特级三种鳗鱼饭。到了晚餐的时候，喝酒的客人多了起来，店里就会推出像是烤鳗鱼、醋渍鳗鱼、鳗鱼卷等下酒小菜。不过总体来说，菜式还是很少。店内除了仅能够坐下五个人的柜台位以外，就只有几张双人桌了。粗算下来，这间小店里最多只能同时容得下 20 位食客。而店本身，想必已经经营了相当长的年头，从餐桌、柱子，甚至是墙壁内部都在散发出鳗鱼和炭火的香味。店内跑堂的服务生，也就那么寥寥两三位。虽然店内清扫得很干净，不过因为年久未修，整间店铺都被熏得发黑。想必比较讲究的食客可能会因为这方面而给出差评吧。不过，也正因为如此，这家店才能做出深受美食家喜爱的正宗鳗鱼料理。

事实上，对于食材的产地，店家也是有严格要求的。不仅会随着季节变化而更换进货地点，调味汁等配料也拒绝使用市场上能随便买到的商品，而是自己亲自制作、调味。这家店铺在当地，可谓无人不知无人不晓。

“更何况，我们还没到能随便去吃高级鳗鱼的年纪吧，说是经验不足也不为过。”

对于十条寺的补充，梶尾也表示同意。

“是啊，二十多岁那会儿，还不明白鳗鱼有什么好吃的，更不可能一个人来这种店。更何况还是这种老店，光从外面看看就会让年轻人望而却步。就算是三十岁的人也难啊。而十几岁的小孩压根儿就不会有这想法吧。”

即便走在商店街上，也看不见店内的情况，里面的灯光很昏暗——虽然对于在店内吃饭的人来说，在这样的环境里更能让人安心吃饭，不过对于店外驻足观察的人来说，这可不是什么优雅的用餐环境。更何况这条商店街本身就不怎么有人气，位于街道最里面的店面周围更是鲜有行人。不过，想去尝鲜或是三五好友想找地方聚会的话，这片倒是非常合适的场所。

梶尾隆是一级建筑师，目前已经有了自己的小公司。第一次来这里吃饭，还是当初建筑公司的领导带他来的。如果没有这种经历，想必以梶尾的性格，一辈子也不太可能会来这家店吧。自那之后，虽然不能说是常客，梶尾每年也会来吃上几次，有些特别的日子里还会带人一起来吃。

梶尾认为只有比自己资历深的人，才会一个人来吃这种正宗的鳗鱼饭。

梶尾立刻进入正题。

“你说说看，那边的又是怎么一回事？”

虽然梶尾并未作出动作指明方向，不过在这样的小店里，称得上“那边”的，就只有最里面的桌子。十条寺似乎也听懂了梶尾的意思，看了过去，手中筷子也随即停下。

“是啊，你说是怎么回事呢？”

正宗的鳗鱼老店，即便是两个成年人都要踌躇一番，而在最里面的那张餐桌上，居然有位看起来尚且年幼的少女，一个人悠闲地坐着，吃着面前的特级鳗鱼饭。

微卷蓬松的头发，让人忍不住联想到瓷娃娃的肌肤。握着筷子的手指纤细，姿态端庄，举止之间让人颇觉不可思议。洋装也很合身，配色并不扎眼，搭配得却相得益彰。从质地上来看，想必是价格不菲的高级货。精致的外貌和娇小的身材，宛如放在展览柜中的西洋人偶一般。

此时，少女小口地吃着鳗鱼饭。虽然她的面庞看起来稍显稚嫩，不过举止动作十分优美，某种程度上倒是很像人偶。如果不是正在吃着鳗鱼饭，而只是坐在餐桌前的话，也许真的会让人错以为是一尊栩栩如生的雕塑。

此时并不是午饭的时间，店里就只有梶尾他们和少女三位顾客。虽然是间小店，不过梶尾和少女所在的桌子尚有一段距离，正常音量的对话几乎很难听到。但是不知为何，两个人的说话的声音压得很低。

就在梶尾和十条寺点餐完毕的时候，少女刚好进入店内。那时候梶尾就已经注意到了这位和店铺风格完全不搭的少女，颇为惊讶；十条寺似乎也很意外，眼睛瞪得很大。

粗略看来，少女的身高应该不足一米五。头上戴着奶白色贝雷帽，右手拄着一根很漂亮的红色手杖，披着一件浅桃色的外套，左手则拎着一个小包。浑身上下仿佛散发着不属于这个世界的气质。面对这样的客人，前来接待的服务生也忍不住慌乱起来。

“请问您是一个人吗？”

“只有我一个人。”

少女以从容的语气回答道。在服务生的指引下，她走到了最里面的桌子前，摘掉了贝雷帽，脱下外套。点完餐后，她便从包里取出了一本包着封皮的书，开始静静地看了起来，等待鳗鱼饭端上桌。她的一举一动非常自然，丝毫看不出独自一人的胆怯。

少女也曾看向梶尾他们这边，令他们意外的是，少女只是稍稍露出了疑惑的神情。与梶尾对视之后，她便露出了优雅的微笑，合上书本，换上了一副正襟危坐的姿态。不用说，梶尾和十条寺也知道，她在用端庄的举止，应对两人投来的好奇目光。另一方面，她毫不介意两人对她投来的视线。

梶尾便努力让自己不再去关注坐在角落的少女。十条寺则故意装出大快朵颐的样子，实际上内心则在意得紧。于是梶尾便低声抛出话题，两人趁机开始了一番讨论。

这份特级鳗鱼饭还附赠了鳗鱼肝汤和小菜。梶尾喝了一口肝汤，摆出一副不去在意那位少女的态度，继续说了下去。

“那个女孩，你觉得年纪有多大？”

“看上去像是十几岁的样子。大概是高中，不，初中生吧。”

“现在可是工作日的下午。学生都在学校上课吧。”

“会不会今天刚好放假呢？”

话虽如此，十条寺还是忍不住狐疑地补充道。

“不过仔细看的话，她的气质比高中生要更成熟。有可能比看上去的要大吧。”

梶尾的观点和十条寺相同。

“我也这么想。从举止和气质看上去都相当成熟老练。甚至都不像有内脏的人类，要我说，更像人偶。”

“没有内脏的话，怎么吃鳗鱼饭啊。”

十条寺的反驳虽然合理，但从感官上来说，梶尾还是更相信自己的观点。

“话虽如此，怎么看都像是个装有某种精密装置的自动人偶。”

“我倒是见过能够写字、抽烟和演奏乐器的自动人偶，不过吃鳗鱼饭的没见到过，也没人会设计这么无聊的功能吧？”

“日本传统的机关人偶[①]就能做得到。”

“就算是人偶，她也该是那种那被称为‘Automata’[②]的西洋人偶才对，跟鳗鱼饭根本不搭。”

---

① 机关人偶，日本传统工艺制造出来的人偶，可以做出类似于人类的动作。

② Automata，主要指 12 世纪至 19 世纪欧洲制造的以发条装置作为动力来源的自动人偶。

“这不是搭不搭的问题——”

原先讨论逐渐演变成了争论，梶尾他有些激动地举起了手中的筷子。十条寺则稍微扶了下眼镜，往少女那里瞥了一眼说道。

“从她举止和姿态来看，应该受过很好的家教，也没有为金钱头疼过吧。她刚才没有犹豫直接就点了最贵的特级鳗鱼饭，看样子像是深居闺阁的大小姐。”

“深居闺阁的大小姐会一个人来吃鳗鱼饭吗？”

“说不定是个鳗鱼饭的狂热爱好者吧。”

对于梶尾的质疑，十条寺说出了他的见解。但是，很明显，这个观点并没有什么说服力。

“或许她是这间店铺的老顾客？如果不是这样的话，就会让仆人之类的帮她打包回去吧，至少我可没见过大小姐一个人自己来鳗鱼屋吃饭。”

“服务生刚才见到她的时候也有点不知所措，不是老顾客吧。”

“说的也是，就算只来过几次，凭她的长相气质也该让店员留下很深印象才对。”

两人越想就越觉得，突然出现在鳗鱼饭馆的少女，实在与这里格格不入。

梶尾尝试着作了一个相对现实的解释。

“会不会正好相反——正因为深居闺阁的大小姐不谙世事，才会对古香古色的老店产生兴趣，一个人进来用餐？”

“如果是不谙世事的深闺大小姐，总该充满好奇地左顾右盼才对吧。不过从她刚才熟练的样子，估计是经常光顾这类店铺吧。”

十条寺立刻反驳道，紧接着，他叹了口气。

“更何况，如果是深居闺阁的大小姐，就算再怎么对鳗鱼饭爱不释手，也不该在这种时间，一个人来没什么人气的商店街用餐吧。”

“商店街虽然没什么人气，不过这家鳗鱼屋倒是经常出现在美食博客里，评价还相当不错——”

梶尾在心中想象着这位坐在角落优雅地吃着鳗鱼饭的少女，在电脑上浏览着美食博客的样子——怎么想都不可能吧！

“完全没有真实感呢！”

“如果是那种立志尝遍全国的鳗鱼饭馆，并且热衷于为其打分的大小姐，说不定会光临吧。”

“你说的这种大小姐也太奇怪了吧！你的假设才更是缺乏真实感。”

不过，这位头戴贝雷帽、手里握着一根精美雕刻的手杖、虽然外貌年幼却天生丽质的气质少女，本身就没什么真实感。

“真是个谜题呀！”

梶尾夹起一块烤得薄薄的鳗鱼，再配上一点沾了调味汁的米饭，吃了下去。他略带遗憾地嘀咕起来。

十条寺眯起了眼睛。

“你可真爱操心。就这么在意吗？”

“我更喜欢没有谜题的生活。当然，我也希望能好好吃顿饭，再美美地睡上一觉。”

梶尾并非是那种对日常生活中的任何小事都要刨根究底的人，不过眼前的少女，令他有些诧异，以至于放不下心。他可不想一整天都在纠结思考此事。

这时，十条寺突然改变了话题的走向。

“那位少女为什么会来鳗鱼屋的理由，我们暂且放下，如何？我比较好奇的是你，你怎么今天突然叫我出来吃鳗鱼饭？罕见呢。”

十条寺仿佛想要通过询问梶尾邀请自己一起吃饭的理由，从而掌握什么线索一般。

梶尾的回答也十分直接。

“我的妻子雪枝，已经过世半年。在那之前接的一些工作，最近终于是全部搞定，所以才想着让生活和事业重新来过。为了讨个好彩头，才想着叫你一起来吃鳗鱼饭①。”

“确实，早在奈良时代，就有人认为食用鳗鱼有益身体健康了。”

“这样吗——”

“在《万叶集》里也有提到过，食用鳗鱼有益于对抗夏日的热病——虽然现在是冬天。”

这位从高中起关系就很好的朋友，还是跟以前一样博学多闻。他

---

① 在日本，开始工作前吃一顿鳗鱼饭，意味着将全身心地投入工作，与之类似的有考试那天穿红色内裤等行为。

给人的印象一直是总戴着银色边框的眼镜，聪明伶俐，态度冷淡，有话直说。因此，他总是会得罪身边的人。包括现在没有去当上班族，也是这个原因。不过，对于梶尾突如其来的白天邀请，他还是毫不犹豫地答应了——梶尾眼中的十条寺就是这样一位常在不经意间体现出温柔待物一面的好朋友。

就在他们激烈讨论期间，坐在角落的少女仍在吃着那份鳗鱼饭。看这速度，说不定要比梶尾他们先吃完。不过，就算如此，小姑娘用餐的姿势依然端庄，吃饭的样子也依然优雅。的确，她应该有着良好的家教。

为了不让鳗鱼冷掉，一般会把鳗鱼盖在米饭上保持温度，或是把铺开的鳗鱼肉叠起来。不过，如果话题无休止地继续下去，那眼前的鳗鱼饭就真的要凉透了。梶尾和十条寺暂时停止讨论，默默地动起了筷子。

就在这时，十条寺突然再次抛出话题。

“不妨换一种方式思考。”

看来，十条寺就算是刚才默不作声地吃饭，思考却依然没有停止。于是梶尾也一边吃着，一边问道。

“什么意思？”

“从我们目前能够掌握的情况，很难推测出那个小姑娘来鳗鱼屋的理由。或者，就算我们从她口中问出了真实情况，说不定也是那种我们根本无法想象或是推测的理由。”

“很有可能啊。”

梦中出现的妖精对自己说，“今天你要一个人去吃鳗鱼饭”——就算眼前的小姑娘对他们说出这样的理由，他们也会觉得过于荒诞而完全无法释怀吧。如果是这种理由，根本无从推测。

“那么，我们不如反过来思考。为什么我们会碰到如此奇异的现象呢？”

“反过来？”

“过去人们在碰到极为罕见或是不可思议的现象发生的时候，都会认为这预示着某种吉兆或凶兆。对于我们来说，难道不也是某种预兆吗？”

十条寺语气冷静地回答道。的确，他这番话虽然听起来完全没有科学依据，不过梶尾内心还是能够十分理解。

“从过去就有很多说法吧。如果黑猫从自己面前经过，就会发生不好的事——”

“茶杯中茶叶立起来，就会发生好事——”

“我还听说过，看到灵车就很不吉利——”

“——有别的地方认为这是好运的预兆呢。”

“是这样吗？”

“其他还有诸如‘蝶群飞舞则是社会发生变革的征兆’这类。还有人说早上看见蜘蛛就是好兆头，晚上则很不吉利。而圣像突然流下血泪、神社的神像突然裂开这类不可思议的现象发生时，有些人还认为是世界末日的征兆，甚至还引发过骚乱。”

虽然蝶群出现、圣像流下血泪这些现象的原因尚且不明，但如果将这些都归类到将要发生某事的预兆的话，总是让人不由自主地想要去相信。

“那么，在正宗的鳗鱼饭馆里看见独自一人前来吃饭的大小姐，这算是什么预兆？”

就算是毫无现实感的小姑娘，毕竟也是物理层面上真实存在的、活生生的人类。如果放在酒店的柜台或是茶室里面，想必这样的小姑娘也不会如此显眼。正是因为在这间鳗鱼饭店，这样独自一人的小姑娘才会如此奇异而令人感到匪夷所思。

十条寺扶了扶镜框。

“在这样的鳗鱼屋里，突然出现像是人类，同时又散发着不似人类气质的少女，此时正吸引着不明真相的我们的目光——不觉得这代表了某种意义或象征吗？”

看着无动于衷的梶尾，十条寺露出一丝试探的目光。

“鳗鱼被称为某种东西的使徒，你知道吗？”

“不清楚。”

梶尾静静地吃着，把展示博学的工作交给了对面的友人。

“相传，鳗鱼是神明或佛祖，特别是虚空藏菩萨的使徒。而虚空藏菩萨则是司掌福德与智慧的菩萨——左手拿有象征着福德的如意宝珠，右手则持有象征着智慧的宝剑。”

“哦？智慧吗……”

虽然不太清楚福德是什么，不过智慧倒是能理解。

于是十条寺又开始普及新知识。

“关于鳗鱼的做法，关东和关西的处理方法并不相同，你听说过吗？”

“听说过哦。关东是从鳗鱼的背部切开，关西则是从腹部切开的。虽然要取出内脏的确是从腹部切开比较合理，不过因为关东武士众多，从腹部切开会让他们联想到切腹，为了避讳才选择从背部切开的。”

这种有名的传闻，梶尾也是听说过一二的。不过，十条寺又继续补充道。

“世俗的说法的确如此，但据说真正的原因是烹调方法不同所导致的。关东在做蒲烧鳗鱼的时候，通常会串上竹签，先蒸一下之后才去烧烤，而关西则是串上竹签后就直接拿去烤了。如果从腹部切开，串上竹签去蒸的话，因为鳗鱼肉质厚薄不均，在蒸的时候很容易从竹签上脱落，所以关东才选择从背部切开；而关西因为不需要蒸，所以就选择了更为合理的从腹部切开的处理方式。”

十条寺用筷子从重箱[①]中取出一块鳗鱼肉，解释着。

“因此关东关西鳗鱼的口感才会完全不同。关东的口感会更加软滑香糯，关西风味则是外焦里嫩，更加爽口。”

---

① 重箱：盛放日本料理专用的餐具，材质通常为木质或合成树脂。鳗鱼饭一般都会盛放在重箱中端上餐桌，因此高级的鳗鱼饭一般称为鳗重。

他把鳗鱼肉塞入口中，脸上的表情一如既往的冷淡。

“这家店的鳗鱼吃起来，更像是使用了关西的料理方法。也就是说，这些都是从腹部切开的。”

“听你这么一说，好像的确如此啊！”

对于眼前的友人即将展开怎样的假设，梶尾内心充满期待。他一边吃着鳗鱼饭一边默默地倾听。

十条寺再次夹起一块鱼肉，提出了另外的知识。

“此外，鳗鱼全身会分泌粘液，用手很难抓住，因此也被用于比喻‘巧妙地逃脱’的这类情况。”

十条寺从《万叶集》开始，围绕着鳗鱼展开了各种各样知识普及。梶尾一边感叹着他的博学，一边催促起来。

“把这些内容结合起来的话，你得出了什么结论？”

十条寺朝坐在角落宛如人偶的少女看了一眼。

“那位不谙世事的大小姐宛如虚空藏菩萨，鳗鱼则表示企图巧妙地逃脱罪名的罪犯。虚空藏菩萨现身于此，就意味着手中代表智慧的宝剑捉住了想要脱罪的人，并暗示会使其切腹谢罪。”

“结合得实在巧妙。”

“是啊。那个女孩的出现，说不定就是拥有智慧之人使得恶人罪行暴露、受到惩罚的天启吧。”

十条寺盯着梶尾，缓缓地说道。

“梶尾，你的妻子雪枝小姐，是你杀死的吧。”

充满谜团的少女还在享用鳗鱼饭。以她那副瘦小的身体，看起来似乎无福消受这份特级鳗鱼饭的分量。不过从她的表情上，却看不出丝毫吃不下的样子。她在用餐的时候，好像有好几次看向梶尾他们，不过也可能是梶尾的错觉。

“我突然想起来，如果她真的是虚空藏菩萨，鳗鱼不就是她的使徒吗？吃自己的使徒是不是不太合理？”

梶尾紧皱眉头，提出了自己的疑问。而十条寺仿佛早有准备地反驳道。

“都是菩萨了，想怎么对待自己的使徒，还不是她的自由？”

吃掉自己的使徒，难道不会对自身信仰有什么不好的影响？不过，现在也不是追究问题合理性的场合。

梶尾露出一副饶有兴致的表情，向着对面的友人问去。

“好了，你为什么会认为是我杀了雪枝呢？雪枝在半年前的某晚，遭遇拦路抢劫，结果包被夺走，还被撞倒在地。就在那时，头部受到猛烈撞击，因此才会不幸身亡。”

“从遗体被发现时的状况判断就是这样。不过没有任何人目击到她被抢劫犯袭击的瞬间。如果是你先压着她的头撞击地面杀死她，再伪装成强盗抢劫的话，现场也会是相同的状况。”

十条寺想必是经过慎重的考虑，才决定告发自己朋友的吧。梶尾为了确认他的推测，一边吃着鳗鱼饭一边从容不迫地提出疑点。

“虽然没有出现其他的死者，不过雪枝遇害前，也曾发生过手法相近的抢劫案件吧。在雪枝死后也仍然发生过数起事件。所才会把这起命案划入抢劫杀人案件，对吧？”

“事实上，只要伪装成连续拦路抢劫的状况，杀死雪枝小姐就没什么不妥了。或者，这一连串的拦路抢劫案，都是你一个人做的，目的就是隐藏雪枝小姐案件的真实动机。何况那个抢劫犯目前还没被抓到。如果没有出现雪枝小姐以外的死者，那么其他抢劫案很可能是为了掩饰命案而放出的烟雾弹，风险也不会那么高。”

十条寺手中依然拿着筷子，镜片下那双仿佛是爬虫类一般的眼睛凝视着梶尾。他继续解释道。

“雪枝小姐想要跟你离婚。她大概是无法忍受你的强控制欲和偏执的生活方式吧。而独占欲如此强烈的你，更不可能眼睁睁地放任她跟你离婚后投入别的男人怀抱。不如就让她永远变成你的所有物——以你的性格会产生这种想法也很正常。”

关于离婚的事情，梶尾虽然没有跟十条寺认真商量过，不过多少也提到过。对于自己朋友的占有欲和偏执，十条寺尽管只是推测，但两人毕竟相识多年，他也知道雪枝是梶尾的初恋对象。因此，十条寺是有相当把握才这么说的。

“有证据吗？”

过于普通的反问有点败兴——梶尾刚说出口就后悔了。不过事到如今，自己也只能如此。他举起碗来喝了一口肝汤。

在梶尾的观念里，日本的警察基本上都是非常优秀的。如果只是外行人的推理，警方应该早就掌握了才对。

“我没有任何物证。即便如此，在雪枝小姐死后，你变得疲惫不堪、失眠、消瘦——对我来说，这些是最有力的证据。”

面对十条寺提出的“证据”，梶尾一头雾水。不过，从表情看去，他对自己的看法相当有信心。

“你这话是什么意思？”

“你并非那种会因为雪枝小姐被杀害而郁闷，因为痛失爱妻而郁郁寡欢度日的男人。以你的性格，一定会去拼命寻找杀死妻子的抢劫犯，对其实施报复行动。毕竟你无法容忍除你以外的人对‘属于你的’雪枝小姐做出过激行为。所以，你根本没有郁闷的时间。”

坐在角落的少女此时放下了筷子，端起茶杯。看来，她已经把一整份的鳗鱼饭全部吃光。梶尾吃着眼前所剩不多的鳗鱼饭，饶有兴致地倾听友人的推理。

“退一万步来说，因为妻子已死，她就不可能属于别的男人，因此你原谅了抢劫犯，当什么都没发生过。如果是这样的话，你会对现状感到满足。即使表面上不会流露喜悦，但至少会像以前一样过日子。你本来就不会在乎周围的人对自己的看法，一直都是顺其自然。所以你不可能会出现如今这种身心疲惫、瘦弱不堪的状态。”

完全正确——梶尾相信友人对于自己的分析绝对没错。

而十条寺依然是那副冷漠的表情。

“但是，你的表现就像是普通的丧偶丈夫。日渐憔悴、身心疲劳，也没有什么特别举动。这本是不可能的。所以你的状态一定是装出来的。也就是说，警察和周围人对你妻子死亡的反应让你满意，但你仍要防备别人看破你的动机，因此，这是你必要的伪装。如果不是犯人的话，自然不怕被怀疑。正因为你是犯人，为了不被怀疑，就要扮演成一位痛失爱妻的可怜丈夫。”

十条寺向自己面前还剩下一半，已经快要凉掉的鳗鱼饭伸出筷子。而他的眼睛则依然盯着梶尾，断然说道。

“即使没有物证，只要我把自己的推测告诉警方，他们一定会仔细调查最初就排除在搜查范围之外的你，想必物证到时候自然就会出现——比如，你就是连续拦路抢劫案件犯人的证据之类的。”

梶尾听了友人对自己的告发，思索片刻。终于，他像是明白了什么似的。

“原来如此，这样就说得通了。”

“什么说得通了？”

梶尾的回答和所预想的完全不同，这令十条寺有些不满。梶尾悄悄地指了指坐在角落的少女，有些愉快而抬高了语调。

“那边的女孩，也是你为了上演这出推理剧而事先安排好的，对吧？目的是从意料之外的角度引入我杀害雪枝的话题，让我内心产生不安而布置的心理战术！”

这个绕圈子的方法倒是很有新意。自己终于明白那位神秘少女为什么会出现在这里——梶尾长舒一口气。

此时，角落的少女已经喝完了茶，正拉开手包拉锁，像是要掏钱包的样子。

十条寺脸上的脸色不太好看。他轻轻摇了摇头。

“不，那个女孩和我一点关系也没有，只是顾客而已。我比你更想知道她到底是何方神圣。话说回来，你约我出来吃午饭是一个小时之前吧？这么短的时间里，我哪里去找那么异样的高贵大小姐，我可没有那个本事？”

“什么呀，那个女孩的谜团还是没能解开吗？真扫兴。”

多年的好友被自己指控为杀人犯，竟然没有一丝遗憾或不快。反倒是对没能猜对那个少女的身份，梶尾显得很沮丧——十条寺有些生气地摘下眼镜，揉揉眼眶。

“我看到那个小姑娘以后，才联想到虚空藏菩萨、脱罪的犯人和切腹——这些都是真的！正因为她的出现，我才能坚定自己之前的怀疑。这正是让我告发你的天启。”

紧接着，十条寺双手按在桌上，垂下了头。

“但是，我想错了。抱歉！是我搞错了，你并不是犯人。”

“怎么突然又改口了？你怀疑我不止是一两天了吧。更何况，你对我的性格分析基本上都是正确的——”

十条寺率直的性格对于梶尾来说，反而让他有点莫名其妙。告发自己是杀人犯之后，没有提出什么异议和反证，却是收回了之前提出的观点，梶尾感到不可思议。

十条寺抬起头来，再次吃起鳗鱼饭。

“正因为我的分析没错——如果你是犯人，突然被我揭发，不可能毫无动摇，还有闲情逸致吃饭。你会立刻停下筷子，想方设法让我打消疑虑。更不可能还会在意那个女孩的身份——如果你是这样的反应，我就能坚信自己的怀疑是正确的了。但是你不仅满脸轻松，还一副很感兴趣的样子，甚至一直都在纠结那个女孩。这样的你，不可能是犯人。”

听了十条寺的解释，梶尾反而有些震惊——原来自己刚刚表现出来的是就算被怀疑，也丝毫不会在意的态度。

“老实说，你现在的样子真的很像刚丧偶的可怜丈夫，我也判断不出你是不是在演戏。我原以为只要对你步步紧逼，你就会脱下伪装——”

十条寺的语气充满了自责。

梶尾现在的样子的确不是装出来的。不知为何，从雪枝死后他便开始吃不下饭，也睡不着觉。虽然也曾逼迫自己多吃，还服用安眠药强迫睡眠，不过直到最近，情况都没有任何改善的迹象。

“雪枝小姐去世以后，你变得衰弱了。你果然不是犯人。如果真的是你杀害了雪枝小姐，才不会如此自责。正因为你不知道是谁杀害了她，才会变成现在这样吧！”

十条寺有些失态，他用筷子把鳗鱼饭胡乱地扒进口中。

令十条寺感到意外的是，梶尾却开始安慰起自己来。

“该怎么说呢——我自己也感到不可思议，雪枝死后，我的身体竟然会衰弱至此。放在以前，我是绝对不会相信的。只能说世事难料啊！”

十条寺囫囵吞枣地吃完了眼前的鳗鱼饭，郑重其事地说道。

“也就是说即便你真的是犯人，也不会做到如此夸张的程度吧！那么，这顿饭让我来请吧！算是我赔礼道歉了！”

“别在意。对了，你刚才的怀疑，为什么没向警方说过？只要跟警方提了，想必会来调查我，结果自然一清二楚。”

“我怎么可能向警方出卖朋友啊！如果连自首机会都不给你的话，我会自责的！”

“原来如此。那么就更该按我邀请你时说的那样，这顿饭让我来请。”

十条寺是个靠谱的朋友。梶尾也不禁露出了爽朗的笑容。

正在这时，坐在角落的少女也站起身来。她戴上贝雷帽，拿起手杖。随着手杖与地面接触的声音，她来到柜台处，喊来服务员后迅速地结完了账。梶尾和十条寺也适时停下谈话，目光移向了少女所在的位置。

她站店门前面正欲离开，又像是想起什么似的，看向梶尾，露出微笑。就在梶尾诧异的时候，她已经转身拉开店门，消失在空无一人的街道中。

她比梶尾他们晚来一些，点了一份同样的特级鳗鱼饭，还比梶尾他们早一步离开——而且，她使用过的餐具，恐怕连一粒米都没有剩下，茶杯里的茶也都喝得一干二净吧。然而，她就像来的时候那样，宛如一尊自动人偶一般，消失在梶尾他们的视线中。

梶尾和十条寺不由得面面相觑。刚才谈论的什么犯人，什么鳗鱼，比起眼前的不可思议的景象，仿佛都不那么重要了。

他们同时感慨起来。

“到底是何方神圣呢？”

不管怎么考虑，那都不是以人类的智慧能够理解的吧。

神秘的少女离开饭馆大概十分钟后，梶尾和十条寺也离开了。他们在车站前挥手告别。

梶尾目送着友人远去的背影，锤锤肩膀。还没到下午三点，还没到学校放学的时间，附近的路人也稀稀疏疏。他在冬日的晴空下，思考着接下来要去做什么——工作在昨天都已经做完，接下来似乎也没有什么急事。自己好像已经没有可做的事了。

冬日的天气尚有些寒冷，不过附近好像也没有很快就能逛完的观光景点或是散步场所。想不到的话就行动起来——梶尾拿出手机，搜索起附近的街道和景点。

就在这时，他听见有声音从背后传来。

“能打扰一下吗，梶尾隆也先生？”

梶尾有些慌忙地回头看去，竟然是刚刚在鳗鱼屋见到的少女——

头上戴着奶白色的贝雷帽，手里握着那根令人印象深刻的红色手杖，宛如精致的自动人偶，个子虽然不高，浑身上下却散发出不属于这个世界的奇异气场。近距离看过去，梶尾觉得她那光洁的皮肤和细长的睫毛更像是美丽的人偶，而并非人类。

梶尾略显吃惊地看向眼前的小姑娘。仔细看去，她的瞳孔的确是属于活着的人类，甚至也能感受到她传来的体温。

梶尾略带怀疑地问道。

“你怎么会知道我的名字？”

无论是自己还是十条寺，刚才在鳗鱼屋里都没有提及过对方的姓氏，更别说是自己的全名。就算是无意间脱口而出，以双方之间的距离，也不可能听得到的。然而，眼前的少女还是准确地说出了自己的全名。

“按照礼节，我也该自报姓名。我名叫岩永琴子。我有事想要拜托您，能请您抽出一点时间吗？”

听到对面的少女自报家门，又见到了她的态度，梶尾松了口气。她似乎是能够正常交谈的对象。

“没关系，请问有什么事？”

岩永仿佛不带任何感情地开口了。

“请问，您接下来要去警局自首吗？”

面对如此直接的问题，梶尾的心跳就像在一瞬间停止。对面的岩永则露出微笑，继续说了起来。

“按照计划杀害妻子之后感到后悔，因此想要去自首，对吗？”

她为什么会知道?

如她所说，梶尾按照计划杀害了他的妻子。十条寺的推理几乎全中，不如说是完全准确。

面对想要离开自己的妻子，早就把她视为私有物的梶尾无法忍受，于是决定杀死她。为了隐瞒动机，他事先实施了多起拦路抢劫，然后伪装成惯犯在实施抢劫的时候不小心杀害雪枝的假象，试图蒙骗警方。

虽然警方也有了解，梶尾夫妻的关系并不融洽。然而，警方却从未对他深入调查，也许是他的计划终究还是起到了效果吧。警方只是走了一个形式，进行基本调查取证之后，就将他排除在怀疑对象之外——一切如同他的计划那样。

只不过，有一点他没有计算到。梶尾原本想着杀了妻子，就不用担心她被其他人抢走，自己也能够满足、安心地生活下去——就如同十条寺分析的那样，梶尾原本打算像以前一样地继续生活。然而，事与愿违。

杀害雪枝，为她举行过葬礼后，梶尾的身体就频频出现异常。身体越来越沉，夜晚躺在床上甚至难以呼吸，睡眠质量也不好。他怀疑是内脏器官出现问题，曾经去医院接受了精密检查，然而结果却显示一切正常。这种状况持续了三个多月，自己也患上了心因性的身体不适。

原本以为杀害妻子，自己就能得到解脱，到头来还是过于自信。杀了自己所爱的人，内心一定比自己所意识到的还要苛责自己吧。即使妻子不再属于自己，自己也希望她继续活下去吗？虽然梶尾不这么认为，但他的身体好像接连不断地警告着他这样的事实。

于是，梶尾开始为自己的所为感到后悔。为了赎罪，他决定向警方自首。为了不给别人添麻烦，他把手头上的工作全部做完，也将自己的私事都处理完毕。花了整整一个月处理周围的琐事，能够毫无留恋地去自首的前夕，身体突然变得轻松起来，晚上也能够沉沉睡去。如他所料，果然是心病。

进了监狱估计很长时间都吃不到鳗鱼饭，也很难再见到老朋友，于是梶尾便决定邀请十条寺出来吃顿丰盛的鳗鱼饭，傍晚就去警局自首。

十条寺会在鳗鱼屋里揭穿自己的罪行，倒是出乎梶尾的意料之外。因为自己早就决定要去自首，也做好了善后事宜，没有后顾之忧的梶尾自然没有任何慌乱，面对十条寺的指控也显得无动于衷。因此，即便十条寺的推理完全正确，自己也能够一边吃着鳗鱼饭，一边饶有兴趣地听着朋友的分析。讽刺的是，正是梶尾的态度，让十条寺立刻就否定了自己之前的推理，打消怀疑。真是世事无常。

如果十条寺能够推理出梶尾自首的心理变化，那么就不会低头认错了。如果他能够想到，梶尾在杀害自己妻子后患了心病，自然也就能够得出正确的解释。

对于梶尾来说，虽然在鳗鱼屋对友人坦承自己的杀人罪行也行，但是想到日后知道真相的十条寺那惊慌失措的表情，就觉得很有趣。

于是梶尾便决定先不告诉他。今天仍以笑容作别。

但是，眼前名唤岩永的少女，又是如何知道自己隐瞒了半年的事实呢？就算在鳗鱼屋里从头到尾听到了梶尾他们之间的对话，也不可能得知全部的真相。更别说她还知道自己的全名。

梶尾像突然明白什么似的，一只手扶着额头。

“对了！这样就说得通了！”

虽然被眼前的少女看透真相，还说对了自己将要采取的行动，不过对自己来说却无关痛痒——反正自己都决定去自首了，结果是不会改变的。倒是一直以来的疑惑，如今终于能解释通了。

“你是侦探或者是私人调查员吧！受到我妻子亲属的委托，调查我的事情！我猜你在我房间里安装有窃听器吧！虽然你这样的女孩子会做这种工作，有些出乎常理，不过你大概也没有外表看上去的那么小吧！这样一来，你刚才出现在鳗鱼屋的原因就能解释通了！”

梶尾比以往看上去都要开心。

“在鳗鱼屋出现的目的，一定就是为了将我逼入绝境而来试探我的吧！你这样的女孩子一个人来吃高级鳗鱼，想必会吸引我的注意。接着只要在我离开后突然向我搭话，向我问罪。无疑会使我狼狈不堪、露出马脚，对你来说也比较有利吧！正所谓上天的启示——你正是手持智慧宝剑的虚空藏菩萨！”

梶尾洋洋得意地分析着，想要看到眼前少女惊慌的表情。然而，事与愿违，她很干脆地就否定了自己的推测。

“很不巧，我和菩萨大人没有任何关系。与梶尾先生您在鳗鱼屋相遇也纯属巧合，我之前完全不认识您。”

梶尾再次陷入了深深的迷惑。岩永则继续说了下去。

“不过，我在那里吃鳗鱼饭的时候，接到了您妻子的委托。”

“我妻子？”

梶尾一头雾水。是雪枝生前委托这个少女调查的吗？不，她刚刚说是在鳗鱼屋里接到的委托。

岩永浅笑着解释道。

“梶尾先生，妻子死后，您一直感到身体沉重不堪，晚上也睡不好觉吧。那是理所当然的。被您杀害的妻子的亡魂，现在正紧紧地附在你的身上呢。”

亡魂，即使头脑中蹦出这几个字，梶尾一时间也无法理解。只不过，冬天的冷风袭来，他自己的体温突然降了好几度。

“您难道没有听说过吗？鬼压床或者鬼打墙这类的传闻。没错，这种异常的现象，此时就发生在您的身上。您的身体，此时正受到外界的强大力量压迫。”

岩永指向商店街的方向，浅桃色的外套随风摆动起来。

“我走进那间鳗鱼屋的时候，还吃了一惊。毕竟，报复心如此之强的亡魂附着在人的身上，我还是头一次见到。接着，您妻子的亡魂就飘到我这里，跟我解释了有关你们之间的一切。被您杀害的妻子亡魂每天二十四小时都附在您的身上，从杀人计划乃至您最近的动向都了如指掌。而且，哪怕您去自首，您妻子的灵魂好像也不打算离开。”

岩永的语气中并没有威胁或者劝说的成分，而是像诉说真理的哲学家一般，仅仅将结论宣布出来。

没有经过任何推理或调查，仅仅在偶然造访的店内听到幽灵口中的真相。真的会有这种异想天开的事情发生吗——梶尾一时间说不出话来。岩永面无表情地继续说道。

“所以说，梶尾先生，就算您立刻前去自首，坐牢赎罪，身体状况也不会变好，睡眠质量也不会有所提高哦。就请您从今往后继续这样生活下去吧。”

梶尾脸上终于露出苦笑。终于，他发觉了岩永话中所隐藏的矛盾之处。

“别跟我说灵魂和鬼压床这种耸人听闻的鬼话。就在几天前，我下定决心自首以后，身体就已经变得轻松很多，睡眠质量也提高了。那就是内心的罪恶感减轻的最好证明吧！”

岩永咯咯地笑了起来。

“这只是您的一厢情愿而已。因为您一心想着‘只要赎罪，症状就能够消失’，所以距离自首的日子越近，您就越觉得身体有所好转罢了。人的心理暗示还真是不可思议啊。正因如此，您现在的错觉是不会持续下去的。看吧，您现在的身体又变沉了吧。”

梶尾突然感觉到，有什么东西压在他肩膀、腰部、大腿。因为饱餐一顿而变得满足的胃袋，也突然因为疼痛而收缩起来。额头上更是冒出了豆大的汗珠——自己就这么突然回到了前几日，令他生不如死的状态。

就在这个瞬间，梶尾仿佛有种女性的手臂缠绕上了自己脖子的错觉？可这条手臂自己再熟悉不过了，正是自己死去妻子雪枝纤细的手臂。

“您的体质似乎听不到幽灵的声音，因此您的妻子委托我向您转述这些话——你不是一个会因为罪恶感，身体状况就会变差的人。就因你那病态的占有欲，你杀害了自己的妻子，甚至没有一丝反省，你根本就不是人。

“正因你不是持有正常罪恶感的人类，您妻子才会如此愤怒。因为身体出现异常，您才会将其归结为内心的罪恶感，但其实都是您虚构出来欺骗自己的谎言。一切都是您的错觉罢了。”

因身体的强烈不适而面色苍白的梶尾没有回话，岩永不合时宜地换上了柔和的语气。

“您现在去自首也好，继续逍遥法外也罢，都已经不重要了。在监狱服刑的话，虽然会失去自由，但好歹基本的生活都能有所保障；继续这样生活虽然行动不受束缚，鳗鱼饭也可以想吃就吃，但就凭您现在这副沉重的身体，想必也是无法维持生计的吧。到底选择哪边会比较轻松呢——”

虽然说着略显残酷的话，然而从这位叫岩永的少女脸上，却看不出太多变化。肌肤还是那样通透，卷发还是那样柔顺——还是那副可怜楚楚的模样。梶尾却不由得毛骨悚然。

岩永向他鞠了个躬，便准备转身离开。梶尾慌忙地叫住了她。

“麻、麻烦等一下！你能看见幽灵，能和幽灵对话吧？那么，你也能够驱除附在我身上的妻子亡灵吧？能拜托你帮我除灵吗？要多少钱我都给你——”

虽然并不相信幽灵，不过此时的梶尾也不得不相信。梶尾非常清楚现在的自己要想摆脱身体的负担，这位少女是最后的救命稻草。

岩永突然用手杖的尖端指向梶尾的鼻尖。

“妖怪、怪物、幽灵、魔物，我便是它们的智慧之神。我可以接受身为幽灵的您的妻子的请求，但是没有理由接受人类的请求。更何况，您被妻子的幽灵附体，若此事有违人世间的伦理道德，我还可能会替您驱除幽灵，但您完全是自食其果。您现在的处境合乎情理，所以我自然不会出手帮您。”

岩永仿佛是想到什么有趣的玩笑似的，补充道。

“不过，想必总有一天，您妻子会对附身在您身上厌烦吧。您只要坚持活到那一天即可。更何况，您对妻子的爱强烈到甚至要杀害她，那么，永远跟她在一起不是最好的结果吗？”

梶尾浑身涌现不出一丝想要反驳的力气。眼前的岩永看起来是那么瘦弱，仿佛自己只要一只手就能轻易抓住她的头发，将她砸向路边的围栏——然而，面对她时，自己却没来由地心生胆怯，根本无法靠近半步。眼前的少女，果然无法用人类的智慧去衡量。

最后，梶尾还是出手了，问出了一直萦绕在脑海中的问题。

“最后、最后请告诉我一件事。刚才你为什么会一个人来吃鳗鱼饭？我始终都很在意。”

最后的最后，梶尾还是想要知道这个问题的答案，不想再让这个问题继续烦扰自己。

岩永只是露出了略显讶异的表情，小声地说了句“奇怪的问题呢”，态度意外地变得亲切起来。她解释道。

“要问为什么呀，我今晚要去恋人的家里过夜，于是就想要养精蓄锐，才进了那间鳗鱼屋呀。”

“精力？要去恋人家过夜？”

梶尾喃喃自语着。岩永有些得意地点点头。

“鳗鱼被认为是新生的婴儿和母子平安的象征，因为很像某个器官，所以也象征着夫妻和睦。而且也有补充精力的作用——今晚一定要豁出去！”

的确，食用了能够养精蓄锐的鳗鱼肉，说不定会有不错的效果。作为理由也是足够了。

然而，为什么眼前的少女会毫无顾忌地开黄腔！明明是深居闺阁的大小姐、精致魅力的自动人偶、宛如菩萨化身的小姑娘——竟然会说出养精蓄锐、夫妻和睦这种话！

梶尾因为身体和精神的双重打击而痛苦不已。在鳗鱼屋绞尽脑汁地分析、争论、推测的内容全是错误的。原来十条寺对自己说的预兆指的是这个呀！这些莫非全部是幻觉，谈论着自己妻子亡灵这种荒诞无稽的少女，其实根本就不存在吧！

然而，身体依然沉重，仿佛五脏六腑都被压迫着，让梶尾痛苦不已。原来并不是幻觉啊！

“那么，祝您余生顺利。”

岩永轻轻地摘下贝雷帽，打了招呼之后便悄然离去。

自己该像原来决定好的那样去自首吗？ 不管去不去，自己的痛苦都不会减轻，好像不管选择哪条路，前方等待着自己的都是悬崖。更不知道该找谁商量。

只不过，到了此刻还一心想着保全自身，想要从痛苦的现状中脱离，还在拼命地思考着要对附身的妻子的灵魂道歉的言语。

——梶尾忍不住开始觉得，自己已经不是人了。

晚上七点刚过，岩永琴子和刚刚结束打工的樱川九郎碰了头，两人从车站手牵着手，往九郎独居的公寓徒步走去。

九郎找的这份零工，属于短期的高强度劳动，不过工资给得也很多。虽然九郎个子瘦高，一副完全无法胜任体力劳动的模样，不过体力活对他并不算难，连续几日不眠不休也稀松平常，即便是危险系数很高的作业环境下，也能够不动声色地进行工作——但凡他打过工的地方，对他的评价都很高。因此，九郎一直能够找到待遇不错的工作。

对于岩永来说，恋人在打工的场所备受好评自然不错，但始终对待最重要的恋人却过于薄情。不仅迟钝，关怀度也不够，有时候甚至说话态度也不好。

在回九郎家的路上，岩永和九郎说起了发生在鳗鱼屋的事情。当然，也包含有自己吃了增强精力的补品，今天晚上请不要怜惜我的深意。

九郎听完了故事的来龙去脉，叹了口气，露出了复杂的表情。

“那个叫梶尾的人虽是自作自受，不过你也是毫不留情啊。”

“我只是尽了妖怪们的‘智慧之神’的义务。”

岩永只是帮幽灵传话，甚至都称不上付出劳动。对于岩永来说，甚至算不上午饭之后的消化运动。因此，对于九郎的指责，岩永有些不太高兴。

九郎还想说什么，最后还是放弃了似的垂下肩膀，不太情愿地说道。

“事已至此就算了吧。只是，你以后不要一个人去那种鳗鱼屋了。店员估计也会为你烦恼吧。”

那个叫梶尾的男人为什么会觉得，自己在鳗鱼屋是不可思议的事呢？去鳗鱼屋，除了吃鳗鱼饭还能有什么原因吗？只要顾客能够吃得干干净净，临走前老老实实付钱不就行了。店员怎么可能会烦恼呢？

“我倒觉得没什么问题呀。那我下次去甲鱼店好了。”

“各种意义上，都别这么做了。别再去了。”

到底为什么不让我去呢？岩永撅起嘴巴，不太开心。

——啊！莫不是？

“难道是因为我一个人吃了昂贵的鳗鱼饭而嫉妒了吗？但是，学长你白天不是要打工吗？就算我邀请你也来不了。要不然下次我请你吃好了。”

“不，我不是这种意思”

九郎深深地叹了口气，牵过岩永的手。

有这种莫名其妙的男朋友，还真是辛苦——岩永再次不满。那个叫梶尾的人也是，独占欲强烈到把自己的妻子都杀害了。两个人要是能够稍微平均一下，那该多好。只不过，要是九郎变成梶尾那样的人可就不好了！

无论如何，今天吃了这么多的鳗鱼，今晚一定要好好发挥效果才行！

岩永对着冬日的夜空，暗暗起誓。

虚构推理

短篇集

Short stories

岩永琴子的出现

Appearance of Kotoko Iwanaga

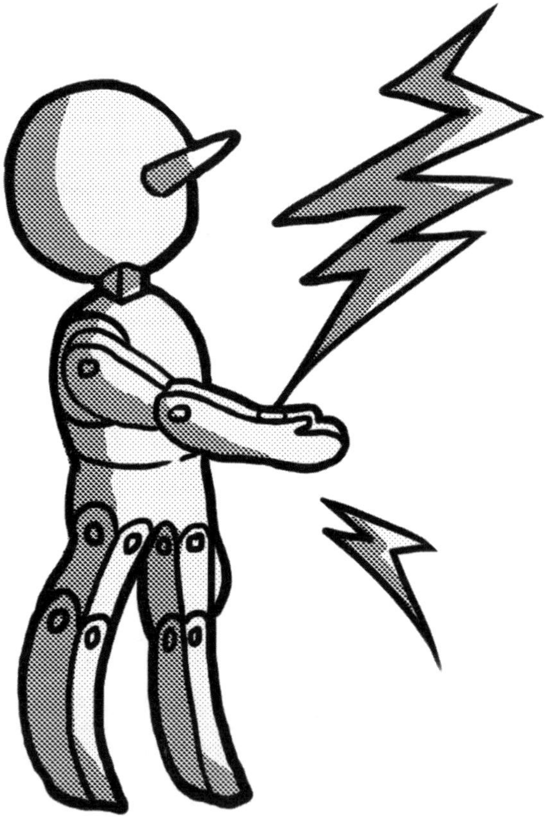

第三篇

电击的匹诺曹，或是向星星许愿

岩永琴子的外貌与她的年龄并不相符，实际上她已经是十九岁的大学生了。而且有着一位比她大五岁的男朋友——樱井九郎。

她在年幼时曾遭遇了神隐，其结果就是被妖怪、怪物、幽灵、魔物等怪异奉为智慧之神。具体的工作其实就是调解妖怪之间的争端，或是解答妖怪们的疑惑等。因此，她被妖怪们称为“单眼单足的公主殿下”，备受敬畏。

今天也是接到了妖怪们的委托。从傍晚开始，她便留在男友九郎的房间中，通过网络收集着今年三月——也就是本月发生在渡渡水小镇里的一起事故的相关情报。

难得造访男友的公寓，岩永原本打算和九郎一起做晚餐，然后看看电影，悠闲地消磨时间，不过事情的发展总是不能如愿。

早些时候跑来了一群妖怪向岩永求助，它们委托的内容是件相当紧急的事情。

“抱歉，九郎学长，计划赶不上变化。难得今天那么早过来，想着一起……”

她向正在厨房里忙活的九郎道歉。送上门来的可爱女友，此时却一个劲地盯着电脑屏幕，任谁都会感到扫兴吧。

九郎端过来两个装满咖啡的马克杯，一边向着岩永所在的桌子走来，一边非常开心地回答道。

“别在意。如果有事的话，你也可以先回家。这样一来我就能自由地支配时间，晚饭也可以只做我一人份了。”

他的语气听起来是认真的，大概是因为扫兴而故意说的反话吧——岩永推测。于是她催促九郎坐在自己身旁，用手轻轻地掀起裙边。大腿的肌肤若隐若现。

“如果你无聊的话，随时都可以来摸我的大腿哦。”

“摸你大腿有什么乐趣？”

九郎露出迷惑的表情。

就算是好脾气的岩永，遭受如此侮蔑的情况下，还是忍不住发起脾气。虽然岩永的外貌看上去比她实际的年纪要小，身上也没挂什么肉，不过，这毕竟也是女孩子的大腿——

“明明就很有乐趣吧！大腿是女性的一大魅力啊！那位著名的‘桃连者’的‘桃’都是来自‘大腿’[①]！”

“别胡说了。那绝对是从‘桃色’[②]的‘桃’而来的。”

九郎冷冷地打断了岩永的狡辩，坐到她的对面，手里的马克杯轻轻地放在她的面前。岩永不大情愿接受，明明自己没有夸大事实，对

① 桃连者，日本特摄剧《秘密战队五连者》中五位战队成员之一。此处“桃连者”的“桃（momo）”与“大腿”（futomomo）有读音相同之处。

② 桃连者的战斗服为桃色。

方却一副不愿相信的态度。看到“桃”就想起“桃色”，这简直是思维被固定观念束缚的典型！

“话说，妖怪们找你商量什么？”

九郎喝着咖啡问道。想要解决这次的委托，似乎需要九郎的协助。岩永正襟危坐，表情也严肃起来。

“B县有一处叫渡渡水的海边小镇。据妖怪们说，那里发现了一个奇怪的木偶，闹出了大乱子。”

“妖怪和怪物都说‘奇怪’，那个木偶还挺危险的。这次会是什么妖怪呢？”

“我想想看，如果硬要给它取个名字的话——”

岩永回忆着从妖怪们口耳相传的，那个奇怪木偶的行为和特征。一个名字立刻浮现在她脑海里。

“叫它‘电击的匹诺曹’比较合适吧。”

匹诺曹，是十九世纪的意大利童话中主人公的名字。曾经被改编成动画和电影，也算是脍炙人口。就算不了解具体的故事，也该知道这个名字和大致内容吧。只是，电影和原作的内容出入较多。其实故事本身并非是只给儿童看的作品。

九郎单手握着马克杯，陷入沉默。他的表情有些复杂。过了一会儿，他用疲惫的声音提醒岩永。

“给这种家伙起奇怪的名字，到时事态可能又要复杂了哦。”

昨晚，岛井多惠被那只从半年前就养在家中的虎斑猫规劝了一番。

“我们的同伴已经去找单眼单足的公主殿下商量了喵。所以请放心，这一连串的怪事马上就可以得到解决了喵。”

对于多惠来说，这样的安慰完全无法让她放心。

多惠已然接近八十高龄，也算是见惯了世间的大风大浪。不过，想到最近发生的一连串的怪事，她却忍不住换上了一副苦涩的表情。

话说回来，“单眼单足的公主殿下”又是何方神圣。听起来也不是什么正常的人类。想必也是妖怪的其中一员吧。找这种人商量倒是可以，但愿事情不要变得更麻烦。

当然，自己与通晓人言的猫妖住在同一个屋檐下，本身就已经很奇怪了。

今天早上七点半，多惠穿着红豆色的运动衫出门慢跑。当她经过飘来阵阵海潮香气的沿海道路时，看到停泊着数条渔船的小港口前四五位当地男子围在一圈讨论。从他们的表情来看，像是发生了什么严重事态。镇长也在其中。

道路右侧是湛蓝色的海，左边是翠绿色的山，晴空万里，令人舒爽的清晨。虽然现在是三月底，气温渐渐变高，不过早上的天气既不会让人感到彻骨的寒冷，也不是特别温暖。

多惠叹了口气，停下脚步。上前询问情况。

“今天海面上也有浮着大批的死鱼呢。”

“哎呀，是多惠大姐。”

镇长仿佛是找到了母亲的幼童，语气也像是吃下了定心丸一般。

镇长今年六十一岁。以多惠的年纪，镇长就算真是她的儿子也不奇怪。不过，镇长却仿佛把全部希望都寄托在了他面前的这位瘦骨嶙峋的老太婆身上——作为镇长，自己还是身材健硕的大个子，实在有些丢人。

当然，多惠的这番心里话，镇长自然是没办法听见的。他自顾自地说了起来。

“今天又是一百多条鱼，要么被冲到海滩，要么就浮在海面上。这个月以来，每个礼拜都要发生三次啊。”

自打进入三月，这个小镇的海滩上，每隔一到两天，就会出现大量的死鱼。鱼被潮水或海浪击打到礁石上，再顺着水流漂到海滩并不罕见，不过近期的死鱼数量实在是多得有些异常。

多惠不紧不慢地听镇长说完，接着便把视线投向海面。

“鱼群大量死亡的原因依然不明吗？”

“我们也拜托县里的大学帮忙调查了，不过几乎所有死鱼都没有明显的外伤，没有下毒的痕迹，也并非是窒息死亡。况且近期也没有出现赤潮现象。调查之后发现，这些鱼都是死于休克。”

镇长回答完毕，其中一位渔船主人摇了摇头。

“只是漂着的死鱼比较显眼，实际上附近的海藻、水母和扇贝也都遭了殃。这片海域到底发生了什么！”

“起初，那些钓客们都没怎么在意，不过自从上个礼拜以来，就没有什么人来钓鱼了。那些以前经常在海岸和堤坝上垂钓的人也基本上都不来了。租赁钓船的客人更是已经减少到一半以下，想必之后的周末还会有更多的人来取消预约吧。”

另一位渔船的主人则是满脸痛苦，用手按着逐渐紧缩起来的胃。

在死鱼刚被发现的时候，这些以海洋为生计的渔夫们尚且还比较冷静，他们认为只要调查一下就能知道原因。即使查不到原因，在海上男儿的眼里，大海本就如此，经常会发生一些奇特的现象，也许明天就会恢复正常吧。

然而到了第二天，落入他们眼中的依然是翻着肚子的死鱼，如同海面上铺满瓷砖的景象。也许下个礼拜就没事了吧！渔夫们依然抱着一丝侥幸。然而第二周仍是如此，大量的死鱼漂浮在海面，整个海滩上都飘着死鱼气味。没有人统计过准确的数目，不过至此已经有数百条鱼死掉。

原因始终未能查明。没有恶意投毒的迹象，近期海水温度也没有急剧上升或下降，不会导致海水盐分浓度产生大幅度变化。即便如此，每隔几天，小镇附近海域的生物就是会出现大量的死亡现象。

也正因此，当地居民都不敢在这片海域中钓鱼或捕鱼。此事甚至登上了报纸和电视新闻，也进一步导致了外来游客的减少。

“餐饮店和商店的客人也在减少，要是还搞不清楚原因，继续任其发展，以后可该怎么办啊……”

“说不定也会影响到渔业。这个小镇的近海今后恐怕也会越来越难捉到活鱼了吧。”

镇长和在场的船主们都一副垂头丧气的样子，不断抱怨着如今情况的严重性。

多惠瞧着他们狼狈的样子，哼了一声。

“这种情况只不过才持续一个月，你们这群大老爷们就已经撑不住了？我看不过是从去年夏天开始，你们的生意好过头罢了。那阵子，你们不是靠着电视剧的热播，赚了比往年多两到三倍的钱吗？加上这个月的损失合算下来，跟往年也没什么变化吧。说不定比往年赚得还更多吧？”

面对多惠的质问，包括镇长在内的人全都默不作声，无法反驳。

所谓的电视剧是指去年春天开播，由当红女演员主演的电视连续剧。取景地正巧选在背山靠海的渡渡水镇拍摄。剧情围绕着这座小镇展开，自然也就包含了很多与小镇相关的元素，比如大海、海滩，以及钓鱼。

电视剧播出之后便获得了空前的成功，观众大批赶来观光作为取景地的小镇，走进剧中角色曾经去过的餐饮店吃一吃新鲜的鱼，在剧中角色曾经钓鱼的地方也体验一把垂钓乐趣——

原本的渡渡水镇是一座人口不足八千，交通也不方便，甚至就连便利店都不见一间的小镇，主要的收入来源是小规模的渔业，以及钓客的渔船租赁业务，小镇里的年轻人也都去了临近的大城市，没人愿意留在这样的地方。

正是这样一座以渔业为生的小镇，在电视剧的热播下，突然变得繁荣起来。即便在电视剧放完，也依然保持着较高的人气，周末前来的客人也丝毫没有减少。以前鲜有人问津的钓鱼场，在电视剧的影响下也受到了极大的关注，定期前来钓鱼的客人也多了起来。

因为外来游客急剧增加，相对应地，纠纷和投诉也变得多了起来。部分与旅游业、渔业无关的居民们的生活受到了很大影响，态度也变得消极，奈何在大趋势下，小镇依然给人一种蓬勃向上的活力。

“这个世界，有得必有失啊。幸运和不幸的分量，最终也是大抵相等的。人生得意的时候便大手大脚地花钱，随随便便地投资，最后一无所有——这些大概都是大海的神明降下的惩罚吧。”

自己口中的这番话，如果放在以前，恐怕连多惠自己也不太相信。

与其说是降下惩罚，不如说是放任自己本该守护的海洋生物随意被虐杀而不管的恶劣神明吧——多惠在心中暗道。为了安慰眼前这群垂头丧气的“大海男儿”，她露出了一丝苦笑。

“至少这个礼拜先忍耐一下吧。如果鱼群离奇死亡的情况还持续的话，说不定要找人来做个驱魔的仪式了——”

多惠心里清楚，即使是找人来做驱魔仪式，情况估计也不会有所好转。但若是告诉这群人，自己已经束手无策的话，想必更会令他们不安吧。

多惠说完便转身离开，继续慢跑起来。

多惠在离开后，脸上的表情不禁有些苦涩。她内心还是有罪恶感的。对于这个月起发生的大量鱼类死亡现象的原因，她心里再清楚不过。但如果公布原因，到时候遭受的损失恐怕会更大。

“请等一等，多惠大姐！请告诉我，实情到底是怎么样的？”

镇长在身后叫住了多惠，他摇晃着肥大的肚子追了上来。

“实情，你指什么？”

面对前来试探的镇长，多惠跑步的速度慢了下来。她装作毫不知情地反问道。

对方则有些激动地说道。

“现在小镇上也在到处在传呢！说这次的事情是善太老哥的幽灵在背后作祟……”

直觉准的人还是有的。乡下小镇的人际关系并不复杂，想必普通人很快就能联想到那件事吧！多惠在心中想着。

“幽灵作祟？那种迷信的说法你也能说得出口？不知道你有没有接受过现代教育！”

明明刚刚才说过大海的神明之类的话题，如今却教训对方迷信——不过，对于眼前的这位头发花白的长者，镇长显然是有些胆怯。不过他仍是不肯退让，继续追问着。

“可是善太老哥可没给过这些钓客和游客们好脸色。经常抱怨他们到处扔垃圾，不经允许随意拍照，随便采摘别人种植的花草——甚至闹到过警局。结果，善太老哥的孙子小翼被游客的车子撞倒，意外去世……”

日常的突然变化通常会伴随着扭曲，而这次扭曲的代价则是一个小孩子的生命——这算什么歪理?

善太全名为平户善太，与多惠一样，是土生土长的当地人。他比多惠小五岁，住得距离多惠也很近。两人的老伴也都早早离世，一直孤身一人。因此，他们平时生活中也经常互相照应彼此。

善太的儿子很早以前便去了外面成家立业。在去年八月，他的儿子带着家人，其中就包括了善太年仅十岁的孙子——小翼，回到老家省亲。

然而就在省亲期间，小翼被前来小镇观光的男女大学生四人所乘坐的车子碾过而意外身亡。据说当时车内的大学生们都在嬉笑打闹而疏忽驾驶，进而造成方向盘的误操作，因此酿成悲剧。

在意外发生后，小翼还一息尚存。然而暑假期间，小镇上的车辆交错混杂，还伴随着很多违法停车，导致救护车救援的拖延，在送往医院的过程中，小翼就已经停止了呼吸。

“简直是一连串不走运才酿成的惨剧。要是小翼能早点送到医院的话，想必就能获救了吧。”

对于镇长的见解，多惠故意顺着他说道。

“所以，你怀疑善太是造成这种局面的源头——不想那些游客再来小镇，才会在暗中作祟，使得大批的鱼原因不明的死亡？”

“善太老哥是二月末去世的。三月初办完葬礼，接着就出现鱼群大量死亡的现象。从时间上来说是恰好吻合的。”

在孙子小翼死后，善太一直都是拼命忍耐着上天不公的表情。即使在肇事大学生们的判决下达之后也是如此。终于在上个月，如同耗尽所有生命能量一般，他死于心力衰竭。

“镇长，你该减肥了吧。明明比我还年轻二十多岁，怎么没跑几步就气喘吁吁的？”

因为想起了不愉快的回忆，多惠也忍不住训斥着身后喘着大气的镇长。

“别说是小二十岁了，多惠大姐您连高中生都能跑赢吧！”

“别这么说，比起田径部的小伙子还是要差一点的。”

“已经很厉害了！”

接着，镇长抓住了多惠的手腕。如果这么跑下去的话，两人的距离只会越拉越远。

“哎呀！请不要转移话题嘛！刚刚不是在说善太老哥的事情吗？”

回头看看肩膀上下抖动喘着粗气的镇长，多惠终于停下脚步。她指出了镇长之前假设中的矛盾之处。

“的确，善太可能会对那些游客心怀怨恨吧，毕竟自己孙子的死和这些人有关。但是，将游客赶出去，遭受损害最大的不还是小镇吗？鱼群的离奇死亡现象如果持续下去的话，游客根本不会接近这里，这里赖以为生的渔业就完蛋了。到时候又有多少人寻短见，有多少人离开啊！与其说是对游客作祟，不如说是对整个小镇作祟！”

“但是，说不定善太老哥会因为小翼的事情，而怨恨整个村子的人呢？”

镇长面带愁容地问着多惠。多惠没有反驳，他又继续说道。

“小翼的事故发生以后，大多数人最担心的事故死亡的新闻和报导会对小镇产生不好的影响，导致游客的减少。镇上出现死者，也是因为游客增加所导致的——要是形成这种舆论，势必会对这里产生负面影响。所以，比起慰问善太老哥和他的家人，并表示同情与哀悼以外，更多人则是暗中嘱咐他不要把事故说得严重。很多人也因此传出闲话——说是那场事故中，肇事的四名大学生固然有重大责任，不过小翼自己过马路也没有注意。就这么大点的小镇，估计很快就会传到善太老哥那里吧。”

“善太是听说过呀。”

让人不快的话题。

水平线的那边太阳刚刚升起，阳光在海面上撒上层层金色的波光，海鸟也在盘旋飞舞。尤其在这样的早上，更不想旧事重提。

镇长颇为自责，也许是当时没有阻止事态恶化而产生了罪恶感。他小心翼翼地说道。

“如果我是善太老哥的话，也一定会想要报复我们的小镇吧……”

正是如此，多惠指出的矛盾其实并不存在。

即便如此，多惠还是立刻否定道。

“不过，你也是知道的吧。善太是个温柔的人，换句话说就是胆小。

毕竟人类就是这样——理所当然地会怨恨某人或某物，甚至想要去杀掉对方。但是，善太却没有胆量杀人，也不敢去承担给予他人不幸的责任。更别说是承担让整个小镇走向灭亡的责任。”

善太，正如他的名字那样，性格中最主要的特征便是“善”。换言之，是对于外界的“恶”保持着抵抗之心的普通男子。

“这样的人，让他去对自己土生土长的家乡作祟——就算是死后，你觉得他有这样的胆量吗？你觉得他的内心承受得了镇上的人们对他的怨恨吗？如果他有这样的胆量，恐怕活着的时候就会在小镇上大闹一番，不可能一言不发地把自己关在家里。”

自己做出的事情，一定会由自己背负责任。善太并非有勇气背负让他人变得不幸责任的人——多惠很清楚这点。镇长也表示同意。

“是的，我也清楚。但是，如果自己下不了手，让别的什么代替自己下手又如何呢？”

镇长的观点可谓一针见血，就连曾经连任过镇长的多惠都忍不住在心里称赞几句。

而镇长此时却恐慌起来，仿佛担心自己的猜测正确一般。多惠厉声问道。

“这话怎么说？”

镇长心一横说道。

“善太老哥生前做的那个大木偶，您知道它现在所在何处吗？”

善太制作的木偶。

镇长的话语中既害怕认可自己的观点，却又不得不正视这种可能性。想要多惠承认自己的猜想，却又想让对方来背负责任。

——看来，不仅是善太，任何人都不愿意背负罪行或恶行吧。

二人周围的空气仿佛都凝固一般。镇长看多惠一言不发，忍不住继续说道。

“在小翼去世以后，善太老哥是不是做了一个比小孩子体型稍大的木偶。虽然没看到过做好的完成品，不过貌似是那种关节能够活动，用细线吊起来的提线木偶。”

多惠的回答也很简洁。

“啊，确实做过。”

当初，多惠最后一次在善太家中见到的木偶，身长已经将近一米四，接近完成的状态。虽然木偶头部、肩膀、膝盖、胯部的关节都可以自由活动，不过腿部和头部几乎不能活动。另外，也许是手指的制作相对困难的缘故，木偶的肘部以下是一整根木头。手部末端则打磨成了棒球大小的球面。因此，木偶的手也不能活动，更没法做出握持等动作。

从整体上来说，木偶全身没有进行涂装，手脚和身体的边边角角也未经过细节处理，只是粗略地打磨了表面。木偶身上既没有穿衣服，脚下也没有踏鞋子，头部既没有刻画出头发和耳朵，也没有眼睛和嘴巴，只是在头部的正面装上了一个类似鼻子的物体。

这个木偶，用丝线吊起来的话，倒是能够如同提线木偶一样活动。

不过，因为稍显拙劣的外观以及大小不一的部件，给人一种整体协调性失衡的印象，即便把木偶立起来，肩膀也会诡异地倾斜。因此，凡是见过的人，都会感到莫名的不安。

“木偶尺寸估计是仿照去世的小翼身材比例制作的吧。所以也有人传言，这是做来代替孙子的——”

的确，年逾七十，也绝非是能工巧匠的老人，竟然开始收集木材，想要做一个孩子大小的木偶——这种行为难免会引发人们的流言。毕竟，原本住在小镇里过着普通生活，时常陪附近的居民闲话家常的善太，像是突然被什么东西附身一般，竟然埋头制作起木偶，周围的居民肯定会注意到的。

“在善太老哥去世以后，那个木偶完全没人提起过，对吧？从外面赶回来举办葬礼，收拾房间的儿子也没提过要处理人偶。毕竟那东西没有被当做垃圾扔掉，儿子可能都不知道父亲不声不响地做了那种东西。如果儿子在家里发现木偶的话，不会偷偷带回去扔掉，而是会找小镇里的人询问这件东西的由来，没错吧？”

镇长的推测很合理。

“然而儿子在葬礼前后都没提到过木偶。就好像，随着善太老哥的去世，那个木偶也跟着从家里消失了……多惠大姐和善太老哥关系不错，还是第一个发现他去世的。当时，那个木偶还在吗？”

“我也说不好啊。要是善太事先把木偶放进储物柜里的话，我肯定发现不了吧。他是不是突然醒悟过来，后悔自己做出这样一个怪东西，然后放把火烧掉了呢？”

“要是如此就好了——”

镇长擦了擦汗。多惠知道，那不仅是剧烈运动之后留下的汗，想必其中还混杂了担惊受怕的冷汗吧。

镇长又换上一副痛苦表情。

“但是，有人说看见过类似的木偶在深夜的街道徘徊，奔着大海那边走去的样子。说是在月光的照射下，后背挺得笔直，还发出‘咔哒、咔哒’的硬木敲打地面的声音……”

多惠不由得撇了撇嘴。自己是该笑着说“别傻了，怎么可能会有这回事”，还是该用怜悯的眼神保持沉默？到底怎么做更有效，而怎么做才是正确的选择呢？

在多惠陷入困惑的时候，镇长忍不住往大海的方向投去了恐惧的目光。

“那个木偶，就好像是依附着小翼的亡魂一样，然后被死去的善太老哥的执念驱使着，才会在深夜到处游荡吧。有人曾见到木偶往大海的方向走去，想必与这个月发生的大量鱼类死亡现象脱不了干系吧！”

镇长转向多惠，开门见山地说道。

“《木偶奇遇记》里不是也有类似的故事吗？在故事里，有位老爷爷制作的提线木偶匹诺曹，借助精灵的力量获得了灵魂，然后惹了一连串的麻烦，最后变成了人类。现在发生的事情，简直就是故事的重演……”

“匹诺曹……吗？”

多惠的语气有些惊讶。镇长继续说道。

“善太老哥估计也意识到了吧，所以才给那个木偶装上个长长的棒子一样的鼻子。因此，那个木偶才能像匹诺曹一样，拥有自行活动的能力吧……”

木偶的头部约有排球那么大。在球型木块的正中央，竖着一根大约十公分长的木棒。将木棒当作是鼻子的话，即使没有眼睛、嘴巴、耳朵、头发等其他部位，也已经有几分像是人类的面孔。

至于《木偶奇遇记》里的匹诺曹也一样。它的鼻子也是一根细长的木棒，如果说谎的话，木棒还会伸长。

多惠有些忧虑地反驳镇长。

“你的意思是说，那个木偶继承了死去的善太的遗愿，才在深夜去海里杀死大量的鱼？区区一个木头人偶，还真是了不起呢。你说的那个匹诺曹，可没这么大的本事哦！”

“确实是这样，不过……”

“还有啊，老爷爷制作的提线木偶，借助精灵的力量获得灵魂——那是电影里的情节才对。在卡洛·科洛迪的原作里面，老爷爷是搞到了一块能说话且自己会动的木头，他为了赚钱才制作成木偶的。原本才不是那么温馨的童话。跟善太制作的木偶完全不同吧？”

镇长本来是因为善太制作的木偶能够自己活动，才联想到匹诺曹的故事。然而却被多惠指出了原作中制作动机的差异，让镇长显得有些慌乱。

只不过多惠也说了谎。如果是匹诺曹的话，这时候鼻子就会变长了吧。

善太所制作的木偶，与匹诺曹的确有相同之处——制作木偶所使用的是一种特殊的木材。

即便如此，多惠还是以强硬的语气否定道。

“死去的老人制作的稀罕木偶，某天突然自行活动起来，涂炭生灵、制造灾难——这种剧情只会出现在怪谈和恐怖故事里面。善太制作的木偶和最近发生的鱼类死亡现象明明是两件毫不相关的事情，那些毫无责任感的人们却擅自联系起来，你听说的木偶在深夜徘徊，也是他们传扬出来的流言吧。你好歹也都六十了，怎么还信这种鬼话？可别在其他镇民面前造谣啊！”

“我只对多惠大姐您说了……就算您说的有理，但我还是觉得，这几件事之间存在某种联系……”

镇长的直觉没有任何根据，也没法对镇上的人随便透露自己的想法。同时，心中潜藏的想法让他恐惧，因此，他才想去依赖这位镇上最年长，也是最可靠的多惠吧。

然而，镇长的直觉准确无误地命中了。这几件事之间必然存在联系。

多惠非常清楚。近期发生的一连串鱼类大量死亡的现象，原因正是善太制作的木偶。那具木偶就像是童话故事里的匹诺曹，没有人在背后用丝线操控，却可以自行活动。多惠也见过数次，甚至昨晚就又见到了。

不过多惠并未表现出来，而是故意装出一副迷惑的神情。镇长又擦了擦汗。

“当然，我本人也不相信这些事情。但是，我有种不好的预感，如果再不去管管善太老哥的木偶，总有一天会发展到无法挽回的程度……”

镇长虽然无法相信超出常理的事物。在此事上，却只有抛弃常理，才能解释得通前因后果。正因如此，人们才会下意识地相信怨灵的诅咒，作祟，以及念力等非科学的事物。

“你觉得是善太在背后捣鬼吗？并非自身化作怨灵，而是让木偶代替自己采取报复行动？”

“就算不是善太老哥，至少也是木偶自作主张的行动。”

虽然制作木偶的人是善太。不过，这种说法也许能让善太免除直接的责任。

“真是让人不快的想法——”

镇长也算是颇具慧眼，他的推测近乎完全正确。就连多惠都快被逼到退无可退，只能承认是怨灵作祟的结果。

多惠不忍心看着镇长一只脚踏进泥潭，语气也变得柔和起来。

“既然如此，那就准备除灵的仪式吧。小镇的预算恐怕是支付不起吧。那么，这笔钱算在我头上好了。仪式准备得尽量正式点。”

说完，多惠便继续跑了起来。这次她故意跑得很快，以便彻底甩开肥胖的镇长。

海潮散发出香气。柏油马路踩上去硬邦邦的。

这样一个海岸鲜有人烟，只能听见海浪声的小镇上，究竟是怎样的魔物在作祟？惨剧一出接着一出，木偶在深夜徘徊，一切都蒙上了不祥的阴影——鱼类的大量死亡是最后的惨剧还好说，若还会发生别的灾难，就必须趁着现在阻止。

半年前寄宿在多惠家的猫妖，说不定正是灾难发生的预兆，说不定正是上天的启示。

虽然年纪大了，很多的事都力不从心。不过，有时候豁出去也是能做到的。多惠正因为自己时日无多，才能痛下决心去解决这件事。

多惠的家靠着大海，坐落在沙滩高处的一片小山丘上。以前附近还有几间民宅，不过也都随着时间的流逝，搬的搬、走的走，人烟逐渐稀少。户平善太过世，他的房子被拆除以后，距离多惠家最近的邻居，也都超过两百米开外了。建在斜坡上的房子，使用起来颇为不便，随着小镇居民的流失，很多房子也都慢慢地空了出来。

这栋房子有两层，外面还带有院子，一家四口人来住也绰绰有余。不过，自从十五年前丈夫去世以后，就只有多惠和一只猫住在这里。房子虽然有些年头，不过多惠定期会进行翻修，再加上房子本身抗震性良好，看上去完全没有老房子那种陈旧感。

家中虽有和式的房间，不过多惠平时基本都在铺有木地板的西式房间内生活，所以没有席居的习惯。多惠在年轻时也曾住过和式房间。上了岁数之后，还是比较习惯椅子和沙发这类对腰部和腿部负担较小的家具。

时间刚过八点，多惠慢跑结束回到家中的时候，正瞧见家里的后院飞出一只黑色的鸟。看上去像是一只乌鸦，不过仔细端详，那只“乌鸦”竟然长了两个脑袋。疑虑重重的多惠即刻打开门，走进玄关。寄宿在家中的虎斑猫迎着自己走了过来。

“哎呀，欢迎回来。”

神态语气丝毫没有寄宿者的拘谨。

多惠则低头望向它，说道。

“刚才那只长了两个脑袋的乌鸦也是你的同类吗？”

虎斑猫点了点头。从它的神态动作来看，确与寻常的虎斑猫有所差别。

“是呀，它带来了一个好消息哦。明天傍晚时分，公主殿下就会驾临此处了。”

“你之前说过的那位单眼单足的公主？”

“正是。这样一来，就能顺利解决了。自从那个奇怪的木偶出现之后，住在山上和海里的妖怪们都整天惶惶不可终日，苦恼着呢。”

多惠越听越觉得可疑。

“我可看不出你们和那个人偶有什么差别。对我来说，你们都是一样的怪物……”

“请千万别把我们和那种无法沟通的怪物混为一谈。”

虎斑猫举起前爪，有些夸张地晃动着。那动作更是像极了人类。

“那你们就是可以沟通的怪物咯？那时候收留你，到底是好事还是坏事呢？”

多惠有些抱怨。猫妖立刻伏下身子，低下了头。

“那天我从早上开始就没吃过东西，还在雨里待了很久，特别虚弱。因此我对您可是万分感谢——”

“要是感谢我的话，你就装成普通的猫，别跟我搭话就行了。”

“依小人愚见，知遇之恩必当涌泉相报——”

“不对吧。那会儿你只是想要喝酒罢了。”

去年的九月底，这只虎斑猫闯入了多惠独居的家中。

那天从上午就下起了大雨。雨势大到连几米开外的东西都看不清楚。就在这片雨雾中，一只浑身被淋湿的虎斑猫踉踉跄跄地逃进多惠家，倒在地上。

隔着窗户发现猫的多惠并非是起了恻隐之心，而是考虑到见死不救的话，之后处理起来会很麻烦，这才把它放进屋子，煮了些剩鱼给它吃。

救下迷路的虎斑猫以后，多惠没有把它关在家中，而是放任其离开。不过，出乎意料的是，它就这么一直住了下来。

对于多惠来说，有个“陌生人”闯入自己生活，自己是有权将其逐出家门的。不过这只虎斑猫从不打扰自己生活，也从不用在柱子或地板上磨爪子，周围居民也没有来提意见。这么一来，让它离开反而更麻烦。

猫的日常饮食也不必头疼，只要平时做饭的时候稍微多做一点便已足够。而且，现在还有活物能够替自己处理剩饭剩菜，多惠也很满意。一人一猫便这么住了下来。

就在虎斑猫来到家里第三个月的时候发生了变故。这天，多惠正窝在起居室的沙发上，一只手端着装有日本酒的酒杯，另一只手控制着鼠标上下滚动浏览购物网站的时候，本该在沙发另一头打滚的猫突然说话了：“请分一杯给我喝！”看样子，这只嗜酒如命的猫妖终于忍耐不住酒瘾，说出了人类的语言。

多惠在那时有些惊慌，不过本就厌恶逃避现实的她，还是冷静下来，问清楚了来龙去脉。之后的态度也未有什么变化，人与猫妖仍旧生活了下去，直到现在。

多惠经过正门来到厨房，从冰箱里取出了一瓶矿泉水。

“我本来还想着，这只猫妖会不会把我杀了吃掉，再假扮我的样子取代我呢。这样我就能在那边向我那死去的老伴和孩子们炫耀了——毕竟这种死法可不多见。”

多惠若无其事地对身后跟来的猫妖说着。听着这些不吉利的话，猫妖赶紧摆摆手。

“在这种忙碌的现代社会，就算是取代了人类生活，总也免不了要跟邻居们打交道，还要履行纳税义务……简直费心劳神。还是这样，住在有空调的房间里，享受一日三餐，饭来张口的生活要更惬意。”

“我也对这费心劳神的俗世厌烦啊。”

多惠往杯子里倒满了矿泉水，一口喝了下去。

接下来又想起什么似的，仰天长叹。

“——更何况，还跟你们妖怪扯上了关系，现在更麻烦了。”

对于多惠来说，眼前这只猫妖，跟小镇上一连串怪事必然有关。虽然这只猫即使不在，怪事还是会发生，不过，总比现在只有自己一个人知道内幕，独自烦恼来得好。

事已至此，有些事情是必须要做的。

“不过，跟你扯上关系还是有好处的。在我孤独死后，你就能立刻去小镇上通知其他人了——毕竟这也是当初的交换条件嘛。要是没人发现我死去，放任我一个人在这里慢慢腐烂，到最后大家处理起来该头疼了。”

当初，猫妖就是以这个条件交换到了畅饮美酒的权利。不过，如今的它也只能叹息。

“不不不，像您这么健康又勇敢，一定活得比我更久。”

——比猫妖活得更久，对于多惠来说也未尝不是一种折磨。

洗干净水杯后，多惠向猫妖问道。

“你说的那位公主殿下，真的能派上用场吗？看样子，那具木偶随时都可能会干出杀人的事来啊。”

“且不论能否派上用场，她绝不可能对我们的死活不管不顾。”

紧紧跟在多惠身后的猫妖用坚定的语气说道。

“能够自由行动，还能从右手放出电击的木偶——简直不可思议……”

就连猫妖都觉得不可思议的事物，多惠更是无法理解。她脑海中不禁又浮现出那具木偶行走时的姿态。

“的确，不可思议。”

多惠回想起那天晚上，在沙滩上第一次见到那具木偶的情形。

多惠见到善太制作的木偶在沙滩行走，是这个月十五日的深夜。时间刚过一点半。

从月初起，小镇就不断出现鱼群大量死亡的现象，后来又连续出现数次。在善太过世后，他生前制作的木偶不翼而飞，多惠一直都无法释怀。从木偶的尺寸来看，不大可能混在杂物里被处理掉了。自那之后，近海又出现鱼群的死亡——结合善太身上发生的事情，多惠总觉得这些事之间存在着某种联系。

而且，自打大量的死鱼第一次冲上海岸那天起，家中猫妖的样子就有些不对劲了。平时一直在房间睡觉的它，自那天起，就算一动不动的时候也睁着眼睛，像是在考虑什么事情。甚至白天和晚上不在家的时间也逐渐增加，情绪也变得焦躁起来。

于是多惠便揪住猫妖的脖子，质问它道。

“我问你，有关鱼群大量死亡和善太制作的木偶，你知道些什么吗？”

刚开始，猫妖还想着蒙混过关，不过在得知多惠与那具木偶有关，还被其要挟今后再也不给酒喝，总算是一五一十地交代了出来。

“今晚，我预计那个人偶还会出现。在此之前，它都是每隔一到两天，就会在几乎相同的时间，沿着几乎相同的路线，从深山前往大海。每次都正好在这个屋子下面的沙滩出现，然后从那里潜水入海。”

如果放在平时，多惠根本不会相信。现实中哪有能自己走路潜水的木偶嘛！不过，既然出自猫妖之口，那可信度就完全不同了。那天晚上，刚过凌晨一点，多惠便跟随猫妖一同来到了海滩上。他们藏在了岩石后面。

渡渡水镇的居民沿海而居，沙滩有好几处，不过都不算宽阔，沙滩还有岩石耸立，能够光脚行走的面积更是少得可怜，因此并无发展成海水浴场的条件。多惠家正下方的海滩也是如此。虽说是片沙滩，然而到处都有突起的坚硬岩块，脚边也都是碎石——实在不是什么夜间散步的好地方。

而此时，有什么东西正在沙滩上走着，发出了沉闷的声响。体型比人类幼童稍大，在月光的照射下在沙滩上投射出长长的影子——若是光看影子的话，完全就是活生生的人类。不过它身上一丝不挂，脚上也没有穿鞋；两只手臂的前端并非手指，而是突兀的球型；头上也没有头发和五官，只在鼻子部位有一根长长的棒状物。

在它的右手腕下方，嵌着一块黑色的石头——这正是的最有力的证据。

“没错，那就是善太制作的木偶。右手腕上的那块石头我有印象。”

虽然已有心理准备，多惠还是忍不住感到一阵胆寒。那具木偶真的能够活动、步行——但它身上明显没有连着丝线，也没有类似动力源的部位，身后更没有身着黑衣，操控着木偶行动的演员[①]。那具人偶就像有了生命一般，用两条木制的腿部支撑着身体，在沙滩上不断前行。

“这种东西怎么可能会存在于世上……”

多惠惊讶地忍不住低呼。

接着，更令多惠感到震惊的是，从她周围的海岸、岩石后面和海上，许多只在传闻中听过、甚至闻所未闻的妖怪纷纷现身——手持长柄勺子的幽灵、穿着湿透和服的奇怪女性、成群结队行动的狐妖和狸猫……都与木偶谨慎地保持着距离，远远地围观着。半空中飘浮着火球，在月光下把周围照得好似白昼。

“请别随意接近。现在这样的距离应该还算安全。”

猫妖提醒着她。此时的木偶正在经过距离多惠藏身的岩石附近约十余米的地方。木偶好像没发现多惠。对于那些飘浮在高空中的火球，木偶也毫无反应。

---

① 原文使用的是黑子，指的是舞台剧或木偶剧等舞台表演时，在后台进行辅佐的演员，因一般穿着黑衣而得名。

木偶前方，猛然突入一只形似猩猩，又像猿猴，手握一根棍棒的巨大猛兽——说是棍棒，也不过是一截仍裹着树皮的圆木，只在握持的部分进行了粗陋地打磨。棍棒看起来比成年人的腿还要粗，在巨大猛兽的手上，更显得狂野。

猩猩[1]——住在大海和深山中的猿类妖怪。多惠只到后来才得知这种猛兽的来历。

猩猩站在距离木偶二十米开外的地方。它龇牙咧嘴地瞪着木偶，气势汹汹地踩踏着脚下的沙地。沙土碎石纷纷扬起，猩猩巨大的身体在刹那间便接近了木偶。

同时，从木偶身旁被海浪拍打过的沙滩上，巨大的黑影从沙土下面钻了出来。那是一只如同小轿车大小的巨大螃蟹。它挥舞着手中巨大的螯爪，跳了过去。它配合着猩猩的行动，同时对木偶发出一次致命的合击。

在接下来的刹那间，木偶意外敏捷地横跳一步，对着巨蟹冲锋而来的方向伸出右手。伴随着物体碎裂的声响，木偶球型的右手前端闪烁起亮光。

巨大妖怪的搏斗和木偶右手的闪光，已经让多惠震惊地说不出话。

巨蟹遭到闪光的正面冲击，被打飞数十米远。它跌落在海滩边，仰面朝天地瘫倒在地，两只大螯僵直不动，嘴里也吐出了泡沫。此时，

① 猩猩，日本古典书籍所记载的虚构动物，与中文里的“猩猩（灵长目人科）”不同。

猩猩才刚冲到木偶的身边，巨大的棍棒正准备落下。

面对挥舞而来的棍棒，木偶的动作并无慌乱。它轻巧地避过了落下的棍棒，与猩猩擦身而过。接下来便立刻朝着猩猩举起右手，耀眼的光线再次从前端的球体出激射而出。千钧一发之际，猩猩赶紧向木偶扔出棍棒，向着海边退去。它在海潮中迅速受身，与木偶保持着一定距离。

代替猩猩受到光线冲击的棍棒，此时已被烧得焦黑。它掉落在木偶的身前，碎成几块。如果自己没有及时逃开，下场想必和那根木头一样吧。此时的猩猩有些胆怯，瘫坐在海潮中，张着嘴抬头望着毫发无损的木偶。

“大蟹殿下和猩猩当家合力也不行吗！”

猫妖看着败下阵来的两只妖怪，有些懊恼地嘀咕着。在场的其他妖怪、幽灵们也都叹息起来。放在一般情况下，遭到两只强大妖怪的突然袭击，肯定会自顾不暇，躲避不及，从而吃下某一方的攻击。结果，木偶却如没有感情的机器一般，面对夹击毫不动摇，反而用极快的速度进行了反击。

对于败退的大蟹和猩猩，木偶没有表现出一丝一毫的兴趣，而是继续前进。相互碰撞的木制关节发出了“喀嗒喀嗒”的声响。

多惠则有些胆怯地询问猫妖。

“那个木偶，刚才从手里发射出什么东西了吧？”

“是电击。”

木偶右手所发射出的光线，在夜晚显得特别明亮。破空而出，让人反应不过来。光线末端的轨迹像是树枝一般分岔，有如雷电一般。把它叫作电击倒是很适合。

然而，虽说是电击，破坏力也未免过于强大了。

猫妖压低声音，继续解释起来。

“它会对距离自己七八米以内的所有物体进行无差别的放电攻击。”

“毕竟它没有嘴巴，也没法开口说话。”

“问题不在于此。只要我们一动不动，即使它从我们身边路过，也不会对我们做什么。但只要我们稍微有点动静，或是想要沟通，它就会立刻放电。总之，我们完全无法跟它沟通，也没法靠近。”

看来，这具能够自行活动的木偶根本无法沟通。

“我的同伴们也尝试过好几次，想要破坏它，结果都被它的电击放倒了。据我们的观察，它只会从右手前端处发出电击，然而即使保持一定距离也能够准确命中。即使我们能够接近木偶，可是只要被它的右手瞄准，就一定逃不过电击。”

“只要让它右手发射不出电击，也许就能够解决它了。你们妖怪不是数量众多吗？只要一起扑上去，只要趁着它发出电击的空隙，从后面抓住它的手腕，不就可以控制住它了吗？”

“在控制住之前，我们会有无数同伴死在它右手的电击之下。更何况，它刚才在合击之下的敏捷反应你也看到了，就算我们愿意付出巨大的牺牲，全员一拥而上，但也会被它全部躲过，用电击把所有人干掉的。”

对于多惠来说，妖怪的生态完全超过了她的理解，但她也清楚地知道，恐怕没有人能够在遭受那种强烈的电击之下幸存。就连那只巨大的螃蟹，现在还倒在一旁。不过，因为它身体庞大，对于电击的抗性也更强，所以还不至于死掉。

“在陆地上的话，只要不去干扰它的行动，它就不会攻击任何人。它接下来会从这片沙滩的某一处潜入海里，待上几个小时以后，再次返回深山。从行动上来看，它只会在固定的时间按照既定的路线行动。这点倒是很像被操纵的木偶。”

就在猫妖说话间，木偶已经一只脚踏入海中。它像是求死之人一般，向着大海深处前行。先是膝盖完全没入水中，接着是腰部、胸部，直到头顶。接着，它便消失在幽深的海水中。

“就算它只会按照一定模式行动，潜在的危险性也很高。绝不能放任不管。它进入深海的时候，只要像刚才一样放电，就能在瞬间杀死周围无数的生命。虽然它白天会在深山中晾干身体，但具体位置尚且不明。要是有人不巧在山中碰上，擅自接近的话，一定会遭到无差别的攻击。”

夜空中云很少，月亮也很明朗。除了月光以外，大海深处闪烁的亮光也投射到了海面上。那木偶正在海里发射电击。

“因为它的出现，妖怪们的山中生活也受到了影响，大家都很头疼。至于海里，遭殃的不只有鱼群，生活在海洋里的很多妖怪也都消失了。现在每到晚上，它们都只能逃出海面。”

“在海里放电的话，电流会更容易传播，周围的生物都会遭殃吧。”

这下，多惠终于知道大量鱼群在没有外伤的情况下离奇死亡的原因了。那便是由于遭受电击而引起的休克死亡——被电死的。即使没有被放电直接击中，电流也会以水为介质，快速扩散开来。往装满水的浴缸中扔进一根通电的导线，即使没有直接接触到人体，也能够让浴缸中的人触电。现实中，如此触电事故并不罕见。

大自然中，也有利用电击来捕猎的生物。被称为电鲶和电鳗的水中鱼类，皮下长有发电器，可以在水中放出强烈的电流使得周围的生物触电昏厥甚至死亡，从而进行捕食。

然而，如今在深海中大肆破坏的并非是电鲶或电鳗，而是一具木偶。本不属于海洋的木偶，正从它的右手前端发出电击，虐杀着海洋的生物。

“对于见过它的妖怪们来说，那简直就是地狱一般的景象。它在深海中从右手放出电击，把想要逃离它身边的鱼群全部电死，像是毫无感情的杀戮机器。很多鱼群都翻着肚子漂上海面，可它还在海里摇晃着身体发射电击……”

夜间的深海对于人类来说，黑暗而深邃，总是唤起人们对未知的恐惧。如今还有一具木偶在深海中放出电击——没过多久，幽暗的海面上便漂起无数鱼类的尸骸。深海传来的电击的光线，就像相机的闪光灯一般，把周围的海面照得无比清晰。究竟是何等的惨状啊！以深海中的木偶为中心，电击的雷光和鱼类尸体在四周摇曳舞动——对于观者来说，这副景象过于超现实，宛如噩梦一般。

刚才发生在眼前的猩猩和大蟹的奇袭就已经是多惠挥之不去的噩梦了，如今海面上的死亡气息则更加浓郁。在明天早上，这些噩梦留下的残骸便会随着海浪漂上沙滩，再次让小镇陷入不安的情绪。

再这么下去，这座渡渡水镇就要被噩梦的残骸所吞没。不远的将来，说不定还要被噩梦本体所吞没。

多惠的表情僵住了。她的语气也充满惊恐。

“太可怕了！善太到底有多恨这个小镇，才会让木偶做出这种事情！”

在那天之后，人偶继续在固定时间按照既定的路线行动。而猫妖在木偶每次出现的晚上，都会去通知多惠——也许是猫妖特有的直觉，也许是它的妖怪同伴们的通知。而每次妖怪们想要打倒人偶的计划都以失败告终。

木偶入海的地方，就在多惠居住地所在的小丘的正下方。多惠甚至不需要下坡，只要离开家步行几十米，就能看到那片沙滩——自从多惠得知木偶在夜里会从自己家下方经过，就再也没能睡上安稳觉。

木偶和妖怪们留在沙滩上的足迹，每天早上都会被涨潮的海水冲洗干净，一丝痕迹都不会留下。

即便如此，还是有人在深夜里偶然目击到了木偶从深山走向海边的身影吧。多惠以外的镇民们总会注意到木偶的行动，知道鱼群死亡的真相吧。

就在昨晚，多惠从猫妖那里听说了“单眼单足的公主殿下”。

回忆终于告一段落，多惠叹了口气，把杯子放进控水筐里。

“真是的，你们妖怪也太肆意妄为了。”

“都说我们跟那具木偶不一样。我们倒是觉得做出那种木偶的人反而更恐怖吧。”

性格温和的年迈老人所制作的木偶让怪物们整天担惊受怕，而且严重威胁到小镇的居民——即使被猫妖说恐怖，多惠也没什么反驳的说辞。

猫妖重新振作精神，伸出右爪拍了拍多惠的左脚。

“——所以，多惠婆婆，我有事情想拜托您！”

多惠神情略带苦涩。

“有种不好的预感。”

“请别这么说啊——公主殿下过来的这段期间，能不能让她暂住在您这里呢？”

放一只妖怪进屋以后，就会有源源不断的妖怪进来——要是再这么宽容下去，到时候不知会有多少妖怪住到自己家里。

“你不是有住在深山里的同伴吗？不能让它们安排住所吗？”

“怎么能让公主殿下住在那么寒酸的地方——”

猫妖惶恐地摇了摇头。看上去，它非常敬畏那位“公主殿下”。

“更何况，最了解这次怪事起因的就是多惠婆婆了。如果您能把事情的来龙去脉解释给公主殿下听，那就帮了我们大忙了。”

的确合乎情理。就算这群妖怪们把所有情况详细地传达给了那位“公主殿下”，来到当地之后，还是需要把准确的情报进行整理。对于多惠来说，眼下的问题当然迫在眉睫，可将来的事情也不得不深思熟虑。

“就算你说的有道理，也没必要把我家弄成怪物府邸吧——”

“哪儿的话。公主殿下是人类，镇上的居民也只会当成是您的相识或者来旅游的客人，绝不会有所怀疑。那位大人既可爱又强悍——”

对于猫妖的审美暂且不论，可爱和强悍这两个词本就自相矛盾吧。猫妖前面所说的“公主殿下”是人类的说法，多惠觉得更像是麻痹她的说辞。她不禁警惕起来。

“一不做二不休……吗？”

多惠双手叉腰，立刻做出了决定。

“好啊，反正家里也有空房。不过，你捎话给那位‘公主殿下’，让她带点我喜欢的见面礼来吧。”

作为一家之主，必须给她来个下马威。

第二天，多惠就为自己找“公主殿下”要见面礼的行为而后悔不已。

下午四点刚过，就在多惠午觉刚醒，正考虑晚饭要吃什么的时候，她听见屋外传来刹车的声音。她一边心想这个时间会有谁来，一边走出屋子。就看见猫妖喊着“公主殿下”，迎着第一个下车的人走了过去。

多惠在昨晚就已经做好了心理准备，这位“公主殿下”无论是怎样的妖魔鬼怪也不会吃惊。然而，在见到“公主殿下”真容的时候，还是被超出预料的事实惊住了。

那是一位看起来不到十五岁的少女。宛如精美的西洋人偶。少女比多惠还要矮一截，身上穿着漂亮的衣服，头上戴着贝雷帽，右手还拿着一根红色的手杖。她身上的每一件饰品都仿佛是特地为她量身定做一般，只有在她身上才显得那么适合。

如果说善太所制作的那具人偶是丑陋的匹诺曹，那么眼前的少女就是精湛的手艺人精雕细琢、呕心制作的古董娃娃——最为完美的人偶。不该出现在这种人烟稀少的乡下、落后的小镇，不该出现在海边的小丘上的美丽少女。

然而，这样的少女此刻就站在自己面前。海风带起了她的几根卷发，如同瓷器一般白皙的双手正在整理裙边。

仿佛人偶一般的少女，前来解决人偶引起的异变——虽然听起来挺合理，不过多惠却有些被戏弄的感觉。竟然找这么一个可爱的少女索要见面礼，自己就像是刻薄的老太婆。

穿着绿色运动外套的多惠向女孩走了过去。

“你就是‘公主殿下’吗？好像跟别人形容的不一样，妖怪也能变化成这个样子吗？”

少女露出爽朗的笑容。

“不巧，我的双亲是有户籍的人类。硬要说跟普通人类有什么不一样，我的右眼是义眼，左腿是义足，仅此而已。”

她一边说着，一边用手指敲打起右边的眼球，还抬起左脚磕了磕地面，发出了坚硬物体碰撞的声音。接下来，她摘下贝雷帽，彬彬有礼地鞠了一躬。

“我名叫岩永琴子。多有打扰还请见谅。”

这位女孩到底有着怎样的经历，右眼和左腿才替换成人造物的呢？多惠没能马上给出回应。正在这时，双手捧着大纸袋的青年从驾驶席走下了车。青年跟在名叫岩永的少女身后，也充满歉意地鞠了一躬。

岩永随即便介绍道。

“这位是我的助手，樱川九郎。”

这位叫九郎的青年，乍看之下比起岩永要普通得多。不过，阅历丰富的多惠却发现这位青年的存在感异常稀薄，甚至无法分辨其究竟是生是死，仿佛他和自己之间有种奇妙的隔绝感，让人捉摸不透。也许他正是妖怪的其中一员，才会跟这位被称作“公主殿下”的少女如此亲近，换作普通人是做不到的吧。

“公主殿下，等您到来的日子简直是度日如年。连九郎殿下也一起跟来，真是如虎添翼呀！这样一来就万无一失了。”

猫妖双手合十，虔诚地说道。它对于女孩的态度，比对多惠要更加敬畏。

岩永则粗鲁地揪住了猫妖的头，教训起来。

“在此之前，没什么特别的理由，就别在人类的面前露出真身呀！幸好，收留你的并不是那种会到处宣扬你们的人！”

“十分抱歉！十分抱歉！因为这个人很靠谱，所以就——况且，就算多惠婆婆到处宣扬自家的猫会说话，周围的人也会认为她是老年痴呆，不会放在心上。我只要逃走就没有问题了！”

“算了，你说的的确有道理——”

对于猫妖的辩解，岩永很轻易地接受了。

“根本没什么道理吧——还有，你说谁是老年痴呆呢？”

多惠开口提醒道——眼前少女的内在，果然不像外表看上去的那样可爱。

放开猫妖后，岩永朝着多惠低头道歉。

“失礼了。那么，我们就尽快把事情解决吧。今晚木偶出现的话，就一决胜负。毕竟大学也快要开学了。”

马上就到四月，距离学校开学的日子不远了。这个外表有些年幼的女孩，竟然是一名大学生。不过现在也没时间考虑无关紧要的小事。

眼前的少女仿佛没有把如今严重的事态放在心上。对于她漫不经心的话语和神态，多惠有些不满。

虽说自己家附近通常都没什么居民，不过也不好将这位叫岩永的少女晾在门外，于是多惠赶紧催促二人进屋，让他们坐在客厅沙发上，给他们端来茶水。

那位叫九郎的青年手中提着的两份见面礼，分别是知名特产店出售的冷冻干燥的味增汁二十五袋装的礼包，以及一瓶知名老店限量发售的烧酒。多惠越来越觉得自己像是刻薄的老太婆，只好端出高级的茶水和点心招待二人。

岩永和九郎面向多惠并排坐着。猫妖作为周边妖怪们的代表，坐在多惠的身边。

猫妖对岩永再次介绍了目前混乱的状况，而多惠则在旁边补充说明自己所知道的信息。

岩永一言不发地听着，时而露出沉思的表情。稍稍深入沟通之后，多惠对于少女的印象又产生了些许变化。

虽然从外表看起来像是一位尚且年幼的少女，不过她的气质和沉稳的语气，却是成年人所特有的。该说是老成持重吧。

起初，多惠以为她是比这位名叫九郎的青年相差十多岁的妹妹。不过，现在看来，她反倒像是比九郎青年大上十几岁的姐姐。

即便如此，少女依旧无法打消多惠内心的危机感。毕竟对手可是能从右手放出电击，就连大蟹和猩猩加一块都不是对手的木偶。坐在她身边的青年九郎，看上去也没有能和木偶相互对峙的压迫力。

解释完毕之后，多惠长吁了一口气，望向岩永。

“小公主，我已经把知道的都告诉你了。还有什么在意的问题吗？”

多惠故意称岩永为“小公主”。无论是喊她的姓氏“岩永”，还是她的名字“琴子”，多惠觉得都显得过于亲近了。

“木偶的特征和行动规律，小镇的现状以及事情发生的原因，跟我来之前听说的基本相同。那位叫作善太的老者，因为孙子遭遇事故死亡而对小镇采取的报复，对吗？只不过他不敢直接进行报复，所以让木偶代替自己。过去，木偶就意味着人类的替身。对现代人来说，木偶也是代替本人承担罪责或不干净的事物的分身。倒是符合善太老人制作木偶的动机。”

岩永有些佩服地随口总结后，便向多惠求问。

“只不过有几点我不能理解。”

岩永使用与其稚嫩的面孔完全不符的老练语气说道。

“能够自己行动，而且危险性又如此之高的木偶，可没这么容易制作出来。这不仅需要手艺高超的工匠倾注所有精力去制作，还得经过长年累月的供养，才能够让这些寄宿着持有之人强烈愿望的东西动起来。然而这次的木偶的制作者却是没什么手艺的门外汉，甚至木偶也是一个多月以前才完工的，对吧？”

“是啊。只不过他到底是什么时候完工的，具体时间我也不清楚。善太为了做那个破玩意儿，简直是劳苦费心。虽然木偶做得还挺像那么回事，手脚也都能活动，不过在制作木偶的过程中，他就渐渐变得衰弱，像是把自己的精力全部耗尽在木偶上，才会在完工后死去……”

木偶的制作并未包含什么特别的工序，也并非是长年累月精雕细琢。从这点上来看，制作出来的木偶的确缺乏制作者死后因其愿望而活动的条件。

这时，九郎突然说道。

“不过那位叫善太的老人在制作木偶的时候，不是灌注了自身所有的精力和意念吗，在如此强烈的动机之下，木偶会活动也并非不可能的吧？”

岩永摇了摇头。

“凭一个人的精神力量就能改变这个世界的因果规律——世上可没有那种好事。就算是怀有制作者怨恨或强烈愿望的人偶，也最多是头发生长、在深夜发出咯咯的笑声，或是出现在废墟的照片之中吓人一跳的程度。有人类尺寸的木偶要自己动起来的话，需要的念力可不是一星半点，不是一个人在短时间内就能够完成的。更何况，它还能从手中放出电击，那就更加不合情理了。若是仅凭着一个老人的怨恨就能诞生出那种东西，那整个世界的因果规律就乱套了。”

岩永的分析也有道理。若是度量不大的善太仅凭着念力和生命便能做出那种东西的话，恐怕就有无数性格极端的人拼上自己的性命去制作诅咒这个世界、每到深夜便四处徘徊虐杀人类的木偶了。

岩永皱了皱眉。

“然而这次却发生了，让我无法理解。不过，在我认识的人里，就有这种能够制造出不合常理怪物的人物。如果这次事情的背后有那个人插手的话，那就不止是要对付放电的木偶那么简单了，有可能会变得更加麻烦——”

听到这里，九郎突然摆出了警戒的神情。看来，对这两个人来说，那位可以“制造怪物”的人物是相当危险的。

“虽然我不清楚你们的情况，不过这件事背后应该没有第三者。善太的木偶跟匹诺曹是一样的——制作木偶的时候，善太掺进去了特殊的东西。”

“特殊？啊，原作里的匹诺曹是用一根会说会动的木块做的。”

岩永显然是读过匹诺曹的原作。那就不用再费劲解释了。多惠继续说道。

“善太不可能捡到那么神奇的木头，我所说的特殊的东西，其实是那个人偶的某一部分，他使用了嵌着陨石的木头。”

这个事实带给众人不小的冲击。岩永、九郎和猫妖都瞪大了眼睛——这件事情，多惠也没有跟猫妖提过。

看着被妖怪们尊称为“公主殿下”的岩永略显惊讶的神情，多惠获得了小小的满足感。她继续解释起来。

“根据善太的说法，大概是十年前左右的事情。那时候，白天在山间散步的他突然听到头顶传来剧烈的碰撞声，接着一根粗壮的树枝便掉在自己身前。他战战兢兢地走上前去，便闻到树枝散发出烧焦的气味，紧接着就看见，树枝中间镶嵌着一块约五公分的黑色石头。大概是那块黑色石头把树枝砸断了。善太立刻就意识到，那是一块陨石。”

陨石。地球以外脱离原有运行轨道的宇宙石块或流星接近地球，与大气层激烈摩擦燃烧，最后突破大气层落在地表上的物质。原本在宇宙空间里体积巨大的石块，绝大部分在大气中燃烧殆尽，掉落在地表上的多是一些几毫米的碎块。当然也曾经有人发现过数十吨重的陨石，手掌大小的陨石也并不鲜见，甚至还有人进行买卖。

“刚刚坠落的陨石本就颇为少见，更别说这块陨石还嵌入木头——简直都能成为轰动一时的大新闻了。然而，善太却从那块石头上感到一丝奇怪的魅力，将嵌着陨石的整块木头带回了家。”

虽然是天下掉下的石头砸断了树枝，不过这也算得上是把不属于自己的东西擅自带回家。虽然存在疑虑，不过，事实上并没有其他人发现陨石落下，而且善太只是把断裂的树枝带回家。因此，没有任何人知道善太的所作所为，也没有人知道陨石的存在。

“据善太的说法，他当时身体状况很不好。被神经痛和偏头痛长时间折磨的他，原本是抱着自绝性命的觉悟进入深山的。然而，在他把那块陨石带回家以后，如同奇迹一般，不知何时疼痛减轻，人也比以前更有精神。从那以后，善太就把那根嵌着陨石的木头郑重地保管了起来。”

善太只对关系亲密的人展示过他身体健康的秘诀——那块嵌着陨石的木头。木头长约六十公分。陨石周围的木头被烧至焦黑，绝大部分都深深嵌入木头，只有一小部分还露在外面。陨石的大小跟小孩子的拳头相近，表面虽然凹凸不平，每一条凸起或凹槽却都非常光滑，一看就不是普通的石头——这是多惠对陨石的记忆。

岩永一副“原来如此”的表情，长舒了一口气。

“陨石作为从天而降的神秘物体，自古以来就是人们信仰的对象。人们把陨石当成是获得战争胜利的天启，也有人将其作为奇迹的象征供奉于神殿之内。也有传说提到过，只要有陨石落下的地方，人们都会成群结队地聚集起来，把陨石的碎片带回去当作除魔的道具。”

“你懂得还真多。还有一个说法是，陨石汇聚了上天的神力，落到地上则是神明的馈赠和显灵。日本本土还有人用含有陨石的铁锻造刀具，将其起名为‘流星刀’，还把其中一把刀作为礼物送给了皇室。提到陨石，所有人都会联想到宇宙的浩瀚与不可思议的力量吧。”

多惠心中对于岩永的评价再次提高。这位外貌年幼的少女，不仅具有相当的知识储备和判断力，更是能够在关键时刻派上用场。

然而，旁边的九郎则提出了更为科学的反对意见。

“不过，陨石也不过是石头而已吧。它真的有那种驱动木偶，甚至让其放出电击的力量吗？”

多惠刚想反驳，岩永就已经郑重其事地开口了。

“这片大地上蕴含着诞生出妖怪、幽灵和魔物的力量，这些事物对于常人来说本就是不可思议的。宇宙中说不定也蕴含着相似的能量。那股能量寄宿于陨石之中，落到地面，在接受所有者强烈的愿望后，很可能会引发灾难——简直就像是诞生于宇宙中的怪物。”

这种说法让多惠有些难以接受——就算有这种可能性，可现实里真的会发生吗？不过，至少善太应该相信这种说法，因此才制作了木偶。从结果上来看，木偶的确引发了不小的灾难。

“对于善太的陨石，大多数人都一笑了之，不过他本人却很虔诚。当善太拿出嵌着陨石的木块，准备制作木偶的时候，我曾经大为震惊，还为此质问过他。”

在孙子遭遇事故去世后，一直待在家里不愿出门的善太，突然发疯了一般到处收集木材，为此镇长和多惠曾经去过他家中探访询问。

“你做这个木偶，是想作为孙子的替代品吗？你是觉得，只要像匹诺曹一样，使用了特殊的材料，制作出来的木偶就能说会动吗？别做白日梦了。”

面对多惠的质问，善太却回应说。

“这块石头能够实现我的愿望。”

那时的他已经听不进任何人的劝告了。

从事并不擅长的手工劳动，让善太满手都是伤痕。长时间废寝忘食地沉迷雕刻作业让他变得衰弱不堪。即便如此，他依然不停地重复着把木块切割打磨的工作——终于，长鼻子的“匹诺曹”完成了。

“原作中制作匹诺曹的老爷爷，因为匹诺曹吃足了苦头。不仅被扔进牢房，还被鲨鱼吞到肚子里，虽然两年后被救了出来，那之后便病倒在床上，奄奄一息。你做了这个木偶，也不会有什么好下场的。”

多惠还如此严厉地劝诫过善太。而善太则继续做着木偶，头也不抬地说道。

“没关系，我这辈子已经吃了很多苦头了。”

——当时自己应该拼命阻止善太吗？还是说，当嵌着陨石的树枝滚落到善太眼前的时候，一切的结局都已经注定了呢？

多惠意识到现在想什么都已于事无补，只得无奈地挠了挠头。她看向岩永说道。

“嵌着陨石的木头也不是特别大，所以只用来做了右手从手肘到手臂的部分。而陨石就刚好嵌在手腕的下面。”

岩永抬起右手，用左手指着手腕的部分。

“木偶也是从右手放出电击的吧？”

“没错，所以木偶才只能从右手前端发出电击。陨石的力量看来也是有限的。”

这时，猫妖举起前爪，拍着多惠抗议起来。

“多惠婆婆！虽然我一直注意到木偶的右手嵌着奇怪的东西，但是这么重要的事情为什么不早说啊！”

“我说了有什么用吗？就算跟你们说陨石的事情，你们也没法理解吧。”

猫妖用双爪抱住脑袋，一副苦恼的表情。

“如果知道有这种事，我就会早点请公主殿下来了！仅凭着我们可对付不了来自宇宙的怪物啊！”

九郎则一副事不关己的样子，对着那位公主殿下阐述着感想。

“你这次的对手是来自宇宙的怪物呀？不得了啊。”

“学长这次也要做它的对手。这种经历可是很少见的！”

岩永没有一丝紧张的神情，而是悠闲地喝着茶。

“从遥远的宇宙而来的东西，对于这片大地来说是异物。恐怕与这里的秩序也不相容吧。所以必须马上进行清除。幸好这件事背后没有那个人的参与，现在的状况也更简单明了。”

看得出此事的背后没有他们认识的人参与，让他们很安心。

然而多惠又岂会被三言两语就消去内心的不安。在面前这对男女的身上也丝毫看不出获胜的可能性。

岩永似乎是看穿了多惠内心的想法。她提出了新的问题。

“善太先生在制作木偶的时候，还做了其他什么特别的工作——他有具体说过吗？”

“没有。即便我去问他，他也只是会说‘正如你所说，我是在制作匹诺曹’。”

如果善太当时能跟自己说些更具体的情况，说不定还能够有机会让他回心转意。

“原来如此。即便如此，也不能认定他就是以匹诺曹为原型去制作那具人偶呀……”

“两者之间有什么关联吗？……啊，对了，在人偶差不多成形的时候，善太这么说过。‘这样一来，就能让木偶代替我实现心愿了吧’。所以，现在的状况毫无疑问，就是善太所期望的。”

察觉到岩永的暗示，多惠立刻说道。

“要是我那个时候能够意识到，善太制作木偶的目的是为了让它代替自己进行报复的话，就不会演变成现在的情况了吧——”

岩永立刻摆摆手。

“仅凭着这些迹象，没人能意识到。就连我也无法预料，在那时候木偶就拥有如此可怕的力量了。如果我能感受到陨石蕴含的怪异能量的话，就会早点想办法把它处理了。不过，只要它不扰乱世间秩序，我也不会做多余的行动，不然很可能会带来相反的效果。”

即使是自己杞人忧天，但在这件事上，多惠还是有罪恶感的。若是事态发展得更加严重，内心一定无法原谅自己吧。

然而，面前这位公主殿下却好像并未意识到小镇所面临的危机。

“你看起来好像很从容啊。在这十天里面，那些外表吓人的妖怪幽灵们为了阻止和破坏木偶所付出的一切，我可都看在眼里。它们无一例外，全都败下阵来了。”

多惠坐直身体，严肃地看着岩永。

“现阶段只有妖怪们清楚那具木偶的所作所为。但是，这种事总有一天会被镇上的居民们目击到的吧。即使他们刚开始会感到恐怖不安，但他们心里清楚，如果继续下去，鱼群继续大量死去，小镇最终只能走向衰败。所以，小镇居民们一定会联合起来抓捕破坏木偶。”

既然木偶会在固定的时间出现在固定的地点，那么人们一定可以意识到它就是这场灾难的主谋。而始作俑者的善太也很快会浮出水面。

“这样一来，就会有无数人死在它的电击之下。无论我怎么警告，想必他们也不会听的吧。然而连怪物们都败下阵来的对手，人类又怎么对付得了呢。如果有闹出人命，事情会变得更加严重——如果放任不管的话，这种事情的发生只是早晚的问题。”

多惠背靠着沙发，颇为严厉地提醒道。

“要怎么做呢，小公主？在我看来，你似乎没有能够破坏木偶的力量啊。”

对面多惠的指责，岩永和九郎都默不作声，反倒是一旁的猫妖慌慌张张地站起身来，为公主殿下辩解起来。

“多、多惠婆婆！公主殿下是我们的智慧之神，当然不会参与这种野蛮的战斗啦！”

看起来，它非常害怕这位公主殿下心情变差。接下来，它又伸出爪子指向了九郎。

“而且，这次九郎殿下也在。这位殿下可谓是超越了怪物的怪物。他实力很强，就算集合四方的妖怪也不是他的对手！”

听着猫妖略有些惶恐胆怯的语气，多惠忍不住看向岩永旁边坐着的那位拘谨沉默的青年。

“你说的是这位呆里呆气的男孩吗？”

“正是在下。”

面对妖怪对自己的评价，九郎不禁面露苦笑。他向多惠点头致意。

听到多惠的刻薄评价，岩永便立刻挡在了九郎的面前。

“对不起，九郎学长是我父母都正式承认的男友，请不要说他的坏话。”

原本以为是专门解决怪物事件的主仆二人，没想到竟然是这样的关系。多惠有些意外。然而对面的九郎也一副颇有怨言的样子，为难地看向岩永。

“男友……这说法传出去可不好听。”

“明明就是事实！而且有我这么可爱的少女当你的女友，你到底有什么不满！”

“马上就到二十岁，早都不是少女了吧——”

“拜学长所赐，我才不是少女的——”

多惠无语地看着对面的年轻人。不过，从他们的对话内容分析，的确是较为亲密的关系。然而，他们语气轻松，仿佛丝毫没有感受到木偶的威胁。

“你们的关系我不想知道。我只想说有他在，就能对付人偶了吗？”

多惠关心的只有这一点。

岩永看向多惠，稍微扭了扭头。

“原本，就算没有九郎学长，只是破坏木偶的话很简单的。”

她顾忌的似乎并非如何破坏木偶。

岩永有些烦恼地来回翻动手掌。

“若是镇上的居民意识到木偶的存在，想要将其破坏的话，只需要谨慎地接近它，那么就可以在不出现伤亡的情况下轻松地破坏掉的。估计一周之内就能搞定。”

她语气轻松地做着保证。接着补充说道。

“正因如此，才更让人难以理解。”

明明有能够轻松地破坏木偶的办法，岩永为什么还是不太满意？难道是因为并不难办的小事还要喊她专程赶来而心怀不满吗？

——多惠陷入了困惑。她迫切需要眼前的少女给她做出解释。

“你在听我说话吗？只要有人接近那个木偶，它就会进行无差别的放电攻击，而且反应也非常敏捷。就连怪物都无法近身，人类又怎么可能对付得了呢？”

“那个人偶，白天待在深山某个没人知晓的地方，每隔一到两天，都会在夜里前往海岸，每次走的也都是相同路线，对吧？而且每次都会经过下面这片人烟稀少的沙滩，没错吧？”

“没错啦……”

面对依然悠闲的岩永，多惠强忍住发火的冲动答道。

岩永继续则继续提问。

“因为它的行动路线几乎是固定的，就根本不需费劲，只要在它必经之路上伏击，甚至还有时间布置一些陷阱。木偶会对接近它的人进行攻击，那么只要不接近它就行了。更何况，即便距离它很近，只要保持静止不动，它也不会做出攻击吧？”

多惠和猫妖都点了点头。即使大蟹埋伏在木偶走过的沙滩附近，木偶也没有对其进行放电攻击。只有在妨碍它前进，或是自身受到威胁的时候才会有所反应。

“那么，只要事先在沙滩的一定范围内埋上炸药，木偶一旦走进爆炸中心，就使用远程操作装置引爆炸药，只要一瞬间就能使它化为一堆灰烬。这么短的时间内，它肯定来不及进行放电攻击吧？而且，木偶也察觉不到地面中埋藏的炸药，使用远程操纵的话即使相距十几米也可以计算好引爆的时机。”

多惠一时间愣住了。猫妖也张开嘴巴。

的确是简单明了的方法。即使手段有些脱离日常生活，不过实现起来并不难。

“即使炸药不太容易弄到手，也可以使用易燃物。只要在足够大的范围内铺满易燃物，等到木偶走入中心的时候引燃，想必刹那间它就会被火舌吞没吧。汽油在经过大范围的汽化后引燃，就会发生爆发式的猛烈燃烧。只要从远处发射一支包裹着可燃物的火箭，或是扔过去一个装满汽油或煤油的塑料袋，就能确保木偶一定会燃烧起来。”

岩永轻易地列举出另一个替代方案。这个办法听起来效果也很不错。

“哪怕木偶逃往海里，也决不可能完好无损吧。毕竟构成它身体的材料是木头。木头碳化以后，身体就会变得十分脆弱，想必也无法自由行动了。就算还能够继续活动，它最为致命的电击也只有右手能够发出。只要将其右手烧毁或折断，便再也无法放出电击。这样一来就能无需任何顾虑地接近，它也自然成了砧板上的鱼肉。”

多惠在心中暗暗对自己发火。只要冷静下来仔细思考，没有任何伤亡的情况下解决问题的方法要多少有多少，为什么当初自己就没能想到呢？

“这么简单的方法，我当初怎么就没想到呢？我也是老糊涂了。”

多惠有些泄气地自言自语道。岩永则笑着安慰她。

“超乎常识的事物出现在自己眼前，人类在短时间内是无法冷静思考的。更何况这次的对手又是能从手中放电的木偶，更是让人震惊。就算在心里打退堂鼓也无可厚非。”

对于岩永的话，多惠也颇有同感。想到对面是妖怪或怪物的时候，自己就无法保持平常心了。

多惠接着向猫妖问去。

“你们怪物为什么没能想到类似的作战方法呢？”

“我们、我们怎么考虑得出公主殿下那样过激又毒辣的手段呢！”

虽然猫妖的话听起来像是对于公主殿下的恶劣评价，不过对于这群妖怪来说，岩永的想法和手段总是超出常理之外——因此在某种意义上，也算得上是正面评价。

果然，岩永并未叱责猫妖，而是跟多惠补充道。

“几乎所有的妖怪和怪物都不怎么聪明，它们行动总是被本能和天性所束缚，因此无法进行自由的思考和行动。对于道具和机械的使用，它们也都不太擅长，对现代社会的适应性也不算高。因此，那些原本会危害人类的妖怪，通常都无法控制自己的行为，生活环境一旦发生变化，很多妖怪都会无法适应，甚至无法生存。虽然曾经有过少数会杀害人类，或是让人类担惊受怕的妖怪，不过纵览全局，妖怪们还是逃不出被人类驱逐的命运。因此，作为它们的智慧之神，我的存在是十分必要的。”

多惠同意岩永的说法。木偶的制造者是那个度量很小的善太。只是一个小小的木偶就能让妖怪们恐慌不止，可见，人类才是世界上最可怕的物种。

多惠深深地叹了口气。现在回想起自己当初下的决心，简直太傻了。

“那不就是虚惊一场吗？只要冷静思考的话，破坏那个木偶简直易如反掌。”

然而，岩永却没有露出轻松的表情。

“正因如此才显得可疑。”

她第一次露出如此严肃的表情。

看起来，马上就要进入正题了。这个叫岩永的女孩总不会乱说吧。然而，多惠却充满了不好的预感。

“我不是很懂啊……”

“那个木偶是孙子遭到事故去世之后，善太先生为了报复而制作出来的。也就是说，木偶就是善太先生怨念的实体，对吧？”

虽然这个问题问得有些晚，不过多惠还是肯定道。

“是这样没错。”

“如果是这样的话，不是很奇怪吗？”

多惠并没有发现有什么奇怪之处，内心有些着急。

岩永则看向多惠。

“如果是为了替遭遇事故去世的孙子报仇的话，那么人偶一定会先去杀死当时碾死他孙子的肇事者和同乘者才对吧？”

多惠一时间说不出话。

自己竟然看漏了最基本的部分。都怪自己一个劲地考虑小镇的事情，而忽略掉了最明显的动机。

“啊，没错！如果是善太的怨念在作祟，一定会先杀死那几个人——”

多惠的声音有些嘶哑。

岩永一边回忆着从网上收集来的情报，一边继续解释。

“当时警方逮捕了车上四名大学生，最后只有驾驶者被起诉。虽然有人作证，是其他三人在车上打闹，才导致司机没掌握好方向盘。此外，他们也没有积极对被害者进行救治。但最后还是只能起诉一个人。再加上被害者本身也有过失，大学生们的父母也很富裕，有足够的钱来支付高额的赔偿金，肇事者本人也一直在反省，因此法院最后给出了缓刑的判决。对于一个孩子的死亡，车上的四名大学生所付出的代价，被害者的家人到底是否认可，这很难说——”

这样的事故，对于当事者来说算得上是晴天霹雳，不过对于警方和法院来说，只不过是司空见惯的案件。只要没有围绕案件继续讨论的必要，他们就会按照规章制度机械化地进行处理。

“这个结果，对于善太来说是无法接受的。在正式判决下达之前，他就已经听说肇事者没被判刑。他也曾说过‘他们最后也没有偿还犯下的罪行’这样的话。毫无疑问，善太十分痛恨那些大学生。”

与善太的态度不同，镇上的人们并不希望这起事故继续闹大。几乎没有人同情他。

“至少，目前还没有那四名大学生死于非命的新闻。如果那个木偶离开小镇的话，一定会在外界引发轰动的吧——也就是说，那个木偶到目前为止，并没有对那四名大学生做过任何事情。”

面对岩永整理出来的情报，多惠感觉自己更加混乱。

“确实奇怪。那么这件事是怎么回事呢？”

至今为止，一直对善太的怨恨在作祟坚信不疑的多惠，面对岩永所指出的矛盾，她没有任何头绪。

与此相对的，岩永则一副了然于胸的样子说道。

“如果不择手段去破坏木偶，方法要多少有多少。也就是说，善太先生制作木偶的目的，就是为了让镇上的居民去破坏。”

多惠依然没有掌握到问题的核心。而岩永则继续解释。

“如果木偶就此被毁，很可能会导致无法挽回的结果。”

如果不破坏木偶的话，小镇的经济甚至安全会受到致命的打击。但是破坏的话则会导致无法挽回的结果——无论怎样都是最坏的结局。如果岩永的推测属实的话，当木偶开始活动的时候，多惠他们就已经束手无策了。

而岩永却露出了微笑。然而声音却异常冷酷。

“我是不会让善太先生的计划得逞的。”

时间刚过凌晨一点。多惠走下山坡来到昏暗的海边。自己家虽在小山坡上，可从沙滩还是能隐约瞧见房子里的灯光。今晚的月光依然皎洁，几只火球依然在半空中飘浮。在月光和火光之下，约有几十只妖怪和幽灵们聚在一块。它们听了“公主殿下”岩永的指示后，便纷纷行动起来，有的在暗处藏起来，有的进行搬运的工作。它们正紧张地布置决战的舞台。而多惠则远远地躲在岩石后面。

妖怪中既有类猿猴、狐狸、狸猫、野猪等动物，它们因为得到妖力而产生了变化，也有一些长着贝壳和鱼类外形的海洋中的怪物。而头戴贝雷帽、穿着仿若西洋人偶一般服装的岩永，就站在这群妖怪中间，挥舞着手杖，对它们下达指令——奇妙的光景让多惠仿佛置身幻境。

这片海滩位于小镇的最深处。除了多惠的家之外，对于其他的居民来说都处于死角，即使发生一点小小的骚动也不会引起人们的注意。不过，若是真有人注意到异常而前来查探，瞧见这群妖怪估计会立刻昏倒在地吧。

“我说，那位小公主好像也挺让你费心的吧？”

听了多惠的问题，九郎不由得露出苦笑。

“该怎么说呢。如果没有她的话，我可能就找不到生活方式了。”

虽然在岩永面前，九郎的态度表现得极为冷淡，不过面对年长者的多惠，他似乎还是说出了心里话。多惠看着九郎，有些忧虑地问道。

“吃了人鱼和件的肉之后成为了不死之身，更获得了奇妙的能力，要适应这些很费劲吧？”

在今晚准备捕捉木偶之前，多惠得知了九郎的特殊能力。不过对于多惠来说，这些事情未免过于超出现实。虽然她也曾听过“吃掉人鱼的肉便会永生不死”的传说，不过她根本不曾想过，某天自己真的遇到了一位吃过人鱼肉的青年。不仅如此，这名青年还吃过预测未来后便会死的件的肉，也吸收了其预测未来的能力——更是连想都不敢想。

多惠看着给人有些呆头呆脑印象的青年问道。

“以生命为代价所换取的决定未来的能力，究竟是什么感觉？”

九郎拥有预测未来的能力，能够以死亡为代价，有意识地决定近期未来的发展。也就是说，对于较近的未来，他可以随意控制。本来这是一种用完就会死亡，只能决定一次未来的能力，而九郎吃过人鱼肉拥有不死之身，就变得可以反复改变未来的走向，规划出最佳的选择。

也就是说，即使把九郎杀死，他也能够选择使杀害他的人遭受不幸的未来，并立刻复活过来。因此妖怪们才会如此害怕他。这样的他即使待在岩永身边，也会让周围的妖怪们陷入恐慌，因此只得陪多惠待在远离妖怪的地方，独自做着战斗的准备。

九郎不太谦虚地摆了摆手。

“能够决定未来——说着好听，也不过是将有可能发生的未来变为必然发生的能力罢了。发生概率不高的未来，不在我的预测范围之内，所以我是没办法改变的。掷骰子的时候，我能够掷出自己想要的数字，不过，随便买张彩票就中头奖这种就无法做到了。这是没什么自由发挥空间的能力。”

“不过，这种能力也足够让小公主预备的陷阱成功触发吧。”

多惠看向远处正在指挥妖怪们的岩永。九郎也是一样。

“就算没我，她也能靠自身的运气获得胜利。”

九郎似乎非常了解自己的恋人。

望着不远处的岩永，多惠的语气颤抖起来。

“是啊，绝对不能跟那个小姑娘为敌呀——”

此时，岩永周围妖怪们全部四散开来，纷纷在计划的位置隐藏起来。除了飘浮在高空中、无法被地面上的木偶感应到的火球以外，其他的妖怪都消失在了多惠等人的视线里。猫妖跑到岩永跟前，对她说了些什么。紧接着，岩永便点点头，与猫妖一起朝着多惠的方向走了过来。岩永轻快的步伐让人完全无法想象，她的左腿是依靠义肢行动的。

岩永走到多惠等人所躲藏的岩石后面，抬起头看向九郎。

“木偶正向沙滩走来，还有几分钟就会进入战斗区域。也麻烦九郎学长尽快就位吧。”

“明白了。”

九郎简短地回应道。岩永举起手杖，指向了沙滩上的某一片区域。

“请你把木偶引到有标志的那片区域，然后就麻烦你看准时机给出指示了。”

接着，岩永少见的露出了楚楚可怜的神情。她抬着头望着九郎说道。

“还有，尽量别让自己死去。”

“事到如今才提醒我吗？”

“也不是，因为最近妖怪之间有传言说，‘公主殿下能毫不动容地让她的男朋友去死，真是冷酷又帅气’——这种说法让人很不舒服嘛。”

“明明就是事实。”

“我多少还是会在意的！就算你能够马上起死回生！”

只是多少会在意吗？多惠心想。

不过大概是感受不到疼痛吧，九郎也许觉得死亡是一件微不足道的事情。

九郎朝着波涛声处缓缓走去。从他背影看不到丝毫紧张，只有如闲庭信步一般从容。

站在原地的岩永远望九郎远去的背影，不满地用鼻子“哼”了一声。

终于，发出“喀嗒喀嗒”声响的木制人偶缓缓地出现在了远处的沙滩上。它右手的末端赫然嵌着一块黝黑的陨石。

“终于来了。这下就能知道你的预测准不准了，小公主。”

多惠的语气里颇有些担心。而岩永则满不在乎地看着远处的木偶。

“我的对策都是以最坏的可能性为前提所考虑的。”

岩永之前的推测可能只是杞人忧天。尽管如此，事有万一，按照最坏的情况为前提制定计划，这无疑是最为妥当的做法。

多惠回想起傍晚时分，岩永坐在沙发上所推测的善太制作木偶的真正目的。

“自古以来，不管是东方还是西方的国家，人们制作木偶一般都会用作咒术的载体。有些人制作木偶是为了代替人类承受灾难，有些则是为了代替人力从事繁重的工作。更有甚者，将木偶作为神明和灵魂寄宿的器皿——这种传承也有很多先例。就连匹诺曹的童话，大抵也是源自于此类传说。因此，诸如受到诅咒的木偶自己动了起来，使人们陷入恐慌，这类的故事比比皆是。不过，听到木偶的咒术，不是更容易联想到另一个更广为人知的使用方法吗？”

听到这番话时，多惠当场就从沙发上猛地站起身来。她马上就联想到岩永所说的“另一个使用方法”。

没错，这是自古以来就有的传说。在日本的异闻传说中被称为“诅咒稻草人”。

“没错，正是如此。就是用于诅咒的人偶。人们通常把想要报复的对象的名字写在人偶上，用细针或钉子钉在树上，或是丢进火中焚烧，想要报复的对象就会遭受到与人偶相同的灾难。日本妇孺皆知的诅咒法“丑时参”① 中，把稻草人用五寸钉钉在神社的树上，对自己所憎恶的对象降下诅咒。西方也有类似的“魔女诅咒”和民间传说，还发现过曾经用于诅咒的手足和头上被扎上细针的泥制人偶与蜡像。除此以外，中南美洲的巫毒人偶也为人所熟知。”

既然木偶可以代替主人承受灾难，理论上，木偶也能够起到相反的效果，那便是通过木偶将灾难转嫁给他人——事实上，比起承受灾难，使灾难降临到他人身上的用法才更加广为人知。

坐在沙发上的岩永拿起了一块点心，毫无停滞地科普着关于诅咒人偶的知识。

“为了使得诅咒生效，人们通常会在人偶身上附上憎恨之人的相关物件。比方说在木偶身上写上对方的姓名，贴上对方的肖像画或是照片，把对方的指甲或毛发等所有物塞进人偶体内等。这种方法通常被人称为‘交感巫术’。通过这种方法，可以使得人偶变成自己想要诅咒的对象的分身，用针刺入人偶身体，能使得被诅咒之人的相同部位感受到相同的痛苦。折断人偶的手腕，被诅咒之人的手腕也会相应

① 丑时参，指于丑时（凌晨一点到三点之间），将写有自己憎恨之人的稻草人用钉子钉在神社的树上，是一种日本自古以来的咒术。

折断。把人偶丢进火里，被诅咒之人也会燃烧起来——”

岩永做出解说是距现在七个小时前的事。

而此时，多惠正望着由远而近朝向人海步行的木偶。而如今，那具木偶远比它看上去还要诡异阴森。

她继续回忆着岩永说的话。

“——善太先生制作木偶的目的也是相同的。这具木偶是以被破坏为目的诞生的。虽然仅仅凭着能够活动、从手掌放电等特征，很难联想到诅咒，但唯有这样推测，所有的事实才能够联系起来。”

此时，九郎正站在人偶二十米开外的地方。

令人窒息的沉默之中，九郎突然向着木偶冲了过去。面对飞奔而来的九郎，木偶起初丝毫不为所动，而在距离缩短到十米的时候，它便迅速将右手举了起来。电光朝着九郎的方向呼啸而去。

多惠的回忆还在继续。

“那个木偶的身体里面，大概还嵌有害死善太先生孙子的四位大学生的相关物件。就算他们的毛发指甲不容易弄到手，只要在木偶的身上某处刻上他们的名字，也会有等同的效果吧。”

当时沐浴在夕阳下的岩永，坐在沙发上继续解释着。

而此时的岩永，眼见木偶发出的电光袭向九郎，却不见一丝紧张的神色。

九郎勉强地避开了致命的一击，继续缩短着与木偶之间的距离。保持着一定的距离，并且事先预测到攻击的话，只要避开木偶右肩到右手的延长路线，就能够躲过木偶的电击。不过，木偶也并不好对付，在九郎躲过了最初的攻击后，它并非傻傻地站着不动，而是转移方向，朝着九郎发出了连续不断的电击。

“如果稀里糊涂破坏了那具木偶的话，那四名大学生恐怕会当场丧命。那具木偶的最终目的并非破坏，而是诅咒。”

果然，善太无法原谅那几个大学生。在他内心深处，最大的愿望便是对他们进行报复。

“如您所说，善太先生个度量小的人。他既没有胆量杀死他人，更无法承受杀人所带来的责任，是这样吧？即便是诅咒他人，想必善太先生也无法承受诅咒所带来的罪恶感。因此，他把这份罪恶感转嫁到了小镇上的居民身上。”

根据多惠和镇长的推测，善太想要木偶代替自己对全镇的居民实施报复。这个推测不可谓不正确。只不过，善太还布置了另一层陷阱。

“木偶一旦给小镇造成严重灾害，小镇上的居民就一定会想办法将其破坏。如果有人因为木偶而牺牲，居民们更是会把自己的所有恐惧和憎恨全部倾泻在木偶身上。为了破坏它，难免会采取一些过激的手段。”

只要人们想要破坏木偶，很容易就能彻底将其毁灭。而这正是善太所布置的第二层陷阱。

九郎已经接近木偶身边，只要伸出手来就可以控制住它。然而此时，木偶右手的雷击仿佛不存在冷却时间一般，再度发射出来。刹那间，剧烈的电光便吞噬了九郎。

岩永的脸上像无事发生一般平静，多惠却忍不住露出了不忍的表情。她望着继续奔向大海的木偶，脑海中再次浮想起岩永当时的推测。

“善太先生想要通过小镇居民破坏木偶来对害死自己孙子的凶手们传达自己的恨意，并且破坏木偶的方式越过激，诅咒的效力也就越强，带给凶手们的痛苦也就越大。这种痛苦远非被扎针或被火灼烧的痛苦能比。说到底，诅咒并非是善太先生一个人心中的憎恨，而是包含了小镇全体居民的憎恨。”

善太的唯一失算在于，最初发现木偶的并非小镇居民，而是栖息在小镇周围和海洋中的妖怪们。它们的生活因为木偶的突然到来而变得不得安宁，于是联合起来对抗它。如果妖怪们能够做到的话，那么木偶的诅咒便会失效，善太的如意算盘就会落空。不过，很明显仅仅凭着妖怪们的智力，根本无法阻止木偶。

“善太先生同时也十分痛恨小镇上的居民们吧。才想要通过木偶的诅咒让镇上的居民们也吃一吃苦头。即使镇民被木偶的电击所害，也可以将部分责任归结于擅自接近木偶的镇民们——正如镇民们把肇事的部分责任转嫁给自己孙子一样。毕竟，木偶本来就没有随意靠近镇民，而是径直前往大海而已。这样的想法可以让善太先生自身的负罪感没有那么强烈。而且，他的目的是让全部镇民们都承受杀害四位大学生的罪恶感，这也是他报复计划的其中一部分吧。虽然你们不知道，但你们的身上都背负了杀人的罪孽，你们都不是无辜的。”

难道，善太觉得这样就能免于罪过，免于杀人的罪行了吗？

“善太先生觉得只要自己不是最后下手的那个人，便已经有了一张免罪符。毕竟，直接下手的是小镇的居民们。如果善太先生还活着，想必他会指着这些人的鼻子说‘明明是你们动的手，你们也有错’。大概只有这么做，善太先生才不会受到良心的谴责吧。至少，他可以把杀人的罪责分散到全镇所有居民的身上——就像当初镇民们对待他的态度那样。”

他将一个人无法独自承担的罪恶感分摊到所有人的身上。这样一来，自己的责任也就减轻了。

也因如此，善太制作了用于诅咒的木偶。对于镇民们来说，只要破坏木偶，就能阻止鱼群大量死亡，甚至能让小镇的观光业复兴。不过，如果破坏了木偶，小镇的所有人都会莫名其妙地背负上“杀人”的罪孽。无论哪种选择，都将导致无法挽回的恶果。

“在破坏木偶的同时，四位大学生就会因为诅咒的力量而死于非命。这种消息很快就会传遍整个小镇吧。就算联想不到木偶的诅咒，但至少也会能知道大学生们的死状与被破坏的木偶完全相同。这样镇民们就会意识到是自己的冷漠导致了善太遭受不公，进而导致了大学生们的死亡，想必他们会留下心理阴影吧。”

多惠的思绪再次被拉回现实。战场上，遭受了正面电击的九郎，很快地重新站起身来。除了衣服被烧得支离破碎以外，全身上下没有一处伤痕。他再度发起了进攻。他与木偶保持着距离，然后迅速地移动着，寻找接近的时机。只不过，木偶的行动也同样迅捷，九郎始终无法缩短两人之间的距离。

虽然木偶也跟九郎保持着距离，不过每向前一步，它都会把右手转向九郎的位置，发射出接连不断的电击。九郎十分小心地避开一道道致命的雷电，有几次没能躲过，遭受重击后在地上打几个滚后便重新复活——就这样，他一边躲避移动着，一边也在同时调整着木偶前进的方向和所在位置。木偶在发动攻击的时候，它抬起脚的位置每产生一点变化，它的落脚点就会出现不同的结果。根据多惠之前所获悉的计划，九郎就是靠着这些细微的变化来读取并调整木偶前进的方向。

多惠又想起黄昏时分，道破了善太所设下诅咒的岩永如此说道。

“让鱼类大量死亡、小镇居民人心惶惶、小镇经济衰退——虽然对于小镇来说，已算是足够恶毒的诅咒，不过真正恶毒的，还是让小镇的居民代替自己背上杀人的罪行。也就是说，无论是否破坏木偶，这座小镇都无法从诅咒中脱身。”

在听到这句话的时候，多惠不禁感到深深的绝望。可以说，在木偶开始行动的那个瞬间，善太的心愿就已经实现了。自己真该在木偶动起来之前就阻止善太——

“无法承担罪恶感的软弱，再加上原本与人为善，却因为遭受种种变故而彻底扭曲的欲望所诞生的诡计，从结果来看，这个诅咒木偶比起任何报复都要来得令人毛骨悚然。”

岩永说到这里，露出了一副“受够了”的表情。而多惠却完全笑不出来。对于无论破坏与否都无法逃脱诅咒的木偶，她已经彻底束手无策了。

多惠也曾试探性地问过岩永。

“有没有什么对策？难道你所谓的方法，就是让木偶被破坏，然后让小镇所有居民替善太背负杀害四位大学生的罪行吗？”

“谁来背负罪行对我来说没有差别。小镇上有多少人被害也跟我没有关系。只不过，善太先生的行为已经严重影响到了这片土地的秩序。他借用了从天空另一边所降下的未知力量，实现自己的私欲。我绝对不会让这种行为得逞。”

毫不在意让他人背负罪责，甚至连小镇出现伤亡都漠不关心。而只是因为善太的行为违反了她所谓的秩序，因此才会采取对应的策略——眼前的这位少女，可爱却无情。不，这位“公主殿下”，看起来楚楚可怜，言谈却掷地有声。

此时，在多惠的眼前，九郎再一次被雷电击中，远远地飞了出去，倒在地上。他所倒下的地方刚好位于木偶前进方向的前方五米处，而他又顺势向着反方翻滚滚了五米的距离。木偶并未停下脚步，继续向着九郎所在的位置靠近。只不过，因为九郎立刻停下了动作，木偶也没有出手攻击。

多惠想到了岩永事先布置好的策略。

“只要搞清楚木偶的诅咒和它的行动，就有办法对付它——只要事先将它身上的诅咒驱除，再破坏它就可以了。只要让木偶和诅咒对象之间的联系消失，即使破坏木偶，那几位那学生也不会遭受劫难。也就是说，将刻在木偶身上的几个人名抹去，或是把放在木偶身上的头发或指甲彻底取出，诅咒就会失效了。”

即使知晓这些，多惠也依然没有取胜的把握。虽然知道木偶身上的诅咒，也知道了驱除诅咒的方法，但问题又回到了原点。

没有任何人能够接近木偶。所有接近木偶的人都会被雷电攻击。即使能够从远处破坏木偶，但不接近木偶的话，就不可能驱除木偶身上的诅咒。

多惠也曾提出过疑虑，然而岩永却一副成竹在胸的样子。

回到现在。木偶正从倒在地上的九郎身边走过。岩永一直在观察着木偶的行进路线，手杖也深深地插在沙滩上。多惠若有所思地对岩永说道。

“果然，只要他倒在地上一动不动，木偶就没有任何反应。我猜他现在是在装死吧。等到木偶从他身边走过去以后，他就能从木偶的背后发动奇袭。只要能抓住它的右手，就能在不遭受电击的情况下控制它的行动。”

只要九郎能够控制住木偶的右手，其他埋伏起来的妖怪们就能够顺势抓住木偶的其他躯干。接下里，只需要调查一下木偶的全身，很快就能取出或抹去与诅咒关联的物件。可谓是最有效的作战计划。

岩永点点头。

“您说的办法的确可行。以九郎学长的能力，决定那样的未来也并非难事。只不过，即使从背后抓住木偶的右手，它也很可能会为了逃跑而大闹一番，右手肯定会不断发出电击。而且，调查诅咒相关的位置，要花上大量时间仔细检查木偶的全身。若是当中有谁不小心手滑，或是出现瞬间的松懈，很可能会让木偶重新恢复行动。到时会造成更严重的伤亡。”

就算九郎有不死之身，其他妖怪们可挨不住木偶的电击。只能采取其他手段了。

“更何况，这个木制的人偶做工并不算精细，看起来也不结实。如果在木偶反抗的时候用力过度，不小心折断它的身体或四肢关节，诅咒也会生效，被诅咒的人很可能出现伤亡。所以需要尽量避免这种情况发生。”

在岩永来到小镇前，就已经拟定好了封印木偶的作战计划，甚至还考虑到了作战失败的补救对策。木偶此时正按照她计划的那样，正缓缓地走向目标地点。

“所以啊，我在日落前就布置好了一个颇具规模的陷阱。”

当木偶距离九郎约五米的时候，原本躺在地上的又一次死去的九郎再次复活并站起身来。木偶立刻回过头，举起右手对准了他。

电光石火之间，九郎把左手高高举起，大声说了什么便挥了下手。从多惠所在的地方，听不清他具体说了什么。不过，按照原本的计划，想必他说的是触发陷阱的指示吧。

“就是现在！”

就在九郎发出指令的同时，木偶的身影突然消失。紧接着，一道闪电从地表沿着斜线向天空中飞去——它并非是消失不见，而是在极短时间内陷入了地面。

一个藏在地面下的陷阱。

这是岩永召集所有陆地和海里的妖怪，在沙滩上木偶的必经之处挖掘出的，直径约四米、深约两米五的巨大陷阱。接着在陷阱上方盖上一块中间裂开的木板，再在上面铺上沙土和石头，不仔细看的确很难分辨出来。除此以外，陷阱内部还藏着三只妖怪，在下面支撑着木板。上方的木板虽然是裂开的，却不会轻易断裂，因此即使是下面支撑木板的妖怪们离开，陷阱也不会立刻触发，最多只是在周围的沙土上出现一道圆形的塌陷痕迹。然而，一旦陷阱上方出现重物，只要藏在陷阱里的妖怪们一撒手，木板就会立刻断裂。彼时，重物也会连同断裂的木板一起跌落陷阱。而原本藏在陷阱里的妖怪们只要趁机逃出陷阱就可以了。

一切如同岩永计划的那样，人偶顺利掉入陷阱。当它走到陷阱正中央附近，向九郎举起右手的时候，陷阱里的妖怪们听到指示后立刻撒手，木板立刻发出“喀嚓”的响声断裂开来，沉重的木偶也随即掉了下去。而由于掉落的势头，它举起的右手朝向上空，发出的雷击也朝着半空而去。

岩永布置的陷阱远不止如此。陷阱的周围事先用长绳绕了一圈，掩埋在沙土和石碓里面。长绳的两端分辨延伸向大海和陆地，在木偶攻击范围外的安全区域内，由两组妖怪分别在两边紧紧握住绳子。接着，当九郎挥动左手发出指示的时候，绳子两端的妖怪们同时用力向后拉动。那情景，就仿佛是拔河比赛的两组队伍一般。

妖怪们拉动绳子两端的同时，陷阱周围出现了一圈环形的凸起。埋在沙土中的绳子在两端的拉力之下，迅速缩紧。陷阱中央的目标，会被缩紧的绳套牢牢绑住。

而此时被绳子绑住的，正是木偶的右手。事先准备的粗绳子，正牢牢地绑在木偶右手的小臂中段靠近手腕的地方，绳套的上方正是嵌在木偶右手里的陨石块。木偶在制作过程中并未仔细打磨，手臂的部分也并非是光滑的圆柱。也正因如此，绳子才能紧紧地套在手臂上而不至于向下滑落。此时的木偶被悬空吊了起来。

在木偶掉落陷阱前，它的右手是平举着正对九郎的。木偶掉落之后，它的右手则在惯性的作用下举过头顶。当它的头部完全掉入陷阱的时候，唯有右手的部分还在地面上。而缩紧的绳套则刚好牢牢地套住了木偶此时暴露在地面上的右手。

结果正如岩永所算计的那样。木偶此时被吊在陷阱的正中央。陷阱约有两米深，而木偶又只有小孩的体型，双脚自然无法碰到地面。在没有地面作为发力点的情况下，木偶此时能做的，就只有在半空中摇晃挣扎了。

紧绷的绳子在陷阱的上方，将圆形的陷阱一分为二。而在陷阱的正中央，则是缠在木偶右手上的绳套。木偶被套在绳套上的右手还在做着垂死挣扎，不断地重复着放电和冷却。不过，由于右手笔直朝上，致命的雷电全都飞向半空，消失在无边的天际。它也尝试着举起左手，想要借助绳子爬出陷阱，不过在重力的作用下，它的左手根本够不到右手手腕处的绳套。就算它左手够得到绳套，凭它粗制滥造的球型手掌，也根本抓不住绳子。

也就是说，这个长鼻子的木偶，仅仅落入岩永十分简单的陷阱后，就几乎失去了抵抗能力。

岩永、多惠和猫妖在木偶消失在陷阱中，紧接着闪电飞向天空的时候，就已经开始向着陷阱靠近了。多惠和猫妖内心焦急，几乎是飞奔到了陷阱前。而这次作战的核心——岩永本人，似乎是对自己布置下的陷阱很有把握。她一边轻快地转动着手中的手杖，一边跟在他们的后面。结果，在陷阱中，他们看到了木偶被吊在半空、无力挣扎的样子。

“仅仅要木偶掉进陷阱是一件很简单的事情。不过要像这样，让它在右手被套住的同时掉进陷阱的话，就必须要借助九郎学长的能力了。”

岩永所布置的连锁陷阱，需要九郎、陷阱中的妖怪和拉绳的妖怪三方看准时机、同时行动。这样的三方配合，成功概率实际上并不高。更何况，无论事先做过多少次的演练，正式行动的时候也是只许成功，不许失败。在这种情况下，运气就变成了决定性因素。

不远处，一只獾子所变化的妖怪正把备用的衣服递给衣服被烧得焦黑的九郎。多惠的余光扫着九郎，向岩永问道。

“他为了让你的陷阱能够成功，不也死了好几次吗？”

就算九郎不断使用决定未来的能力，木偶不被事先引导到陷阱中央的话，成功的概率也不会因此而上升。

岩永似乎不愿意被多惠指责，便以狡辩的语气回答道。

“达成自己女友的期望，本就是男朋友的义务。”

她一边把视线投向陷阱里悬空吊着的木偶身上，一边对周围的妖怪们发号施令。

“这样吊着的话，木偶的右边肩膀或手腕可能会脱落。按照计划，你们把它埋起来。”

周围慢慢聚集过来的妖怪们听到岩永的指示后纷纷行动起来。它们把挖掘陷阱时搬出的沙土又一点点搬运回陷阱里。套住木偶的绳子两端已经加固完毕，即使拉住绳端的妖怪们松手，此时的木偶也不会掉下来了。

妖怪们用沙土将陷阱的底部填满，用湿润的砂土将木偶的双腿固定在土堆中。这样一来，木偶便动弹不得，因为下方固定住，右手也不必承受整个身体的重量，不必担心它的右肩或右腕会突然脱落了。

作为木偶最强的攻击手段，它的右手被向上牢牢固定，因此它唯一可以活动的就只剩下左手了。而在下半身也被固定的状态下，它左手的活动范围也仅限于前后摆动。也就是说，如今木偶的攻击性已被完全剥夺了。

“这样一来就不必担心它会垂死挣扎导致身体破损了。九郎学长，请你检查人偶的某处有没有刻上人名，或是在哪埋着诅咒相关的物件。”

“了解。”

换好衣服的九郎翻身跃进陷阱内部，仔细检查起木偶的身体。

岩永一边观察九郎的作业，一边语气平淡地说道。

“我猜诅咒之物大概就在木偶的躯干部位——木偶的手脚都是可动的，做工也不怎么精细，所以，固定关节的零件很可能会脱落，或是遭受碰撞而折断。如果咒物放在四肢，当四肢脱落或折断时，给予诅咒对象的惩罚最多就只有手脚折断之苦。为了避免这种情况的出现，可能性最大的就是它的躯干。”

九郎一边躲避着木偶前后摇晃的左臂，一边仔细地触摸，检查木偶的躯干。终于，他停下了动作。他的目光停留在了木偶的腰腹周围。

“这里刻有几个人的名字。除了那四位大学生以外，还有一个人的名字——”

九郎抬起头来看向多惠的方向，他的眼神既困惑又略带诧异。出现四位大学生以外的名字似乎也超出岩永的预料，她也禁不住愣在原地。

“还有一个人？”

岩永有些慌张的神情，倒是让多惠心中颇有些愉快。那另外一个人名，她心中早有头绪。她轻笑起来，用眼神制止了想要说出名字的九郎，开口说道。

“是我的名字吧？”

九郎略带犹豫地点点头。多惠则叹了口气。

“我过着幸福安稳的生活，善太他一直是心有芥蒂。木偶会从我家附近经过，可能也是源于对我的恐吓和报复吧。”

岩永震惊的表情只停留了一瞬间，便恢复了冷静。在多惠叙说详细情况之前，还有必须要向九郎确认的事情。

“学长，木偶的其他部位有做过手脚的痕迹吗？”

九郎转过头去，继续排查木偶的其他部位。

短暂的沉默后，九郎站直身子，摇了摇头。

“没有其他地方做过手脚了。这些名字要怎么消除？看样子刻得并不算很深——”

岩永抬起头，向多惠征求意见。多惠不禁舒了口气——幸好一切顺利，如当初计划的那样。

“只要用刀子削下来即可。诅咒对象最多会遭受一些皮肉之苦，不过最多也只是这种程度罢了，总比死于非命要好得多吧。对我来说也是一样。”

一只八爪鱼模样的妖怪递给九郎一把小刀。这也是岩永事先准备好的。

九郎接过小刀后，便开始慎重地在木偶的腰腹部动起刀来。反复数次同样的动作后，他便抬起头示意岩永，自己的工作已经完成。

岩永始终很在意多惠的情况，张开手臂，向着九郎做了一个“明白”的动作。

“不疼也不痒啊。凭着这块诡异的陨石和善太的执念，赋予这个木偶行动和放电的能力，大概就消耗完所有的能量了吧。没有余力再实现更进一步的诅咒。”

确实如此，多惠虽然已经上了岁数，痛觉逐渐迟钝。不过，刚才的自己甚至连被轻轻摸过的感觉都没有。

岩永摘下贝雷帽，抬头眺望着木偶被吊着的右手放射出的雷光消失于天际，语气有些冷漠。

“这样说来，善太先生的企图从开始就落空了呀。”

从结果来看，可谓是“雷声大雨点小”。

岩永虽然推测出了诅咒木偶的真相，可从结果来看，这些布置全都白费了。说不定仅仅靠着镇民们齐心合力破坏木偶，事情就能得到完美解决。

岩永歪着头说道。

“这也算是‘害人终害己’吧？”

“该怎么说呢，越是依赖外界的力量拟定的复杂计划，搞砸的可能性也就越高——大概就是这个道理。”

多惠答道。

善太将自己余下生命作为燃料所降下的诅咒，到头来只是一纸空谈。自己不愿承担罪恶感与责任，想要设法转嫁他人的悲哀末路，盖棺定论本就是十分容易的事。

不过，多惠的神情却有些苦涩。她对身边如同人偶一般的少女，缓缓说道。

“不过，还真是让人不快的结局。”

妖怪们手中拿着木槌和棍棒，纷纷迈进陷阱中。看起来，它们正准备将这个木偶彻底破坏。重新戴好贝雷帽的岩永指向陷阱下方问道。

“您要帮忙破坏木偶吗？”

多惠摆摆手，转过身去，只给岩永留下一个潇洒的背影。

“照顾一下我这把老骨头吧。我要回去休息了。破坏木偶以后，别忘了把它埋在坑里。作为补偿，我会帮你们准备明天的早饭的。”

说罢，便挥了挥手。猫妖立刻飞奔到多惠脚边，跟着她一起离开了。看起来，比起帮助公主殿下，这位小小同居者选择了陪同老人一起回去。

虽然这小小的动作，并不能说明什么。

第二天清晨，多惠如同往常一样伴随着第一缕晨光起床，准备好了给岩永二人饯行的早餐。米饭、日式蛋卷、味噌汤、芝麻凉拌菜、金平牛蒡、烤鱼、烤紫菜片——全都是传统的日式料理。平时只有自己和猫妖，不用做这么多的饭菜，不过为了辛苦整晚的客人——抛开没怎么出力的岩永不谈，就算为了死亡多次又复活的九郎，也值得用这些美食来报答他们。

已被破坏的木偶，此时正装在两个纸箱里，放在多惠家门口。它的手脚都已被拆开，本体也已经一动不动，变成一堆木块——当然，它长长的鼻子也被取了下来。

嵌在右手的陨石也被取出，如今已经不见踪影。据说是岩永担心把陨石继续留在这里，可能还会带来其他灾难，决定带回去处理掉。

早上七点，岩永和九郎起床后，便来到了厨房的餐桌前就坐，准备用餐。猫妖也趴坐在餐桌的一角，它的面前放着盛着米饭、鱼肉和菠菜的小碟子。众人一语不发地吃了一阵子饭后，多惠便继续说起昨晚在沙滩上只进行了一半的话题。

“我曾经有两个小孩。只是两个都在小时候遭到交通事故，结果一起去世了。肇事者很有钱，赔偿金多到可以堆成山，虽说他也被判去监狱服刑，但转眼间就出狱了。去孩子们的墓前参拜好像也只有一次，自那以后就再也没出现过——”

大概已经是过于久远的事情，多惠的语气也显得颇为轻松。

当然，也有可能是她害怕自己内心无法承受，语气才故作轻松。

“拜这起事故所赐，我和先生一跃成了小镇上的资产家。明明在此之前的生活上也并不困难，不过把惨剧始终放在心上也无法继续生活。所以，当我先生高中时代的朋友说要开公司的时候，我们就立刻把几乎所有的资产全部拿去投资了。”

接下来的发展，让人不得不哑然失笑。

“我先生朋友的公司发展非常快，当初投资的钱翻了好几倍以后又回到了我们手中。简直就像恶意的玩笑——我们之后还为那些双亲遭遇交通事故的孤儿们捐款，还投资了非盈利组织作为运营资金。总之，我们想尽了一切方法去花完手头上的钱，结果，手头上的钱却反而越来越多……”

九郎表情有些复杂，不知道该怎么回应。而岩永则饶有兴趣地侧耳倾听。

“终于，在我们手头上的钱到了一人多高的时候，这次轮到我先生遭遇到水灾去世了。他才五十多岁，比现在的我还要年轻十岁啊……然后，事故的赔偿金那些乱七八糟的，又从天上掉下来了。”

普通的老年人只要解决自己年迈以后的生活花销就足够了。不过，多惠在自己年迈以后，甚至再活个一百年都不需要烦恼了。

“我当时想到再去考虑钱的使用方法也是无济于事。更何况，投资和捐赠在很多时候都难以辨认是否有欺诈行为，若是扯上关系的话，很可能会给他人带来不幸。话虽如此，若是我把钱投资到自己信任的人那里，数额也并不会大幅度减少。而且，正如猫妖所说，我这把老骨头既健康又顽强，平时也没有感冒发烧——不知不觉，我成了小镇上的大人物，连县里的知事见了我都要点头哈腰，更是没有人敢当面指责我——”

虽然说得轻松，也并非仅凭着年纪大就能达成的。如果不是多惠从年轻时期起就保持着良好的生活习惯，说话公正而有理有据，对待事情有担当，她也不可能有现在的地位。

“不过，也有不少人在背地里说我是靠着亲人的尸骨赚到巨款的魔女和山姥[①]……我也没办法啊，我被金钱之神所宠爱，身体也很健康，就算失去所有家人，都能安安稳稳地活着——想必看上去十分幸福吧。”

在这个没有拿得出手的产业，人口也在不断减少的小镇上，多惠可谓是十分特殊。话虽如此，对于在小镇长大成人，先生和孩子的墓地也埋在这里的老人来说，到了六十岁以后，想必也很难鼓起离开家乡的勇气吧。

“善太失去了自己的孙子，小镇上却很少有人同情他。还有人在背地中伤，说他靠着赔偿金和保险发了大财。所以我对他一直放心不下，想多少为他出点力……”

因为自己也发生过类似的事情，才想去帮助对方——这种想法，是否过于天真了呢?

“不过，从他倾注生命降下诅咒，想要报复大学生和我的行为看来，他的内心对我还是否定的吧。如果他的报复是正当的话，亲人死去也依旧幸福生活的我必定是错误的——否则，自己的行为就太过愚蠢了。因此，我理应受到诅咒，理应变得不幸。自然，那个木偶上一

① 山姥：日本神话中居住在深山，长得像老婆婆的妖怪，可以知道人心里的想法，有的会赐予人们土地丰收和财富，有的会吃掉前来投宿的旅人。

定会刻有我的名字。”

岩永有些不开心地抱怨起来。

“把他人的好心当成歹意，还反过来报复，真是过分。我好像也经常被人说是‘被神明宠爱着’。但对我而言，我重要的男友给予我的爱情完全不够——这才是天大的不幸。”

在多惠眼里，这位默默地吃着芝麻凉拌菜的青年，对身边女友的爱意可以说是超过十二分的，可这位小公主竟然还不满足，大概这就是所谓的“人心不足蛇吞象”吧。而九郎则一副无动于衷的样子，也没有要说话的意思，只是专心地吃着眼前的饭菜。

多惠继续说了起来。

“即使被善太嫉恨，我的生活也不会捉襟见肘，独自生活也不会灰心失望。这样的我，算是幸福的吧？但当初孩子们和先生过世的时候，我都曾想过一死了之，只不过我没有一死了之的勇气而已。如果有谁能在我背后刺上一刀就好了……被这只猫妖吃掉好像也是不错的结局——”

“您又在说这种耸人听闻的话——”

猫妖在餐桌下面，用它前爪上的肉球轻轻拍打着多惠的脚面。即使作为妖怪，想必也是有妖怪的情感的吧。

多惠耸了耸肩。

“某种意义上，我和善太也是一样的。我们都害怕独自一人承担责任。最为重要的人明明都不在了，自己却没有告别人世的勇气。用生命降下诅咒的善太，比我还要勇敢些。毕竟，诅咒别人的事情，我可办不到。”

多惠放下筷子，身体靠在椅背上。她缓缓闭上眼睛。

“木偶刚出现的时候，我突然感到了某种命中注定的东西——阻止它、拯救小镇，这不正是我留在这里的理由吗？就算是牺牲我这副老骨头，也要跟木偶拼到两败俱伤——现在想来，真是异想天开。就算我不在，那个东西也能够被轻易破坏。到头来，我待在这里还是没有任何意义的。”

多惠睁开眼睛，再次看向岩永。她的眼神有些疲惫。到了知天命的年纪，诉说完自己故事的她，并不期待岩永的理解和安慰。

岩永露出了轻快的笑容。她举起了手上的味噌汤。

“不。正因为您在这里，我今天才能吃到这么好吃的早餐。真不知道该怎么感谢你才行。”

“那还真是荣幸之至。不过，话说回来，你喝的味噌汤是密封冻干的包装，你昨天带来的——”

只要倒入碗中，用热水冲泡，不出一分钟，一碗美味的味噌汤就完成了——根本没什么好感谢的。

“倒也是呀。”

虽然岩永说得信誓旦旦，可这股没来由的自信毕竟也是毫无根据的。

多惠看向正门前放着被肢解的木偶的纸箱。

“那个破坏的木偶就交给我来处理吧。只要按照镇长说的那样，请人来做一次驱魔仪式，镇上的居民们想必也会安心吧。陨石就交给你们处理，可以吗？”

“是的。不能让它再次成为灾难的根源。”

岩永端坐着点点头。

“这样一来，小镇也终于能恢复原样了。”

即使解决了鱼类大量死亡的事件，想要那些流失的钓客和观光客们重新回来还需要一段时间。小镇之前的一时繁荣，原本也只是天降横财罢了。恐怕这股热度也会随着时间的流逝渐渐消退吧。不过，这样一来小镇也可以恢复平稳悠闲的生活吧。

暗中考虑着接下来将要面对的种种烦恼，多惠不禁叹了口气，有些自嘲地说道。

“哎呀，可真是的。我这一生还要持续多久呢？”

岩永和九郎没有回答什么，也没法回答什么。多惠也觉得这样就足够了。即使身边有着这些生活了成百上千年的妖怪们，可面前这两位，还依然年轻呐。

岩永琴子坐在回程的车中。

整理行李和跟小镇的妖怪们打招呼浪费了很多时间，当九郎驾车离开岛井多惠家的时候，已经是上午九点多了。他们仅仅花了十五分钟，便离开了安静悠闲的渡渡水小镇。大海已经从视野中消失不见，车子也驶入国道。

九郎早早考取了驾照，不过却没有私家车。这次借了岩永家里的车子出行。也正因此，岩永在这辆车子里也没有任何不适，而是懒洋洋地躺在座椅上。反倒是九郎有些不习惯，正在小心翼翼地控制着方向盘。

坐在副驾驶席，系着安全带的岩永把从木偶身上取下的陨石捧在手中，在阳光下仔细观察着。握着方向盘，一直看向前方的九郎若有所思地感叹起来。

“虽然事情圆满解决了，不过仅凭着这块陨石和失去孙子的老人的怨念，就能够诞生出那种木偶，这世界还真是不可思议。”

其实，不仅是九郎，就连一旁的岩永都感到有些不可思议。只不过，她的看法似乎与九郎有些不同。

“该怎么说呢……我倒是觉得不仅如此。从这块陨石里，我倒是感受不到如此强大的的力量——”

虽说作为地球以外的事物，不过仅凭着一块小小的陨石，是很难驱使木偶活动、发出电击的。在此次渡渡水小镇的灾难背后，还有另一种力量在作祟。

“说不定，多惠婆婆的执念，也是让木偶动起来的原因之一吧。”

在听过多惠身上发生的故事以后，岩永一直就有这种想法。身边九郎的声音则显得有些疑虑。

“你又对当事人隐瞒了什么——”

“这次我可没有故意说谎！”

对于九郎的质问，岩永不禁感到一阵无力。特别是这次事件，背后甚至还跟那位童话里的匹诺曹有关——若是说谎的话，自己的鼻子说不定也要变长了。

岩永一边用手杖的握柄部位戳着九郎的腰，一边严肃地解释起来。

“多惠婆婆的最大愿望就是死亡。而且，她渴望的是有意义的死亡。木偶给小镇带来灾难，自己的使命就是赌上性命去阻止它——这大概是她在心底深处的愿望吧。所以，木偶拥有了单凭着善太先生的怨念所不可能达到的力量。”

在岛井多惠的叙述里，在户平善太制作木偶的时候，她曾多次拜访过。既然多惠曾不止一次地看见过木偶，说不定，她的执念和愿望也在潜移默化中传递给了木偶。

“比起善太先生的怨念，多惠婆婆的执念要来得更久、更沉重，也更深邃。”

事实究竟如何，如今已经无法确认，也根本无需确认。就算把这件事告诉岛井多惠本人，也不会再发生什么变化。更何况，招致灾祸的罪魁祸首既然已不在人世，就不需要让其他人来背负相同的罪责。相反，在这个小镇里，有一位想要阻止灾难、渴望着英勇就义的老人。因此，这位老人让自己成为英雄的强烈愿望，导致了这起灾难的发生——

这只不过是岩永的推测。但退一万步说，就算事实如此，多惠的所作所为称得上是“恶”吗？正因如此，岩永才没有把自己的猜想告诉多惠。

九郎有些沉重地问道。

“多惠婆婆……她到底算是幸福，还是不幸呢？”

听着恋人的烦恼，岩永则平静地回答道。

“——幸福或是不幸，在于多惠婆婆自己的感受，由不得我们说三道四。”

岩永把手中的陨石放在置物架上，十指交叉，若有所思地说。

“故事的最后，匹诺曹变成了人类，它觉得自己很幸福。而故事本身却是以问句的形式结尾——匹诺曹变成了人类真的幸福吗？”

也就是说，这本就是求而不得的答案。变成人类的匹诺曹也只有在将来的生活中寻找答案。

听了岩永的总结，九郎皱着眉头回忆着什么，接着便一本正经地反驳道。

“在电影和原作里面，匹诺曹故事的结局才不是开放结局吧？你是不是把它跟其他故事搞混了？”

也许事实就如九郎所说的那样。

“哎呀，别那么不知变通嘛！事情已经顺利解决，就别苦着一张脸啦。”

接着，她便提出了一大段建设性的意见——我们要去哪里游玩。

九郎深深地叹了口气。

“真好啊，你看起来可真幸福。”

“你这是什么话！说的人家像是迟钝的笨蛋一样——”

对待恋人的态度，九郎还有很长的路要走。

岩永用手杖的握柄狠狠地戳着九郎的脸颊，当事人却一副毫不介意的样子。

车子疾驰而去。

虚构推理

短篇集

Short stories

岩永琴子的出现

Appearance of Kotoko Iwanaga

第四篇

断头台『三四郎』

当在电视中看到“宫井川甲次郎因涉嫌杀人被逮捕”的新闻后，森野小夜子有些震惊。

（明明尸体都处理好了，还是——）

紧接着，新闻接下来的说明表示，甲次郎是主动联系警方自首，因此才遭到逮捕的。

（这样一来，我也会马上被逮捕吧……）

她从脚下升起一股凉意。

这天，小夜子在旭日东升时才回到自己的公寓，由于过度疲劳一直熟睡到了将近傍晚。此后又忙着处理几份即将收尾的插画师本职工作，直到夜里十一点，才趁着吃晚饭的工夫，打开电视看上两眼。这才有了刚才的那一幕——

通过电视报道和网络了解事情的来龙去脉后，她才稍微冷静下来。

（甲次郎先生好像并没有把我供出来，也许他在想供出了我，自己的罪名就会更重吧——）

她的头脑高速运转着。

然而，被警方逮捕的甲次郎的言行，有几点是小夜子无法理解的。

这些也是小夜子内心不安的主因，让她如鲠在喉。也许可以找他当面质问，但那样会暴露自己。小夜子自然不可能那么做。

根据报导，案件的内容是七十三岁的宫井川甲次郎与内弟爆发口角，冲动下杀死了对方，接着便主动打电话报警自首。整起案件都透露着谜一般的气息。

宫井川甲次郎在打电话自首以前，使用自己房间里的收藏品——断头台，残忍地切下了被害人尸体的头部。

正因这样谜一般的行为，案件很快就传开了。不过，日本国内普遍认为，私人收藏家居然能拥有真正的断头台，这本身就是足够轰动的大事件。

在此事发生后的一段时间里，围绕着案件的议论与喧嚣都让小夜子坐立不安。不过，毕竟案件的犯人已经自首，况且又亲口说出了用断头台砍下被害人头部的理由。到此为止，可供世间议论的话题其实就已经耗尽。案件发生一个礼拜以后，网络上就没有人愿意再去讨论。警方的搜查员也从没到过小夜子家中问讯。

被逮捕的甲次郎在被警方问及，为何要把尸体的首级砍下来的时候，他如此回答道——

“这是一台在日本制作、却从未被使用过的断头台，我从以前就一直想要试一试，它是否真的能够砍下人的头颅……”

而宫井川家中的这座“有幸”砍下过人类头颅的断头台，的确是明治时期日本产的。而且调查之后发现，这是日本现存的唯一一座国产断头台。

断头台。十八世纪末期，法国人发明的处刑道具。在隔开一定距离的两根木柱中间，吊起一把宽幅且刃面是倾斜的刀刃，在重力的作用下自然垂落，将下方被固定住的罪人头颅砍下——简单而残忍的设计。

在此之前的斩首刑法多是由处刑人挥舞斧头或长刀将罪人头颅砍下，因此经常会出现挥一次刀砍不断的情况，有时会多次反复切砍罪人的脖子，直到身首异处。这种做法会给予罪人极大的痛苦。

相比起来，断头台的工作原理则是由刀刃本身的重量和柱子的高度所产生的落差两方面组成，能够准确并快速地切断罪人的头颅。对象无论是平民还是贵族都一视同仁，不会给罪人造成痛苦。因此，断头台在刚刚出现时，甚至被认为是平等的、人道的、毫无乐趣的处刑道具。

这些都是甲次郎告诉小夜子的。

宫井川家中存放的这座断头台高度约两米三，横幅约五十厘米。高高吊起的银色刀刃长约一米。刀刃由日本高超的手艺人打造，至今没有一丝锈蚀的痕迹，甚至连刀刃的纹路都依然鲜明无比。

虽然个头不小，但普通人的家中也不至于放不下。实际上，甲次郎找来一个气派的屏风将其挡住，收藏在家中占地约十二叠的日式房间中，颇有些武士宅邸的风情。

六月二十号，周一。距离小夜子听说宫井川甲次郎被捕已经过去一个月。期间依然没有警察来访，她终于放下心来，也渐渐地恢复到了过去的心态。

虽然案件有些诡异，但既然真凶被捕而且已经招供，没有特别多疑点的情况下，起诉的手续也会顺利进行吧。起诉期到了以后，小夜子也没有关心过法庭判决的新闻，不过想必今后也无需烦恼了吧……

今天，小夜子很早就从B县乘坐地区快线，在中途的每一站都下车，拍摄着沿线的旧址、时间久远的巴士站台、没有人烟的车站和废墟等建筑物的照片。天气晴朗的日子，最适合收集工作需要的素材。

她肩膀上挎着装有相机、写生簿和若干画图工具的大手提包，下身穿着牛仔裤，上身穿着颜色朴素的上衣，一身便于行动的打扮。

小夜子今年二十八岁，在工作日的早上，拿着相机和写生簿在乘客寥寥无几的地区快线行动的话，总会引来一些路人好奇的视线。不过，不施粉黛的面容和简单轻便的着装，倒是很有为了工作去取景的感觉。

下午一点左右，小夜子离开了只有她一位乘客的无人站台，乘上最近的一趟列车。列车有两节车厢，座位是面对面放置的二人席位排列而成。两节车厢的乘客加在一起不过十个人左右。很多座位都空着，既可以坐在靠近通路的地方，又可以靠在窗边眺望外景。小夜子游走在车厢内部，寻找着自己中意的座位。

没走出几步后，她的脚步就立刻停了下来。有位少女闯入她的视野。坐在靠窗的位置，闭着眼睛，头上戴着贝雷帽。

少女正靠在窗边小憩。她的头发很蓬松，有些浅浅的颜色，肌肤白皙细腻，像是陶瓷一般。穿着的洋装像是定制的，整体设计让少女看起来惹人爱怜，宛如西洋人偶。不，或者说，少女本身就更像是西洋人偶。

睡眠中的少女手中，握着一根红色的手杖，握柄处雕刻成蜷缩的猫。这根不常见的手杖更凸显了少女不近人烟的气质。普通的少女会带着这种手杖上街吗？

仅仅看了一眼，小夜子便被少女吸引住了。惹人爱怜的少女。任谁看到之后都会承认吧。不仅如此，小夜子似乎还感觉到了某种不祥的气息。说是不祥也许不太贴切，该说是令人不安、不寻常、日常平衡在某处崩坏的气息——也正如此，小夜子无法移开目光。

“请问有什么事吗？”

自己盯着她看了多久呢？小夜子被询问声拉回了现实。她瞧向声音的源头，是坐在少女旁侧的男青年。

他是一位二十岁出头的大学生。他的膝盖上放着一台笔记本电脑，看样子正在写论文。这位从无人车站独自一人上车的女性，在自己的座位前突然停下脚步，一直盯着旁边的少女在看，任谁都不会没有反应吧。面对如此尴尬的状况，小夜子暗自庆幸自己不是那种胆怯的性格。

这位向自己搭话的青年，从他的扮相几乎看不出什么个性，装着打扮比起旁边的少女也有如云泥之差，无非就是个不怎么活跃的大学生而已。而且他的性格想必很好，面对行动可疑的女性也只是露出苦笑，没有任何责难的表情。

“啊，不好意思。我一不小心看得出神了——”

接着，她从口袋里掏出名片，递给眼前的青年——就是为了这种时候派上用场，才会随时带着名片。

“我叫皋月，工作是画插画的。刚才我太冒昧了。”

名片上印着她的笔名——皋月。下面是手机号码、邮箱地址与SNS账号，旁边则印有代表了她本人的招财猫插画。因为自己没有公开过本名，一般情况下都不会告诉别人。

青年有些惊讶地盯着名片看了稍许，又将视线投向小夜子，接着看向电脑屏幕，手指在键盘上打起了字。想必正在连上网络，试图在网上搜寻名片上的名字，或是在SNS上查询账号的真伪吧。

小夜子望着还在熟睡的少女，向她旁边的青年问话。

“不好意思，请问你们是一起的吗？”

两人在空荡荡的车内坐在一起，总不会是完全陌生的两个人吧。当然，如果不认识的话，小夜子就有保护眼前的少女不受伤害的义务。

青年抬起头来，又露出了苦笑。

“算是吧，毕竟她自称是我的女朋友。”

“女朋友？”

小夜子正在为两人的年龄差惊讶时，青年望了一眼少女，补充解释道。

“别看岩永长这样，其实她也是大学生，最近刚满二十岁。跟她在一起的时候，偶尔也会有人对我表示怀疑，挺烦人的。”

刚听到这位少女今年竟然二十岁的时候，小夜子还有些震惊，不过仔细看来，她睡觉的姿势很沉稳，五官长相也都给人一种稳重的感觉。

“原来是女朋友啊。”

“说到底只是她自称的。”

青年很正经地提醒道。两人关系似乎不是一句两句就能够解释的。

“一直站着也有点累吧，请就坐吧。”

青年好心地示意着对面的座位。而小夜子也刚好觉得列车有些摇晃，她一边好奇地看向对面那位名叫“岩永”的女孩，一边坐在青年的对面。

小夜子再次庆幸自己没被对方强行驱赶。而名叫岩永的女孩，她的外表是那种走在大街上就会被挖角模特或演员的星探盯上的程度。也许这类情况时常发生。

“我叫樱川九郎。现在是大学院生。”

青年说出了自己的姓名和身份。大概是收到小夜子递出的名片之后，就已经准备好要自报家门了吧。

“虽然我不太懂插画。不过您好像在业界很有名气。还为大受欢迎的乐队设计过 CD 封面之类的——”

九郎看着刚才从网络上搜索出的信息，向小夜子发问道。小夜子只是谦虚地摇了摇头。

“那只是运气好，在社交网站上发表的插画被人看中了而已。我在插画领域还算是造行尚浅，根本养不活自己，所以同时在打好几份工。而且那张 CD 也是乐队成名前发表的，只是现在才被人提及罢了。”

为了展现自己的绘画技术和作品的世界观，一般插画家都会在社交网站上发表自己的原创作品，这都关系到自己的饭碗。虽然小夜子的梦想是出版自己的画集，不过目前距离梦想还很遥远。

“把招财猫画进插画里，这算是你的个人特色吗？”

九郎在电脑上浏览着小夜子个人主页上的作品，紧接着便提出了自己的疑问。

的确，在她发布的原创插画作品中，无论是以风景为主的插画、还是以某件事物为主的插画，在显而易见的位置都有一只招财猫。当然，在接到插画工作的时候，她可不会把招财猫擅自画进给客户的插画里。不过也许有人会看上插画中的招财猫，委托工作的时候提出要求，让她把招财猫画上的情况。

“准确来说，我在构图的时候会把招财猫和要画的东西放到一起，而不是之后才添加上去的。”

所以，仅凭借着一只招财猫，远远达不到小夜子想要表达的目的。

听到小夜子的解释后，九郎再次浏览了一遍插画，终于意识到了什么。

“这么说来，插画里面招财猫所在的位置都是平时不太常见的废物里面，陡峭的悬崖上，被车子撞破的护栏边上……这个是绞刑架？这个是电椅吗？”

一眼就能看出绞刑架和电椅，观察力不容小觑。没有上面挂着的带绳套的绳索，绞刑架看上去只不过是两根柱子支撑起横过来的长木棒，更像是晒东西的地方。电椅也只不过在木制的椅子上加上了拘束道具和接上电极的电线罢了，在外行人眼中可能就是某种按摩椅吧。

虽然这两种都是处刑用的装置，不过插画中，绞刑架横过来的木棒上，电椅的座位上分别都放着一只用双脚坐着，看起来有些臃肿，左边或右边前爪高举过额头旁边，看起来很幸福的二头身的白猫。与这样美好象征的物品同一张图，很难有人会意识到这些是处刑用的装置吧。

九郎盯着电脑的屏幕，有感而发地说道。

“这些画都让人很难平静下来，或者说，画里面的空间给人一种不安的感觉。而崭新的招财猫在画面里则显得格外鲜明，或者说，给人带来一种从容不迫的感觉吧。”

小夜子在绘制绞刑架和电椅的时候，都尽量不用阴沉的色调，而是用更绚丽、清爽的色彩描绘。而招财猫身上系着的金色铃铛，手上抱着的金币，更加凸显了美好的事物。悬崖和被撞坏的护栏也有这层含义。

然而，废墟象征着衰败毁灭，陡峭的悬崖象征着坠落，而撞坏的护栏象征着可怕的事故——这些都代表着不祥的意象。正如九郎所说，眼前的插画让人越看越是无法平静。

当然，有的人仅仅是看见招财猫，就会触发自己内心柔软的部分，感觉身心受到净化。相反，有的人则会看到画中的不安。但无论是哪种人，却都能察觉到画中的不自然、不平衡——也可以说是某种独特的魅力吧。

因此，有不少人都欣赏小夜子插画里这种反差的趣味性，不过也有声音说作者的恶趣味让他们不大舒服。

小夜子一鼓作气地说道。

“据说招财猫举起右手招来财富，举起左手招来客人，不过更多情况下是招来幸福、安全，以及良缘的象征。而关于世间传承的招财猫的由来，曾有商业繁盛，治愈疾病，招来猫以躲避大雨等各种各样的说法。而自古以来，猫就被人认为是可以除灭鼠患的至宝，因此人们认为它可以带来幸福——”

豪德寺，浅草寺，住吉大社这些有名的寺庙或是神社，招财猫的信仰都可谓根深蒂固，而民间信仰则更加多元化。

“而把招财猫放在不太相衬的地点或东西旁边，能够让这些事物的氛围产生改变。对于这种改变，我觉得具有美感，让我身心愉快。今天出门也是为了寻找那种可以放置招财猫的地点，所以沿着铁路沿线拍摄写生。”

小夜子从包中取出相机和写生簿，以及一只可以放在手心的小招财猫，展示给对面的九郎。

“对我来说，这些插画绝对算不上是什么好的趣味。毕竟像绞刑架这类题材会让人无端联想到死亡。不过，这也算是我的画中要表现的个性，或者说是世界观吧。”

九郎稍微有些意外地看着对面侃侃而谈的小夜子，接着，他有些不解地问道。

“就算是接受委托，按照订单的要求绘画，如果没有个性的话，也就趋于雷同。那么，客户无论是找谁画就都是一样的，而且我也没有资格对您的爱好说三道四——”

虽然能够理解小夜子的工作，不过对于刚才所发生的事，九郎好像并不是很能理解。

“不过，您为什么会对这位岩永感兴趣？”

小夜子也终于可以说出自己本来的目的。

“不知为什么，这位岩永小姐，也给我一种‘与招财猫不相称’的印象。而这正是我所寻找的。”

从某种意义上来说，“和招财猫不相称”算得上是小夜子创作的起点。而眼前的少女给了她相同的印象。

“从外表上看，她是楚楚可怜的少女，给人一种开朗感觉的同时，却也让我有种不祥的预感。好像潜藏着什么不安定的因素。不像是这个世界，甚至是预兆了死亡的气息……”

不知为何，她看上去不像外表那样平静祥和。

“对人类产生这种印象，我之前从未有过。因此我的招财猫系列没有描绘过人物。但如果我能把她和招财猫画进同一张纸的话，我作品的范围就会一下子增加了。所以我在考虑为什么她会给我这种印象，一不注意就看入神了——”

说到这里，小夜子终于有了自觉，自己刚才说的话有多离谱且不合时宜。初次见面的不满三十岁的插画师，说别人的女友能让她联想到处刑道具和废物所代表的死亡阴影。不仅如此，甚至还对她品头论足。任谁听到这些话都会引起警戒吧。

然而九郎却仿佛疑问被解开了一般，竟然露出了笑脸。

“原来是这样的理由。画出这种风格的作者原来是如此看待岩永的啊。某种程度上正是如此。”

“你想到了什么相关的事吗？”

“是的，自从我遇到了她，曾经无数次与死亡擦肩而过。”

听起来像是玩笑，不过九郎的语气却很认真。小夜子对岩永越来越感兴趣。

不能放过大好机会！小夜子连忙继续说道。

“不好意思，如果可以的话，我能拍张她的照片或画一张速写吗？当然，我不会把她的形象直接用在插画里，也不会发布到网络上。”

“你这句话不该问我，应该问她本人吧？”

有道理。只不过九郎说话的时候还在笑着，仿佛一点也不在意的样子。

“岩永原本就喜欢随时入睡，更何况这几天都在履行职责，进行调查，而且又有很多大学课题的任务，所以她一直忙到了今天中午。就连大学里的课题，我都帮忙分担了其中一项。”

九郎把手放在笔记本电脑上。听他的意思，岩永是在疲劳的状态下，听着电车的车轮和铁轨发出的碰撞声，在摇晃的车厢里睡着了吗？虽然他的话里还有些地方不大理解，不过听他的意思，大概是说女友已经很累了，不要喊她起来了——

而小夜子今天一天都很空闲，所以她决定等待岩永睡醒。

“那你们二位接下来要去哪里呢？”

“如果时间够的话，我们准备去终点站的温泉好好放松一下。因为她都没怎么休息，所以我想快点把手头上的事情解决。”

九郎避而不谈关键话题，而且听他的意思好像也不怎么有空。不过，他好像并不反感小夜子坐在这里。

而且，九郎对岩永非常照顾。虽然他一直强调岩永是自称女朋友，不过或许只是一种遮羞的方式吧。

九郎突然唐突地问道。

“话说回来，您好像没有断头台相关的插画吧？”

“咦？”

九郎的眼睛落在电脑屏幕上，继续说了起来。

“我看您画过绞刑架、电椅，甚至还画过磔刑柱[1]。但说到处刑道具，最有名、给人印象最深的还是断头台吧？您好像没画过断头台和招财猫在一起的插画呢？我倒觉得断头台是效果最好的。”

小夜子曾不止一次被委托方问过这个问题，自己也有对应的回答。不过面对九郎的发问，小夜子却有一瞬间不自然的犹豫，装作若无其事般回答道。

“断头台作为处刑道具实在是太过有名，所以反而难以描绘。我虽然也有过调查，尝试过绘画，可是……”

小夜子本来想着这个话题能够就此打住，不料九郎却满脸若无其事地继续说道。

“这么说来，一个多月以前，好像有个犯人用断头台把尸体的头砍下来的案子，是吧？”

小夜子经历瞬间的困窘后，还是装作若无其事的语气答道。

“啊，好像有吧。听说犯人是自首的，案件也顺利解决了。”

当然，对宫井川甲次郎被逮捕的案件，小夜子记得十分清楚，她从未发表过断头台和招财猫的主题插画，其实跟这有很深的关系。

宫井川房间里断头台的旁边正巧放着一只招财猫。正是见到过这样的景象，小夜子才找到了自己的创作方向。

① 磔刑柱，与中国古代酷刑磔刑不同，日本的磔刑是将犯人绑在磔刑柱上，用枪从犯人的腹部刺起，最后一枪刺中喉咙的刑罚。

九郎正在网络搜寻着与案件相关的文章。他语气平淡地说道。

“五月二十日的上午九点左右，居住在D县Y村的宫井川甲次郎联系警方，说自己在家中杀了人。警察赶到他家中时，在屋子的某个房间内，发现了甲次郎内弟——五十五岁的浅间贞雄的尸体。尸体被发现时，他的头部被切断了。房间内还放有一座断头台，据甲次郎解释，他就是用断头台切断了内弟尸体的头颅。”

宫井川甲次郎的家中，收藏有他钟爱的美术品和工艺品，其中就包含那座日本独一份的国产断头台。置有神龛的日式房间内，居然坐镇着洋人发明的切断人类身体的处刑装置，多少会有些违和感，同时又很新奇。此外，甲次郎还在那座断头台旁边放置着一个高约三十公分的白色招财猫。

九郎继续叙述着案件概要。

“根据甲次郎的供述，五月二十日的晚上，浅间贞雄造访自己家中，找自己借钱。这十多年以来，浅间曾多次来找过自己借钱，由于次数太多，所以最近两人产生了纠纷。案发当天，两人因纠纷而产生激烈的口角，甲次郎趁势将浅间扑倒。而倒下的浅间由于后脑与桌角发生强烈碰撞，几乎是立刻死亡。”

甲次郎的妻子于十七年前因病亡故，由于夫妻之间没有小孩，因此甲次郎独自一人住在偌大的房子里。浅间是其妻子的弟弟，原先与甲次郎关系并不亲密，不过其经营的公司由于资金运转问题陷入窘境，就来找甲次郎借了笔钱。

小夜子觉得对方虽是亡妻的弟弟，但若是关系疏远的人来找自己借钱，自己是绝不可能答应的。不过对于甲次郎来说，他本是当地的有钱人，经营不动产的生意积累了不少财产。再加上甲次郎通过股票交易，每年都能赚取亿元以上的收入。因此对于内弟的要求，甲次郎在一定程度上都能够满足。

只是这种情况已经持续十年以上，即使是甲次郎也开始觉得，内弟的要求有些过分。更何况浅间当初找他借钱的时候，用的还是“难道不是你害死姐姐的吗”这种半强迫式的理由，借到钱的时候还一副理所应当的态度。

从高中时代就经常出入甲次郎家中的小夜子，对于甲次郎和他内弟之间的金钱往来，始终是比较了解的。

“对于浅间的意外死亡，甲次郎虽然表示震惊，不过想到自己年纪大了，孤身一人的他也没有什么留恋，就决定向警方自首。另一方面，他很好奇自己以前收藏的断头台，是否真的能将人类的头部砍掉，一直都想试试。而那时眼前刚好有一具尸体，况且已经决定自首，即使多加几条罪名也不会有什么差别。因此他将尸体搬到了存放断头台的房间内，将浅间的头部砍了下来。”

甲次郎虽说上了几岁年纪，但是体格依然健康。因此即使是一个人，把尸体搬运到断头台前进行固定并不怎么费力。警方也没有过多怀疑。

九郎看向小夜子。

"现场的断头台是明治时期的日本制品，一次都没有使用过，虽然来源不明，但似乎从昭和时代的初期就被宫井川家所收藏。在日本制造的断头台，我还是头一回听说呢。"

这些都是新闻报导中所提到的内容。

小夜子虽然有些疑惑，但毕竟刚才也说过，自己为了作画的主题而调查过断头台的相关信息，如果对于断头台和案件的情况表现得一无所知反过来会被怀疑。她有些胆怯地对九郎答道。

"江户时代，日本也曾实施过斩首的刑罚，但那是由人持刀斩落犯人头颅的形式，最终也没有像西洋那样用机械装置切断头颅的想法出现。日本人对于刀具有着强烈感情，也有把刽子手的职业作为生计延续下去的家族。曾经还有使用被斩首的尸体练习挥砍、磨练技术的做法，因此斩首失败的例子很少。但是自从进入明治时期，日本一下子驶入西洋化和近代化进程，就连刑罚也都开始与西洋接轨。火刑、磔刑、枭首示众这类残酷的惩罚也接连遭到废止。"

"您知道得可真清楚。"

虽然这些都是甲次郎教给自己的知识，但小夜子当然不会如实相告。

"因为我曾调查过断头台的相关资料，而且有关那个案件的新闻纪录也足够吸引眼球。日本国内也曾经热烈讨论过，是否要使用西洋式的机械，用断头台取代传统的斩首刑罚。而且，想要进口处刑装置并不是件容易的事情，日本国内就按照那个形状和机能，自己设计图纸，然后打造出来。这便是日本产的断头台的由来。但是那个时候，斩首已经被认为是非常残酷的刑罚，因此也遭到了废止。大概是明治十五年的事。最后，那座断头台一次也没有用过，就这么被保存了下来。”

另一种说法则是断头台曾经在弹正台[1]的主导下，明治初期由法国制造，并被秘密运送至日本。本来是准备实验性地投入使用，但实际上并没有留下正式的记录，也并没有相关证据证实其存在——属于是孤证不立的逸闻，因此小夜子并未说出口。但是日本制作的断头台在当时没有机会使用，这绝对是事实。

九郎似乎是发现了其他的报道，有些感慨地补充说明。

“宫井川家中的日本产断头台原来有着这样的历史啊。啊，大约二十年前，宫井川家要把它捐给博物馆时也曾引发议论，还有人专门去调查考证。从学术上证明了那座断头台是明治时期所制，至今一次都没有用过。”

“在某种意义上，那也算是具有历史价值的珍贵文物吧。由大学之类的机构保管可能是最好的选择。”

“不过，那时的捐赠好像搁置了。最后说是等甲次郎先生死后，或是想要捐赠的时候再交给博物馆，是吗？”

甲次郎似乎对断头台情有独钟，虽然欢迎别人来调查研究，但对于马上就要捐出去，还是有一定程度的抵触心理。在那之后，曾经数

① 弹正台，日本战国时期，作为中央官职之一，不受朝廷约束，负责管理风俗，具有揭发左大臣以下不正行为的职能。

次借给美术馆或者博物馆，在明治历史和刑罚史的展览上也有过出展。

九郎停顿了一下，说道。

“为了刑罚而被制造，实际上却一次都没被需要过的断头台吗？而且，甲次郎先生对断头台好像倾注了很深厚的感情，不仅保养得很好，还把它与收藏的美术品存放在一起。新闻上都有报道。”

这些报道内容都从侧面增强了甲次郎因为自己的兴趣而使用了断头台的印象。

“所以，甲次郎先生想要使用断头台，这也是他一直以来的愿望。同时，他也想知道日本的工匠是不是够敬业。而当时眼前正好有一具尸体，自己又有自首的觉悟，所以才不得不亲自下手——”

一般人可不会认为他是不得不做的吧。小夜子心想。而九郎却一副理解的样子，点了点头。

然而，小夜子心里清楚，甲次郎供述的内容是谎言。甲次郎绝不会以那种理由砍下浅间贞雄的头颅。

“据甲次郎的供述，断头台顺利地完成了它的工作，仅一次就完美地将尸体的头颅切断，自己也没有遗憾了。虽然断头台的实验大获成功，但当时已经是深夜，如果警方在深夜里大规模出动，可能会影响到近邻生活，对警方人员肯定也会诸多抱怨。于是他静静地等到翌日清晨才通知了警方。”

九郎一边浏览着电脑屏幕上的新闻页面，一边说道。

“警方刚开始也曾怀疑过甲次郎的供述。用断头台切断了尸体的头颅——这种做法实在有违常识，他对真相可能有所隐瞒——而尸体解剖的结果表明，死因和死亡时间均与甲次郎的供述内容一致，被害人生前的行动也正如他供述的那样，没有发现其他可疑之处。因此，警方以甲次郎过失致死或伤害致死、尸体损毁的罪行为大体方向进行问罪。虽然法院判决结果尚未得知，不过罪状想必不会有太大变化吧。”

甲次郎的话题还要持续多久啊——

小夜子不由得有些急躁，想要尽量以自然的方式结束对话。她看向了九郎身边熟睡的岩永。

“不好意思，这样聊下去不太妥吧？她在睡觉，我们在她身边这么吵的话，是不是不太好？”

若是放在一般人眼中，这样的理由还说得过去。不过九郎仿佛完全没察觉到小夜子的用意，笑着摆了摆手。果然，他对于岩永的感情好像有些欠缺。

“这种程度没关系啦。以前有次下雨，我们在一家快餐店里避雨，她也睡得很沉。我还试过用炸薯条塞进她鼻孔，结果都塞进去了三分钟，人还是睡得很熟——”

不过人家三分钟之后不还是醒了吗？很难作为参考依据吧！小夜子暗自在心中吐槽。

“就是因为你做过这样的事，才会屡次与死亡擦肩而过的吧。”

“但是总比用野山药插要好吧——”

“快餐店里哪有野山药？”

难道最近的快餐店推出了野山药料理吗？小夜子已经很长时间没有去过快餐店，突然感到有些不安。九郎则立刻补充道。

“不好意思，野山药的事不是在快餐店里发生的。有一次她说自己弄到了好东西，结果拿来了一根五十公分长的野山药，兴致勃勃地跑到我的房间里——”

九郎似乎在回忆当时的情景，眉头了皱了起来，显得有些郁闷。小夜子也尝试在头脑中描绘出现场情况，不禁有些同情对方。

“女朋友拿着野山药造访，让人感觉别有深意呢？”

野山药，具有增强精力的作用。因为具有营养价值，能为身体带来活力，所以是相当普遍的日常料理材料——不过女朋友拿着山药造访，还是会让人浮想联翩。

“倒不如说只能让人觉得是那种意思吧…….”

九郎仿佛从心底感到厌恶似的说道。

在九郎身边睡着的岩永，果然不是一般人。小夜子对自己的眼光还是颇为自信的。

不知何时，车厢内的乘客就只剩下小夜子他们三人。本来就不多的乘客，大概都在中途的车站陆续下了车。小夜子突然觉得，车厢内的温度陡然下降了好几度。

她再次振作起来，想要取回话题的主导权。就在这时，九郎聊起了全新的话题。

“对了，您知道‘付丧神’吗？”

“fusangshen？”

奇怪的单词蹦了出来。小夜子似乎听过，却不知对方是什么意思。

九郎微笑着，耐心地解释了起来。

“说它是器物的妖怪，可能要更好理解一些。有些古老的器具在经过百年之久的历史积累，慢慢会有灵魂寄宿，变成具有意志的妖怪，甚至能够自由移动。在百鬼夜行绘卷之类的书籍中曾记载了琵琶、古琴、釜、锅这类器具长出了手足和脸，并缓步前行的姿态。”

经过九郎的说明后，小夜子脑海中有了大致印象。也想起了“付丧神”汉字的写法——自己也曾看过这一类的绘卷。这种现象也就是所谓的“器具的拟人化”。

“当然，有年代的古物不一定都会形成付丧神。那些被人特别关照保管维护的古物，或是正好相反的那种根本不被重视的古物，在长年累月之后都很容易变成付丧神。”

为什么会谈论这种话题呢？

面对迷惑的小夜子，九郎的语气显得很轻松。

“从明治元年到今天，差不多过去了一百五十年吧？那么，在废除斩首刑罚的时候所制造的古物，到今天应该早就变成付丧神了吧？”

九郎合上了笔记本电脑，眼睛直视着小夜子。

“宫井川家中那座断头台，早在几十年前就变成付丧神了。所以宫井川家发生的案件里，不仅有犯人和被害人，那个付丧神也是当事人之一。”

怎么可能会有什么付丧神呢？眼前这位青年到底在说什么呢？

即使如此，小夜子还是觉得呼吸愈加困难。明明车厢内是空荡荡的，窗外阳光下的山和田地都充盈着自然的绿色，明明自己能清楚地听见铁轨和车轮碰撞的声音——

九郎瞟了一眼身边熟睡着的自称是他女朋友的岩永。

“事实上，这位岩永的职责之一，就是接受妖怪和怪物的委托，为它们解决疑问或纠纷之类的事。而那座断头台的付丧神最近也来找过她。它似乎对于被警方抓捕的甲次郎的证词和行动无法理解，尤其不明白他切断自己内弟头颅的理由。因此拜托岩永调查案件的真相。”

九郎露出了微笑。

“顺带一提，那座断头台的付丧神，给自己取名叫‘三四郎’。大概是因为刀刃的长度在三尺四寸，所以才想要叫那个名字吧——”

三尺四寸，大约在一米左右。与那座断头台的刀刃长度相仿。

在小夜子的心里，这一切不过都是偶然而已。不过，青年脱离现实的话语还在继续。

“甲次郎用断头台斩断内弟的头颅是事实。断头台的付丧神自己也证实了这点。然而，在切断头颅后，他曾经自言自语道：‘这样一来就没问题了吧’——”

九郎的语气很沉稳，他的脸上也浮现出一丝类似于害羞的表情，仿佛是在说“很奇怪呐——”

不过他的叙述还在继续。

“到底是什么‘没问题’，三四郎并不清楚，但当时它并没有在意。在警方作为案件的证据将断头台扣押起来以后，他从保管场所中警方职员的对话中得知了甲次郎对警方供述的，切断尸体头颅的理由。就是那句‘我从以前就一直想要试一试，它是否真的能够砍下人的头颅’——”

到下一站还需要多久？小夜子开始在意起列车的运行速度什么时候减缓。她浑身神经都紧绷起来。

“听到这句话后，三四郎马上就觉察到了这句供词是在说谎。因此，他才反应过来，甲次郎所说的‘这样一来就没问题了吧’充满谜团。甲次郎为何要说谎呢？又是什么事‘没问题’了呢？百思不得其解而暗自苦恼的三四郎趁夜逃出保存场所，找岩永商量此事。”

小夜子强行露出了僵硬的笑容。

“付丧神？切断头颅的理由？我反倒要问你的脑子有没有问题……首先，听你的语气，好像这件事跟我有关系似的——”

虽然小夜子这么说，不过这件事与她的关系的确不浅。

小夜子直到高中毕业以前，居住的Y村距离宫井川家徒步只需十分钟。他的父亲是园艺师，经常在甲次郎家中帮他打理庭院，此外也做其他杂活。这个时期，她的母亲还没有外遇，也还没有离开家，父亲的工作态度还算努力。不过，对于如今的小夜子来说，父母的长相都快要忘记了——

在小夜子高中一年级的时候，她接到了父亲打来的一通电话，说自己忘了东西，要小夜子送到宫井川的家中。在此之前，小夜子只是在宫井川的宅邸外面看上一眼，从来没有进去过里面。对于甲次郎也不是很了解。

借着这次给父亲送东西的机会，小夜子初次造访了宫井川的宅邸内部。而父亲刚好忙不过来，差使小夜子去房间里整理，结果她误打误撞地闯进了那间摆满了艺术品的日式房间。

就在那里，小夜子第一次见到了那座日本制造的断头台。而在断头台旁边，则放着一个白色的招财猫。

断头台威严锋利的刀刃与招财猫的可爱恬静——异样的搭配使得小夜子受到很大触动。她从小便喜欢绘画，也曾各处写生，尝试绘制插画。曾经到处去寻找可以作为题材的事物，希望以后将爱好变成谋生的手段。而小夜子从未见过如此美丽的事物，可以牢牢地抓住自己的美丽事物。

自己究竟盯着招财猫和断头台看了多久，她自己也不记得了。从以前就是如此，只要看见能够让自己倾心的事物，小夜子就会不管不顾周围，盯着那个东西看得出神。

于是，小夜子被当时六十岁的甲次郎发现了。

女高中生随意进入陌生人的宅邸——就算被吼也不奇怪吧。更别说是擅自进入这个摆满高价艺术品的房间了。然而在甲次郎眼里，热切地盯着断头台出神的小夜子实在是很有趣。

他笑着向小夜子解释道。

“毕竟只有一座断头台的话，实在是不吉利。跟招财猫放在一起又如何呢？这个可怕的处刑装置给人的印象也变得美好起来了吧？”

小夜子不知是谁在跟自己搭话，仍然连连点头，表示同意。

“是的。把圆滚滚的招财猫放在旁边，更凸显了断头台直线型挺立姿态的美感！也能让人对装置精细考究的设计一目了然！”

随后也没有对甲次郎的出现有所反应，反而提出了要拍一张照片，实在不行的话至少让自己画一张速写的请求——小夜子的性格直到现在都没有改变。

甲次郎对小夜子的态度也颇为欣赏，允许她可以随时到宅邸拍照或者写生。小夜子将来想以画图作为谋生手段，对于宅邸内的其他艺术品也都表现出了极大兴趣。而最让甲次郎开心的是，她多少能够理解断头台的魅力所在，而自己也想要一个可以聊天的对象。这是小夜子后来才知道的。

从那以后，小夜子频繁地出入宫井川的宅邸。毕竟她与甲次郎有着四十岁以上的年龄差距，还要注意世间的闲话，因此每次都是偷偷去的。当然，小夜子也瞒着自己的父亲。

她与甲次郎聊得很投机。甲次郎给她看了大量宅邸中收藏的艺术品，她也画了很多速写。近距离观察事物，让小夜子的绘画水平有了很大提高。她的审美也受到了甲次郎的影响，两人经常在断头台和招财猫前面聊到忘记时间，有时候也会听甲次郎发牢骚。而甲次郎的内弟浅间贞雄来找他要钱大概也是这个时期，两人经常聊起他。

对于小夜子来说，甲次郎是自己最信赖的人。也是自己住在那个村子的时候最亲近的人。

“当然与你有关了。”

九郎的表情并非是责备，而是露出了一副“很抱歉把你卷进麻烦事”的表情。

“断头台的付丧神很清楚地记得你——森野小夜子女士。或者说，你才是这一连串谜题的中心人物。”

如果九郎所谓的“付丧神”存在的话，对自己有印象也是理所当然的——不，别犯傻了，怎么可能会记得！那么眼前的青年又为何对自己说出如此荒唐无稽的事情，而对其中的细节又却如数家珍呢?

正在九郎身边小憩的女孩好像要醒来了，她的身体稍微动了动，贝雷帽也掉在了九郎的脚边。

九郎捡起贝雷帽，看着笑容僵硬的小夜子继续说道。

“岩永她已经解开了所有谜团。事情的真相是怎么样呢？那么，我们进入正题吧。”

岩永此时也快要醒来了。小夜子有种预感，当女孩睁开双眼的那一刻，一切都将宣告结束。现实也仿佛要被彻底改写——

小夜子拼命忍耐着不发出悲鸣，她不自觉地攥紧了手中的提包。

小夜子此时正坐在距离无人车站一公里以外，周围没有人烟的神社中擦着冷汗，整理呼吸——这里还有人在用吗？还是已经荒废很久？

刚刚经历的一切到底是陷阱还是噩梦？

在九郎说出“进入正题”之后，小夜子终于察觉到列车已经停下，车门也打开了。她便迅速从座位上站起，飞奔出了列车。面对突发的变故，九郎不知是没能反应过来，还是因为没法抛弃还没醒来的岩永独自追来。总之，他没能来得及下车，列车就已经驶出车站。

小夜子看到列车开走后，便离开了车站，在山间的坡道上狂奔起来。她向着不远处的鸟居[1]前进，踏着铺着石头的山路飞奔而上。通过鸟居后便发现了神社，跑到神社背后的小夜子终于找到了块空地，坐了下来。神社的背后是高度及腰的木制栅栏，栅栏对面是一段距离颇长，草木茂密的陡坡。陡坡下面能看到一片河滩。至少，普通人不会从河滩处往上攀爬，也没人会攀爬这么长的一段距离。

太阳还挂得老高，天上也几乎没有云彩，今天是个天晴气爽的日子。周围远离人烟，躲在这里不可能被发现吧！小夜子的大脑在高速转动，想要搞清楚到底发生了什么。

那个九郎和岩永，难道是警方的相关人士吗？难道性质还会更恶劣？还是说正相反，他们实际上是好人？

不，能够突然讲出妖怪这样话题的人，怎么可能是什么好人！

① 鸟居：类似牌坊的日本神社附属建筑，代表神域的入口，用于区分神栖息的神域和人类居住的世俗界。

“不好意思，我不是故意要吓你的——”

被小夜子怀疑不是好人的其中一位——九郎，竟然从神社的背阴处出现了。他脸上还挂着抱歉的表情。举着双手，像是在表示自己没有恶意。

“你……你是怎么找到这里——”

此时的小夜子已经没力气站起来，甚至都没力气害怕，只能哑然失色。就算九郎从下一站下车，追着自己过来，不过也至少需要事先预料到自己会来这里——不，就算他能够预料自己会来这里，也不可能会这么快便追来的。更何况此时的九郎甚至连汗都没有出，呼吸也没有一丝紊乱。

为了不刺激小夜子，九郎与她保持着一段距离，缓缓地走到她的正面。他的背部几乎靠在了栅栏上。

“三四郎找我们商量之后，我们就一直在寻找您。街上其实有时也会出现妖怪，多亏在它们和幽灵的帮助下，我们前段时间终于找到了您。然后就随时监视着您的一举一动。而且这附近也生活着对人无害的妖怪，它们找到我说你在这里——”

初次见到站立的九郎，小夜子意识到了对方其实非常高大。不过他的姿态放得很低。不，该说是在自己面前故意示弱才对。

“不过，要追上你实在是累。岩永因为不太擅长运动，所以会迟一些赶来。”

九郎的态度和声音，听起来就像是和善的青年。不过小夜子却只觉得毛骨悚然。虽然表面上是一副憨厚青年的模样，不过言行举止都充满了异常。而这种异常感使得小夜子无法平静。

九郎垂落双肩，像是在反省一般。

“今天你在铁路沿线采风，我们估算着只要配合你的时间搭乘列车的话，估计就能在某处碰到。不过却没想到你会主动找我们搭话，所以我也犹豫了很久，该以什么样的方式介入正题。通常这都是岩永的活，可今天我又不想叫醒她，毕竟她太累了。”

小夜子不自觉地笑出了声音。

“——从她身上感到不祥是理所当然的吗，毕竟她预示着我的罪行被揭露啊！世界上总有这种不可思议的预感在作怪呢。”

对于超自然的力量，自己就姑且相信吧。

“就算是为了把我逼至绝境，你也不必说什么妖怪幽灵之类的谎话吧！那也太异想天开了吧！”

“我说的可不是谎话。我发誓自己并非警方人士，也没有要告发您的打算，更没有要责备您的意图。您会觉得岩永不祥，因为她本来就是那种怪力乱神的人类。我们的确是接受了断头台的付丧神三四郎的委托前来的。”

面对小夜子的抗议，九郎能够理解她的心情，不断地说着“请您冷静一点”，有些无可奈何地挠着头。

小夜子有些激动地提出反对的依据。

“那个三四郎的名字就是你说谎的证据！断头台的真名是其倡导

者约瑟夫·伊尼亚斯·吉约坦医生的姓氏女性化后的‘吉约蒂露’[1]才对！用英语读出来就是guillotine——断头台！所以说，即使断头台能变成付丧神，也该是女性，而不是现在你叫的这个什么‘三四郎’！”

九郎沉吟半晌后回答道。

“喏，你看，日本把guillotine叫做断头台，不是吗？何况三四郎是日本产的，想必性别不同吧——”

“别这么轻易地替人改变性别！”

大概是为了克服心底涌出的恐惧，小夜子几乎怒吼出来。而九郎则不断地后退，用手做出制止的动作。

“请您冷静一下。我没有要加害您的意思——”

就在说出这句话的同时，九郎突然向后仰去，从小夜子的视线中消失不见了。

可能是九郎为了不刺激到小夜子，所以想要与她保持距离。而背部靠上栅栏的时候，大概是因为栅栏的根部或全体老化，无法承受成年人的重量，整个断裂开来。九郎也顺着陡坡跌落了下去。

面对突然发生的变故，小夜子愣住了。当她清醒过来以后，赶紧靠近向陡坡的下方查探——从这里掉落的话，恐怕会受重力影响顺着陡坡直接滚落到河滩上吧。

接着，她便看到九郎趴倒在河滩上。头颅旁边的地面上，一滩红

① 断头台的英语guillotine来源于其倡导者、设计者约瑟夫·伊尼亚斯·吉约坦的姓氏Guillotin。

黑的液体正缓缓扩散开来。恐怕是已经摔死了吧！就算没有摔死，照这个情况下去死亡也是早晚的事。

“怎么回事？这算是事故吗？啊！要叫救护车才行！”

小夜子赶紧取出手机，想要拨打急救热线。然而，红色手杖的前端猛然出现在自己的眼前。

“没有这个必要。他很快就会站起来回到这里。”

手杖的彼端是戴着贝雷帽的少女——岩永。

脸上不见一丝焦急或烦恼，而是浮出微笑的神情，仿佛是人偶一般的容貌，个子小小的女孩，不知何时出现在她的身边。

岩永缓缓脱下了贝雷帽，面向尚未从震惊失声状态下恢复过来的小夜子，鞠了一躬。

“很抱歉，这么晚才自我介绍——我名叫岩永琴子。傻里傻气的学长好像对您做了十分失礼的事情。我代替他向您道歉。”

岩永优雅地说着“傻里傻气”这种听不惯的词语，将贝雷帽重新戴好。她看向握着手机、呆立在原地的小夜子，以平常的语气说道。

“那么，这次就进入正题吧。宫井川甲次郎为何要用断头台切断浅间贞雄尸体的头颅？”

小夜子有些站立不稳，再次跌坐在地上。此时她与岩永的眼睛在一条水平线上。她对岩永提出了符合常识的抗议。

“不对，这里不是说这件事的场合吧！”

虽然小夜子的话是再正常不过的反应，但岩永丝毫不为所动，而是擅自进入了“正题”。

“甲次郎对警察的说辞是，自己错手杀死浅间后，想要借此机会试一试宅邸中的断头台，才把尸体的头颅砍下。”

岩永的声音略显冷淡，却清晰分明。也许她是觉得擅自展开话题，反而能让小夜子冷静下来，因此才故意这么做的。

“听到甲次郎的供述，断头台三四郎马上就知道他在说谎，接下来又对他砍下浅间头颅时自言自语的‘这样一来应该就没问题了吧’产生疑问——这是它亲口对我说的。”

岩永有些愉快地说道。

“说到这里，我不太能够理解。为什么甲次郎对警方供述的理由，三四郎一听就知道是谎言呢？这并非是出于甲次郎的自言自语与供述的理由不符。而是三四郎察觉到是谎言之后，才对那句自言自语抱有疑问。我便向三四郎提出了自己的疑惑，它是这么回答的——”

岩永逐渐逼近案件的核心，小夜子一言不发，只是默默地听着。

“大约十年前，甲次郎就已经试过用断头台切下尸体的头颅了。三四郎也是在那个时候，因首次完成断头台的职责而充满干劲，结果完美地切断了尸体的头颅——毕竟是存放了百年以上的断头台，即使是保养得状态再好，也无法轻易地切断人类的头颅。正是因为变成了付丧神，才能更好地发挥出能力。”

没错，十年以前，甲次郎被断头台的锋利程度而震惊，更多的是感动吧。他当时还在说，没想到日本的工匠从明治时期就如此优秀——

“甲次郎在十年前就曾用断头台切断过人类的头颅。所以他在警方面前供述的‘想要尝试一次’就是不折不扣的谎言。”

岩永再次把视线移向小夜子的脸上。小夜子顿时有种被看透的错觉。

“在十年前切断头颅的时候，不只有甲次郎在场。据三四郎所说，当时还有一位女性协助过他。而且，他们二人不仅切断了尸体的头颅，连尸体的手腕、腿部、身体等所有部分都切断了，将身体切得七零八落——”

岩永将手杖转了一圈，指向小夜子。

“当时跟甲次郎在一起的人，就是你吧，森野小夜子女士？你们用断头台切碎以后又处理掉的，是你父亲的尸体吧？”

果然，眼前的女孩是来揭露自己罪行的。

浅间贞雄的被杀与小夜子没有关系。然而这起案件却可能让自己过去的罪行暴露，因此她在得知甲次郎被捕时非常恐惧。

断头台既然能够轻易地切断头颅，那么想必手腕、腿部也能够轻易地切断吧。当然，躯干也一样。虽然除了头颅以外的部位不太好固定在吊起的刀刃下方，但只要将尸体放平，把想要切断的部位放在刀刃下方，头颅之外的部位也能够很轻松地切断。

“想要在不被人发现的情况下处理一具成年人的尸体是很困难

的——不仅沉重，搬运起来又很显眼，掩埋起来也需要挖很深的洞。而在切分成小块之后，既可以分别掩埋，搬运起来也没有太多负担，埋在山间或扔进海底都很轻松。虽然切割的时候很费工夫，不过处理起来更加安全。分开丢弃的话更加不起眼，被发现的风险也会大大降低——”

正是如此。小夜子和甲次郎当时也认为，这是最好的处理方法。

“还有，哪怕被分开掩埋或是沉入海中的部分被人发现，仅凭着手腕或者躯干也很难判断被害人身份。若是化作白骨之后更是难上加难，如果头颅严重受损的话，即使被发现也很难成为线索。所以自古以来，处理尸体最好的办法就是肢解。”

虽然外表稚嫩，不过岩永却毫不含糊地叙述着现实中的犯罪手段。这又让小夜子觉得可怕而且异样。

“然而，分尸却是一件非常困难的事情。人类的骨头异常坚硬，肌肉和脂肪也很难用刀具简单地切割开来。而用斧头或长刀的斩首刑罚也经常出现斩不断的情况。为了避免这种情况出现，人们发明了断头台。所以，可以说断头台是最适合用来分尸的装置也不为过。”

断头台的发明，就是为了快速精确地切断头颅，由于效率过高，曾在一天之内斩下过一百人的首级。也因为这种原因，原本是以人道为目标制造的装置，同时也被当作是恐怖的代名词。

小夜子决定亲口说出真相。少女的语气里固然没有得意洋洋的成分，但在自己眼中却如同魔女一般，把自己不愿面对的过去肆意剥开大放厥词，实在令她难以忍受。

“十年前，三月中旬。我在深夜里犯下了大错，然后去找甲次郎先生帮忙。我可不愿意因为那样的父亲而被问罪。甚至解释起来都会厌恶。甲次郎先生很同情我，决定协助我，将大错隐瞒下来。他提出可以用断头台。”

“这部分我听三四郎说过。甲次郎先生‘从前就想试一试’这句话不是假话。所以他马上就想到用断头台来处理尸体，完全没有任何犹豫——”

虽然他们曾在断头台前面商量过，不过在小夜子的眼中，岩永显然是把所谓付丧神的迷信当成是借口。所以她颇有些不快。

“我们趁着深夜，使用甲次郎先生的车子将父亲的尸体运到了宫井川的宅邸，用断头台分尸。我家和甲次郎先生的宅邸周围都没什么人，深夜周围也没有街灯，所以无论是搬运还是分尸工作，都没有其他人发现。我们花了好几天的时间，把二十几块尸体分别带往山间掩埋或是抛入距离较远的海中。我们尽可能地把尸体抛弃掩埋在分散的地方，以保证身份绝对不会被发现。剩下一部分则埋在了甲次郎先生的庭院里，等到化为白骨之后，再由甲次郎先生处理。”

宅邸占地很广，很难有人发现尸体。虽然不能一直埋在庭院，但化为白骨之后也能很轻松地扔到距离很远的地方。

“接着，三月结束，我也从高中毕业，便立即逃离了村子。虽然没有决定到底是升学还是找工作，但我原本就那么打算。父亲从很久以前就泡在酒精里，完全不去工作。因此我离开村子的话，甚至会被认为是连夜逃跑。自那以后，我再也没回过村子。与甲次郎先生也超过十年没取得过联系。”

“这是甲次郎先生的指示吧。”

这部分是岩永自己的推测，想必也没有找甲次郎确认吧。那么，她到底是如何得知那些仅有小夜子和甲次郎才知道的事情呢——这依然是不解之谜。看来也就只有那座断头台真的成为付丧神的解释才说得通吧。

小夜子瞧瞧地面答道。

“是的。他让我忘记过去，重头再来。他说我有绘画的天赋。他答应给我足够离开村子重头再来的资金，还说接下来就都交给他去做。而且为了以防万一，让我与宫井川和村子都彻底断绝关系——”

多亏了甲次郎提供的资金，让小夜子离开村子以后也没有陷入走投无路的境地。她找到了能够住宿的地方后，也当即找到了工作。之后又花了五年时间，终于陆续接到插画工作的委托。

“只要我舍弃过去，即使父亲失踪也没人会去搜寻他的踪迹，也不会有人奇怪。父亲是没什么存在感的人，我想他即使消失了也不会引起轰动。只要尸体不被找到的话，我就是绝对安全的。”

而甲次郎也能够妥善地处理好这件事。他作为村子里的权贵，只要跟相关人士似有似无地提到，森野全家都被介绍去别的地方工作了之类的话题，就不再会有任何问题。

“一个月前，我深夜打工回家，醒来后便处理插画相关的工作，接着就在电视里看到了甲次郎先生被逮捕的消息。我开始还以为是父亲的尸体被人发现，并且查明了身份，而甲次郎先生则是因此而被逮捕。明明我们把尸体妥善地处理过，难道还有什么纰漏吗？我自己也要被逮捕吧？因为恐惧而浑身发冷。但是新闻上说的案件跟我设想的完全不同，动用断头台的理由也是谎言，这让我迷惑不解。”

其实自己只要冷静下来，还是能够找出合理的解释，但是小夜子不想深入思考。在她脑海里，只要警察不找来就万事大吉。

“啊，小夜子女士和三四郎也抱有同样的疑问吧。关于杀害浅间贞雄的动机，甲次郎先生的供述没有说谎——由发生口角演变为肢体接触，不小心误杀了内弟。以甲次郎先生的高龄，想要逃跑也很不容易，身体有些毛病也是事实。而且与您父亲不同，这次的被害人没有被社会孤立，有自己的人际关系网，浅间的消失一定会引发骚动，被逮捕也只是时间早晚的问题。综上原因，甲次郎先生决定自首。虽然只看到了片段，然而三四郎还是大致掌握了事情的所有状况。”

“断头台有付丧神什么的，你还要说到什么时候？”

就因为这样的话，使得小夜子的不安和不解只增不减。

“但是，要是没有三四郎的话，这些事实我都无法知道呀？”

岩永有些遗憾地挥舞着手杖，继续说道。

“决定自首的甲次郎先生，在那之后便用断头台切断了被害人的头颅。这又是为什么呢？”

小夜子已经隐隐察觉到了原因，不过出于本能她不愿让自己想起。

“这是很简单的推测。甲次郎先生会这么做，就是为了再次隐瞒你十年前犯下的罪行。”

小夜子用力地咬着牙，不发一言。

“甲次郎先生决定要自首，但问题是自己的财产如何处理。即使没有受到实际刑罚，以他的高龄，死在监狱里面也有可能。即使没死，自己被关在监狱的期间，财产也有可能已被亲属瓜分完毕。特别是那架断头台，自己有言在先，要捐赠给博物馆，自己的亲属也没有这方面的兴趣，想必会立即捐出去，或者转手给其他喜欢这类收藏的人吧。到时断头台可能就会暴露你的罪行吧。因为那上面可能还残留着切断人体时留下的痕迹。甲次郎先生甚至考虑到了这一点。”

有这么一种说法，只要是砍过人的刀子，无论怎么打磨清洗，有道行的人一眼就能发现。也有说法，染过人血的柱子无论怎么擦拭清洗都无法消除痕迹。而且，现代的科学分析能够立刻判断出血迹是否来自人类，甚至能判断出是多久之前的。只要有采取过的DNA做比对，就连身份都能够知晓。

“十年前，甲次郎先生在使用断头台将您父亲分尸之后，一定将上面的明显血痕和你的指纹都清洗干净了吧。毕竟就那样一直放在屋内展示。尽管如此，想到要交给别人的话，自己还是放不下心——说不定在某处还残留着血迹或肉屑，说不定哪里还有人类的油脂痕迹，说不定刀子出现开刃或者断裂……”

小夜子也协助清洗了断头台，清洗之后看起来没什么不同。即便如此，正如岩永所说，如果到了那种时候，自己一定会胡思乱想。

“更关键的是，这座断头台在二十年前曾接受过学术调查，结果表明其并没有使用过的痕迹。如果捐赠给博物馆或大学的话，说不定还会再一次进行调查。如果再次调查的时候，被发现有切断人体的痕迹，人们就自然会怀疑，在上次调查之后，有人将断头台用在了犯罪行为之上。”

当然，首先被怀疑的肯定是它的主人——宫井川甲次郎。

这时，如果有人再发现了用锐利的刀具切割的尸块，而调查发现甲次郎周围碰巧有那么一个人物消失，则会产生连锁效应，最终小夜子女士过去的罪行就会被揭发。因此，甲次郎先生为了完全消除这样的可能性，制造出了“就算断头台有了切断过人体的痕迹也不奇怪”的状况，为此还不惜背负了尸体损毁的罪名——他用断头台砍下了浅间的头颅。

为了掩盖过去的痕迹，只要将新的痕迹覆盖在上面就可以了——小夜子也明白这个道理。

“正因如此，甲次郎先生在切断尸体的头颅后，说出‘这样一来应该就没问题了吧’的理由也就能够理解了。如此，断头台上有切断人体的痕迹是理所当然的。警方不会怀疑，更不会去做多余的调查。您的罪行不会暴露，就不会有问题——甲次郎先生的自言自语就是这个含义。另一方面，就算斩的是尸体，毕竟也是人类的头颅，博物馆和大学想必也不愿意接手。即使接手，也会视作贵重品而封存起来，不会再进行调查吧。甲次郎先生的期望也正是如此。”

当然，将断头台破坏烧毁，无疑是最安全的处理方法。不过断头台对于甲次郎来说，是自己钟爱的收藏品，想必不会做出粗鲁野蛮的行为吧。况且在自首前还要大费周章地破坏断头台并烧毁，反而会被警方怀疑。因此，砍下浅间贞雄的头颅进行伪装，无疑是最好的做法。

岩永前进几步，站在损坏的栅栏前面，看看下方的河滩，继续说道。

“在警方面前，只要把自己使用断头台的原因编得严丝合缝即可。虽然以世间的常识难以理解，但甲次郎先生想要试一试断头台的愿望也是事实——只不过不是现在，而是十年以前的愿望，这不算是完全的谎言。警察恐怕也看不穿他的本意吧。”

小夜子一直不愿面对的事实，通过岩永的语言表达了出来。

岩永露出微笑，观望着小夜子的反应。

“虽然三四郎注意到了这些信息，然而毕竟是妖怪，好像还无法完全理解人类的心理和社会微妙之处。而甲次郎先生在切断被害人头颅的时候，也没有讲清楚自己行为的动机。听过我的推理之后，三四郎终于也露出了欣慰的表情离开了。”

断头台的表情？荒唐。简直不可理喻。案件中的凶器竟然会为自己被使用的动机而烦恼，简直是异想天开。

小夜子拼命压制住想要大喊的冲动，盯着岩永。

“你的推理是假的。真相不可能是这样的。”

小夜子必须这么说。她也只能这么说。

“哦？您的根据呢？”

对于此刻的小夜子来说，付丧神是否存在根本无所谓。她只是无法接受岩永的推理，拒绝承认真实——即使很久以前同样的结论就已经存在于自己心底深处。

“我看到甲次郎先生被逮捕的新闻的时候，首先考虑到的是自己的安危。我担心甲次郎先生会不会以这次案件为契机，说出十年前的罪行用来赎罪。我根本就没有考虑过甲次郎先生……”

甲次郎会不会因为说出自己十年前的所作所为，就要承担更重的罪责，因此才隐瞒着没有说——这样的小算盘一直在小夜子脑海里徘徊不去。

“但是，甲次郎先生在杀了人之后，不顾自己的安危，还优先考虑到了我，为此独自背负了更重的罪责，那我又算什么呢？只想着自保的我又算什么！”

对于重视自己、尽最大可能保护自己的甲次郎，小夜子竟然完全没有体谅过他的感受。

“如果你的推理没错，我就必须承认自己是最差劲的那个！就连被甲次郎先生担心的资格都没有！为了包庇我这样的女人，去切断尸体的头颅，甲次郎先生也太愚蠢了！所以那理所应当是假的——”

对小夜子来说，眼前像是人偶一般的少女，就是为了揭发自己的罪行而来。就像不祥的使者，让自己坠入深不见底的陷阱……

岩永叹了口气，若无其事地说道。

“就算是假的也没关系。甲次郎先生的所作所为，不就是在告诉您‘根本不需要担心’吗？”

就像在说因为这件事而独自烦恼的小夜子不对一般。

“甲次郎先生曾经劝您舍弃过去。因此这次的案件，他也不希望您多为挂念，不希望您回首过去吧。”

岩永的这番话颇有些饱经风霜的古人风情。

“您就像是甲次郎先生的孩子，或是忘年的老友那样。因为断头台和招财猫的组合而与他产生共鸣的，恐怕世上也就只有您一个。想要为了唯一能够理解自己的您做些什么，而自己也从来没有想过回报吧。至少在三四郎的眼里，甲次郎先生就是这样的人。”

毕竟是甲次郎一生所爱、长年保养的断头台。那栋宅邸中最了解甲次郎的，可能就是三四郎了吧。

岩永的语气听起来不太像是年轻一辈，倒像是看透尘世的老者。她低下头说道。

“不过，我的推理是假的——这才更符合现实。不可能有付丧神什么的存在吧，把我的话告诉别人，也不会有人相信。想必您也没有把自己过去的罪行说给别人听过吧——”

的确如此。小夜子不可能对任何人说出自己极力隐瞒的过去。

这时，小夜子才意识到问题的根源所在。

“那你为什么要找到我？就算是假话，只要你的回答让断头台的付丧神满意，问题不就全部解决了吗？有必要来向我汇报吗？”

“那是因为三四郎在接受了我的推理之后，又向我提出了新的请求。”

岩永略表歉意似的垂下眉毛。

“在您发表的以招财猫为主题的插画集中，并没有断头台的出现。对您来说，在甲次郎先生宅邸看到的断头台和招财猫是你绘画创作的原点，您应该很想发表才对。然而，发表之后，您就不得不与自己想要舍弃的过去再次连结起来。而您一直以来都想避免这种情况，不是吗？”

虽然不知道岩永话题的走向，不过小夜子现在也只能承认。

“是的，虽然即使发表出去，住在那里的人也不会联想到我，但我依然很害怕。所以想尽量避免这种情况的发生。那又如何呢？”

面对着反应迟钝的小夜子，岩永用略带责备的语气说道。

“甲次郎过去也经常看您的插画。就算真名没有公开，但只要看您在网络上公开的插画和您的作品，他马上就意识到了那位名叫‘皋月’的插画家就是您本人。特别是看过您所绘制的招财猫和象征不祥的事物组合的系列，他可开心了。他经常在放着断头台和艺术品的房间里一边喝酒，一边自言自语。”

小夜子第一次听说这件事。不过倒在情理之中。离开村子以后，她就没有再与甲次郎取得过任何联系。当然，甲次郎也不会在网上给小夜子留下奇怪的评论。

“而您绘画的原点——断头台始终没有出现在插画里，对于甲次郎先生来说，这是和您唯一的羁绊，不过他也知道您有苦衷，只是略感遗憾。三四郎对于自己没能出现在插画里被公诸于世，也很遗憾——对了，三四郎也很喜欢您的画哦。”

竟然从自己作为模特的道具那里收到称赞，小夜子不知该用什么表情回应。

“所以，它的请求就是，想让您发表一幅断头台和招财猫组合的插画。三四郎也跟我提出，它会尽最大的努力帮助您。”

岩永表现出一幅“这份依赖可真不轻松”的表情，摇了摇头。

“妖怪们会帮助您，把曾经遗弃于各处的您父亲的尸体搬运到更加人烟罕至的地方。就算被人发现，在开始公开调查之前，妖怪们也会帮您把它偷出来再进行处理。三四郎也说，自己会稍微改变刀刃的形状，这样就不会跟尸体骨头的切断面一致——”

提出这种条件好吗?

岩永又提出了更让小夜子安心的证据。

“甲次郎先生在警察来到宅邸之前，把断头台旁边的招财猫收了起来，放进了置物柜里。最大程度地避免了那样的组合留在世人的印象里，也防止他们把案件和您的插画联系在一起。”

以吸引大众目光为目标的杂志或电视节目，只把目光集中在甲次郎其他的收藏品上，而对于招财猫都采取了无视的态度。况且那个放置着断头台和招财猫的房间，本来也就没什么人进去过，所以知道招财猫存在的人可谓屈指可数。

“最近断头台成了热门话题，如果您说自己从中受到启发，为招财猫系列增添了一位‘新成员’的话，人们也不会奇怪吧？”

虽然小夜子很想质问岩永到底在开什么玩笑，不过看岩永的表情并不像说笑。

“当然，我不是在强迫您。强迫别人发表一张自己不满意的插画——三四郎也不希望见到这种结果。所以，至少希望您能够积极地考虑一下。”

小夜子此时却有种想要被揭发的心情。她的嗓音有些沙哑。

“我的罪行要怎么办？我可是杀了人啊！你明明知道这件事，还要保持这种态度吗？”

听见这句话后，岩永光明磊落地挺起了胸说道。

“我并不是维护法律的人。我的立场是维护整个世界的秩序。我既对被您杀害的您的父亲没有好感，三四郎也不希望您被制裁。所以，该怎么面对自己的罪行，说到底只是您一个人的问题。”

接着，她举起手杖，指着陡坡的方向。

“何况，在刚才九郎学长掉下去的时候，就算您觉得晚了一步，但还是有过叫救护车的行动——所以我不觉得您是什么十恶不赦的坏人哦。”

听过岩永的提醒，小夜子突然想到这件自己差点忘记的事情。那位叫九郎的青年，现在还倒在河滩上，处于濒死的状态吧！而看了眼已经过去的时间，他应该早已经停止呼吸了吧……

“但……但是他已经死了啊——”

虽然那算得上是一场不幸的事故，但小夜子也无法脱离干系。

这时，小夜子刚刚还在担心的九郎突然从灌木中“嗖”地现出身影。表情也没有任何不对劲的地方。他对岩永说道。

“啊，岩永，你已经解决了吗？”

“是的，就在刚刚。”

面对突然出现的九郎，岩永没有任何意外和不自然地点了点头。

小夜子依然保持着坐在地上的姿势，深深体会到什么叫吓软了脚——九郎的衣服上还沾着滚落时沾上的杂草和泥土的污渍。而另一方面，他的头上和身上没有一处受伤的痕迹。她刚刚明明还看到九郎趴在河滩上流血的场景，谁曾想到九郎身上竟然一点伤都没有。甚至连擦伤的痕迹都看不见。

小夜子就这样呆呆地盯着九郎，岩永耸了耸肩。

“正如您所看到的那样，九郎学长还健在，请不必担心。”

——毫无现实感。这也算是噩梦的一种形式吗。

岩永向小夜子做出最后的致意。她恭敬地低下头，说道。

“那么，祝您工作顺利。如果断头台三四郎被某处收留，并被公开展示的话，届时还要请您务必赏脸，毕竟它也为您尽过一份力。当然，这些对您来说可能全是谎言——”

身份不明的女孩说了这番话，便拉着不知是不是人类的青年悠然地离开了。

九郎在离去前还对小夜子低头道别。不过在她眼里，九郎做出的这番符合普通人的举动更凸显了几分怪异。如果这位叫岩永的女孩只是给了自己不祥的印象，那旁边这位存在感稀薄的、名叫九郎的青年则让人更加异常——

只剩小夜子独自呆坐在神社里。接下来该怎么做呢，现在的自己算得上是得救了吗——

当她用手撑在地面上想站起身的时候，身边突然走过来一只狸猫。这座位于靠近自然的乡村的神社里，有一两只狸猫也算不上什么新鲜事吧——

这只狸猫突然停下了脚步，抬起了两只前爪，对小夜子说起了人类也能听懂的语言。

“哎呀，相信公主殿下的话没有什么不好的哦。嘿哟、嘿哟……”

说完这些话后，狸猫便缓缓地步行远去了。

自古以来，就有狸猫变成人形，而它本身又是妖怪的说法。能够口吐人言也算是符合传统吧——

小夜子摇摇晃晃地站起身来，用手支撑在神社的墙壁上整理着呼吸。

全部都是假的，现实不可能是这样——

虽然心里这么想，不过还是先把断头台和招财猫的插画发表吧。这么做的话，将来也无需和那位少女见面了。自己本来就有很多底稿，而断头台又是自己高中时代最想描绘的题材。要是甲次郎能够看见，一定会为自己高兴吧——

天空还是一样晴朗。

岩永琴子和九郎一起沿着山间的小道缓步而下。

来的时候，因为急于追逐小夜子的踪迹，岩永选择了人烟稀少的道路，由妖怪们载着前往神社。不过回去的时候时间宽裕，还是不要总是拜托这些妖怪们为好。本来就是白天，更何况过度差使这些妖怪们很可能会使得他们不高兴。对于岩永的评价自然也会降低吧。

岩永的左腿虽是义肢，不过走起路来倒没有太大影响。再走几步应该就是宽阔的道路了，从那里叫计程车也不会太累。

陪着岩永的九郎一边时不时地回头望向神社的方向，一边有些疑惑地问道。

“十年前，小夜子女士为什么会杀死自己的父亲呢？”

这是今天一连串案件的开端，不过岩永既没有详细调查，也没有问过小夜子。只要得知她是在不得已的情况下杀的人，而且相关人士也对此表示理解，就已经足够了。

岩永对于过去的杀人案件不管不问，而九郎对此似乎颇有芥蒂。岩永劝解说道。

“从现场来看，并非是有计划的杀人，就连当时的情况都不愿提及，说明理由肯定不一般吧。况且她能够这么轻易地舍弃过去的一切，想必在村子和学校里也被孤立了吧。现在再揭开她的伤疤没有意义，所以我就没有强行去问。根据已知的几个信息也能大致推测出来，她大概是要被亲生父亲那什么了吧——当然，我实在是说不出如此缺乏教养的词汇。”

不仅是亲子之间，被家庭内部或亲近的人侵犯——自古以来的例子数不胜数。像小夜子的父亲那种，即使被杀也不会有人同情的亲族不算罕见。

面对岩永的解释，九郎露出了震惊的神情。小夜子杀人的动机，九郎竟然没能想到，这反而使得岩永也有些吃惊。

不过，九郎吃惊的地方好像跟岩永预料的有些不同。

“你的嘴里面竟然还有教养的说法吗？”

“为什么你的前提是我没有啊！”

眼前这个男人，对于自己的女友一点都不了解。虽说已经成年，可自己毕竟是女孩，肯定是有良好教养的。

有些生气的岩永充满嫌弃地说道。

“这次实在是太费工夫了。与小夜子女士接触以后，接着进入正题——本来精心准备的计划，都怪你擅自跟她交涉，结果还被让她中途跑了。更可气的是你还掉下陡坡，虽然小夜子女士对我有兴趣是意料之外的事情。”

对于自己的失误，九郎多少有些自省。他脸上无光地说道。

“是我不好。我也没想到栅栏这么容易就碰断了——”

有的是没处理好就会演变成更麻烦的情况。虽然从结果上来说还算圆满，九郎也不算是什么事都没做，不过对于岩永来说，教训九郎的好机会还是不要放过——

“小夜子女士在落座的时候，学长为什么没有马上把我叫醒呢？如果你这么做，事情早就解决了。”

“说虽如此，之前我叫醒你的时候，不是还跟我大发脾气吗？”

“睡着之后被人用炸薯条插鼻孔，放在谁头上都会生气的吧！”

恋人之间叫醒对方的方式有几千几万种，偏偏九郎就是会选错的那种。

“学长也该学习宫井川甲次郎那种无偿奉献的爱情，学学那种年长男性的包容力！为了喜欢的人会做出愚蠢的行为，这不是很美好的事情吗？”

“不过宫井川先生在用断头台分尸以后，不还是把那座断头台放在屋子里十多年，经常拿来欣赏吗？那种怪人来举例合适吗？”

“不说这个，就凭把断头台和招财猫放在一起，就已经是够奇怪的了吧。所以，就算小夜子不存在，他可能也会满足自己的愿望动用断头台斩首吧。”

即便如此，他也算得上是明白爱为何物的人。比起对于岩永完全不上心的九郎来说，已经高出好几个段位了。

九郎又露出了不解的表情。

“他们二人又是什么关系呢？像你说的如同父女吗？”

“这个世界有些关系是很难用三言两语解释清楚的。不过，他们的确不是男女朋友的关系。我听说，甲次郎当时已经就没有那个能力了。”

岩永回答这个问题的时候，二人已经来到宽阔的国道，能够看到不远处的带屋顶和长凳的巴士车站。虽然打车速度较快，但如果巴士能够早点到来的话，也不失一种挺好的选择。况且小夜子也不会短时间内从神社里出来，所以他们稍微等待片刻也没什么问题。

岩永一边想着，一边掏出手机。九郎没有对岩永的回答做出任何反应。当岩永好奇地抬起头看向对方时，九郎才露出一副厌烦的表情。

“……这么轻易地就说出口了。真不知道你教养的基准是什么。”

“明明是很普通的话啊！”

自己没打算说什么奇怪的话。只能说是九郎对于教养的基准认识有误。这个男人太不懂女人心了！

总之，今天总算空出了时间，岩永已经在幻想自己舒服地泡在温泉里的画面了。

虚构推理

短篇集

Short stories

岩永琴子的出现

Appearance of Kotoko Iwanaga

第五篇

梦幻的自动贩卖机

“九郎学长，你用过乌冬面的自动贩卖机吗？”

岩永琴子询问着樱川九郎。

九郎停下了敲打电脑键盘的手指，抬起头来。他的表情仿佛是听见了什么奇异的事情。

“乌冬面的自动贩卖机？”

“没错。只要按下按钮，用合成树脂或是苯乙烯材料的器皿装着的，一碗热气腾腾的乌冬面就做好了！这类机器通常被称为面类料理自动贩卖机，你不知道吗？大约宽二三十厘米左右，比一般的饮料自动贩卖机稍微大上一点——”

岩永说得头头是道，然而她也没有实际使用过那种自动贩卖机，甚至没有见过实物，只是知道有这么一种机器而已。

今天是六月二十六日，周日。虽然已经进入了梅雨时节，不过天气却晴空万里。这本是恋人结伴出游的好日子，不过九郎从一大早就忙于大学的论文，面对专门跑到房间邀请自己出门的岩永，他略显麻烦地摆摆手——完成之后如果还有时间的话就去陪你。

岩永也有自己独特的做法。她为了避免九郎故意不紧不慢地花上一天时间写论文，把自己丢在一边不管的情况出现，一直在他身边死死盯着。

岩永作为妖怪和怪物的智慧之神，时常有妖怪找她商量事情。今天也是如此，她可没有忘记委托，就过来找九郎游玩，自动贩卖机的话题也不是觉得新鲜才提起的——

“除了乌冬面以外，还有提供荞麦面和拉面的自动贩卖机。在一九七零年代，曾经制造过多种面类的自动贩卖机，被放置在车站、路边餐厅、服务区这类地方。因为随时能够吃到热气腾腾的面条，也曾一度非常受人欢迎。在那之后，由于便利店的出现而逐渐退出历史舞台，机器的生产也被叫停，逐渐淡出了人们的视野——”

“自动提供用器皿盛着乌冬面的机器——到底是怎么样的工作原理？汤汁也需要现场制作吧？”

即使听岩永解释了有关乌冬面自动贩卖机的大致情况，九郎的脑海里也完全想象不到它是如何做到自动化的。

“虽然根据不同的品牌，内部构造有些细微的差别，不过工作原理其实很简单。机器内部事先放入了多组装入了面条和食材的器皿。只要按下按钮，机器就会控制其中一个器皿移动到料理工厂，并在器皿中注入热水加热面条和食材，热水关闭。接着向其中注入汤汁，便控制器皿移动到取出口处——就是这样的流程。只要按下按钮三十秒钟，一碗热腾腾的乌冬面就能新鲜出炉，可以说是相当考究精炼的制造系统了。”

“没有说的那么简单吧？光是准备很多组装入面条和食材的器

皿，这个步骤就已经相当费时了。”

至少不会像往饮料自动贩卖机中添加瓶子和罐子那样简单吧。更何况因为食材鲜度等因素，贩售期也不会很长。相比之下一定很费工夫。

岩永一边整理着自己手头上的情报，一边向九郎解释起来。

“这种自动贩卖机的生产虽然早已停止，不过全国还有很多台机器仍在使用呢。一些国道和县道上的小型路边餐厅，服务区内都还有这种自动贩卖机，一直很被重视。不仅因为面食自动贩卖机本身就具有上个时代的独有风情，而且食用从自动贩卖机中制造的乌冬面或者荞麦面本身也是非常难得的体验。所以现在还有人专程开车去寻找这类机器。”

“世界上真是有把各种事情当成爱好的人呐。最关键的一点，味道如何？”

九郎虽然表现出一副稍有兴趣的样子，不过他还是把注意力又放回自己的学业上，手指也继续在键盘上敲打起来。岩永也没有故意要打扰的意思。不过，九郎的论文似乎也快写完了，赶紧说出了今天到这里来的目的。

“自动制作乌冬面的系统本来就很完善，所以只要面条、食材和汤汁足够美味，成品想必也不会差到哪里去吧。甚至在面中加入的食材也是由自动贩卖机的所有人自己准备的，所以不同的自动贩卖机制作的面味道也截然不同，颇具趣味。”

“这样呀。原来不是由制造商提供统一的面条和汤汁，在相同的自动贩卖机里添加相同的材料呀——”

九郎本以为同种自动贩卖机是由相同的制造商提供几乎相同的原料，没想到现在供人使用的“面类料理自动贩卖机”竟然还有这样的独特“个性”。

“也就是说，即使外面的品牌一样，做出来的面条却是完全不同的味道。所以经常会出现特别讲究的面类，原理虽是机械加工，但却各有个性。这也是面类自动贩卖机能够吸引珍馐客的原因之一呀！”

既然能够在里面放入自己制作的面条，那么食材——炸鸡块、天妇罗、肉、鱼糕、当地的特产也能够随心所欲地自由搭配。就连汤汁也可以随意切换关东或关西的风格，根据自动贩卖机所在地的不同，还能够体验不同的食材和风情——

“不过，因为其工作原理，事先放置在内部的器皿数量也有限制，因此同时贩卖的种类也有一定限制。而且随着时代的进程，自动贩卖机的数量也会逐渐减少吧……这也是没办法的事情。”

当然，即使在内部放入了丰富独特的食材，也有可能长时间没有客人使用。或是预置的器皿全部用光后，到下一次补货也需要花费时间——类似的情况也屡见不鲜。

“毕竟这一类自动贩卖机都已经停产，即使要去修理也没有能用来替换的部件，所以经常会找到一些无法修理的自动贩卖机的部件作为备用品。就算如此，现在所有投入使用的自动贩卖机全部坏掉的话，这种自动贩卖机的文化也就到此为止了。”

准确来说，属于“要想试吃的话就趁现在”的文化。

“然后呢？你说的这种乌冬面自动贩卖机怎么了？”

九郎向岩永投去了怀疑的视线。从他的眼神里，丝毫感觉不到对女友溺爱的亲密态度。周日的大白天，岩永故意挑起这个话题，一定是被卷入了什么麻烦的委托吧——九郎现在心里肯定是这么想的。居然这么猜疑可爱的女朋友，真的是不可理喻！

不过，事实也正如九郎怀疑的那样——

“是的，与其相关的都市传说，其实从大约三年前，网络上就开始有人在讨论了。”

岩永正慢慢地逼近此次委托的主要内容。

“都市传说的内容是这样的。深夜，某人驾驶车辆行驶在山间的国道上，周围没有人烟。别说是便利店了，甚至都没有一处人工光源。突然，前方出现了一所工厂预制的小屋。某人心中好奇，把车速降下后发现那是一间很像休息区的建筑。心想正好可以休息一下，便把车子停下，走进了休息区。里面没有人，只有几张陈旧的桌椅，最里面放着一台乌冬面自动贩卖机。并没有其他像是饮料自动贩卖机之类的东西。某人心想只有乌冬面自动贩卖机也算是比较罕见，于是尝试着投入硬币，如其他的自动贩卖机一样，三十秒之后机器取出口中就出现了一个器皿。”

九郎心里也清楚，岩永刚才跟他说的自动贩卖机一定与这次的委托有关，他干脆摆出了一副仔细倾听的姿态。

“某人用手接过器皿后，发现是一碗热气腾腾的乌冬面，上面还放着几片神秘的肉。碗内的食材就只有这几片肉，连葱和鱼糕都没有。某人觉得这碗乌冬面不太值，因此略显失望。没想到试着吃了几口发现，这碗面竟然十分美味。神秘的肉片也有滋有味，这么好吃的乌冬面在普通面馆可没法吃到——某人非常感动。”

岩永小声地叙述着。

“下次绝对还要再来吃！也要告诉自己的朋友！某人如此想着，乘车离开此地，过了几天后，再次驾车通过这条国道。这次却没能看见那处小屋，就算是在白天经过也什么都没能发现。就算是询问那些经常行驶在这条国道上的人，得到的答复也是根本就没见过这样的小屋和自动贩卖机，那片区域内也根本没有任何休息区。某人怀疑是自己误入了其他道路，于是在周边进行探查，也没能发现类似的小屋和自动贩卖机。那么，自己见到的那台乌冬面自动贩卖机到底是什么？上面放的肉片又是什么？”

九郎在电脑上搜索。想必是为了调查岩永所说内容的真实性，搜寻这类都市传说是否存在吧。

“这就是被称为‘梦幻乌冬面自动贩卖机’和‘幽灵舞动自动贩卖机’的都市传说的大致内容。有数人曾遭遇过相近的事情。而在这些人的描述中，都有一个共通点，就是在深夜没有人烟和灯光的道路上行驶时，这个乌冬面自动贩卖机会突然出现在道旁。国道、县道、市道等都出现过类似的事。”

岩永说到这里，九郎也点点头。

“嗯，是啊，在网络上也引发了不小的话题。也有不少相似的事情发生。”

“那些人在刚吃下放有神秘的肉的乌冬面之后，不会有什么变化。不过后来他们有人仿佛被幸运之神眷顾，抽中彩票、恋爱成功、没有乘坐发生事故的飞机……也有人正相反，被不幸青睐，宠物神秘死亡、当事人神秘死亡、房屋被地震吞没……”

这类遭遇到不可思议案件的怪谈或都市传说比比皆是，其之后的发展也通常是变得幸福或是不幸降临这两类。

“你说的这个都市传说怎么了？首先，这类都市传说并不算有名，仅仅是这种程度的编造故事，几乎不可能对现实产生影响吧？”

“然而问题就在这里。这个乌冬面自动贩卖机，并非梦幻，而是真实存在的。事实上，吃过那里乌冬面的人将自己的体验发布到了网络上，话题扩散开来以后，才被人当成是都市传说的——”

“等等，那这样就并非传说，而是现实了呀！”

九郎再次向岩永投去满是怀疑的眼神。岩永伸出右手，反驳自己的男友。

“你先听我把话说完。就算是真实存在，也并没有幸运或者不幸的后续，所以并非是什么不祥的象征。这些部分都是后来别人添油加醋，博人眼球用的。”

岩永也是最近跟妖怪们商量后，才得知怪谈确有其事。她也因被卷入了麻烦事而一脸阴沉。

“这件事的起因是这样的——狸猫妖怪中间，有几只非常喜欢做乌冬面。他们让自己的同类品尝自己制作的乌冬面，在得到不错的评价后，想着把自己的乌冬面给其他妖怪也尝尝。这时，他们得知了乌冬面自动贩卖机的事情，觉得非常方便。于是他们在路边准备了工厂预制的小屋，以便当地妖怪随时都能享用他们制作的乌冬面。”

九郎用手指敲了敲电脑的边框，一副想要责备的样子。不过接下来就如同放弃了一般，叹了口气说道。

“妖怪把做乌冬面料理当成兴趣爱好——这一点上我姑且不表态。毕竟传说中还有淘洗小豆、制作药物的妖怪，据说豆腐小僧最近都在自己做豆腐。就算再怎么喜欢乌冬面，为什么要为它们放入自动贩卖机？明明供给给那种普通的路边小摊就行了，还很适合妖怪的设定。在野篦坊的故事里，为人所知的妖怪‘貉’也是路边小摊而已啊。”

当然，“貉”登场的故事里出现的路边小摊，并非卖的乌冬面，而是荞麦面。不过，九郎的主张的确有几分道理。岩永也对前来求助的狸猫提出过相同的质问。

“使用自动贩卖机的话，不管是什么妖怪都能随时吃上热腾腾的乌冬面，这不是很棒吗？不同的妖怪或怪物都有其独特的活动时间和规律，要是摆摊的话营业时间太长，比较麻烦。不喜欢狸猫的妖怪也不会去吃。但是自动贩卖机就不同，无论是什么妖怪，无论在什么时间都能使用。”

“就算如此，妖怪竟然会使用人类智慧的产物，这……”

“伴随着人类文明的发展，妖怪的形成也越来越现代化。你看，现在不也有幽灵轮船、幽灵列车、幽灵出租车、妖怪巴士，就连收音机和电视，诞生妖怪都不是什么新鲜事。那么幽灵自动贩卖机不也是很正常的现象吗？”

话虽如此，可这次并非是自动贩卖机变成妖怪，而是狸猫妖怪在偶然的机会下弄到了一台因为损坏而报废的乌冬面自动贩卖机，在注入妖力后让其重新恢复使用罢了。若是将妖力注入这种损坏的电器，就会像全新的机器一样正常运转。当然，当妖力耗尽后就会停止运转了。

“只不过，狸猫妖怪将自动贩卖机和小屋所放置的地方是不同于常世的异空间，从普通的道路上是无法到达那里的。只有穿越了两个世界之间的境界线，才能来到异世界。类似于怪谈之中‘迷家’‘仙乡’之类的场所。”

岩永提出了迷家和仙乡的由来。九郎似乎也曾经有所耳闻，双手交叉做出思考状。

“迷家和仙乡吗？我曾经也在怪谈里见过。有时候明明走在平时一直行走的路上，却突然出现一处从未见过的房屋，或是突然踏入一处从未见过的村落。之后即使走上相同的道路，却再也见不到那些房屋或村落的踪迹——在某种程度上，与自动贩卖机的故事原理一样。”

并非是乌冬面自动贩卖机突然出现，而是突然误入放置自动贩卖机的场所，这才是当前这个都市传说的本质。但很多人都以为是自动贩卖机有什么奥妙，因此口口相传。

“所以，通常情况下，只有妖怪才能穿越的境界线，人类无法穿越也不能使用那台自动贩卖机。但是在极其罕见的情况下，所在地与异界的波长满足一定的条件，人类就会误入异界，所以才会吃到‘神秘的乌冬面’。当然，即使再次通过相同的道路，只要没有具备条件，都无法再次进入那片空间，自然也找不到小屋和自动贩卖机。于是，有过这种经历的人将自己的经历发布到网络，结果狸猫妖怪的乌冬面自动贩卖机就成为了都市传说。”

岩永暗中怀疑，狸猫妖怪为了让人类有机会使用自己的自动贩卖机，故意把放置小屋和自动贩卖机的区域选在人类容易进入的地方。

自己制作的乌冬面，不仅妖怪，就连人类吃完都赞赏不已——对于狸猫来说，人类的赞赏才是最令他们开心的吧。比起被那些平时不吃乌冬面的妖怪们褒奖，它们更愿意被热衷于乌冬面的人类称赞吧。

“当然，在网络上发贴留言的人也不是都有过这种经历。更多的是根据别人的经历自己模仿一篇。或是觉得新鲜好玩的人，写出更为夸张的内容，以求达到一鸣惊人的效果。这也就是为什么，明明只有某个地区能够进入放置着自动贩卖机的异界，但全国上下都发生过类似的事。”

为了让都市传说显得更加真实且有戏剧性，人们又在原来故事的基础上加入了毫无关系的要素，导致故事从根本上偏离了真相。

九郎继续把目光移回电脑屏幕，浏览着自己搜索出的结果。一段时间之后，他提出了一个颇具常识的疑问。

“话说回来，狸猫制作的乌冬面，人类吃了没事吗？”

“毕竟是妖怪做的……只要去卫生站检查过就没事吧。”

虽然狸猫制作的面妖怪吃了没事，不过人类吃完之后即使会有什么不好的后果，也并不是岩永的责任。不过，至今为止，网络上也没有人出现过严重的健康问题，也没有人提到过汤里面有狸猫的毛这类卫生问题，想必是狸猫妖怪在制作乌冬面的时候已经考虑到人类食用的问题了吧。

“卫生站可不管都市传说的内容，还是算了吧。”

“毕竟食物都经过烹饪，我觉得至少能够保证最低限度的安全吧。”

“不，相比之下更重要的是食材里面的神秘肉片。那到底是什么肉？”

乌冬面上的肉到底是什么——这也是自动贩卖机能够成为都市传说的重点之一。如果只是普通的狐狸乌冬[①]或者天妇罗乌冬的话，就完全没有特异性，作为怪谈的力度也就明显不足。此外，正因为不确定神秘的肉到底是什么，听众就会产生兴趣，曾经食用过的人也更容易将自己的经历讲述的生动而易于接受。

---

① 狐狸乌冬：指在面的上方放上一块或几块炸豆腐皮为主要配菜的乌冬面。

而人类在不知情的情况下吃了妖怪准备的神秘的肉——九郎听了之后总有些放心不下。

“不过，说到狸猫制作的汤汁的话，我倒是想到以前《咔嚓咔嚓山》的故事呢①。”

“那可不是什么好例子。”

不仅不是什么好例子，后来的书中还把这段叙述完全删掉。以前的童话故事经常会有一些血腥残酷的内容，而这个故事无疑是最典型的例子。

“我是开玩笑的。听说乌冬面上面放的是它们在山上捕获的野猪、鹿或兔子的肉。用稍微现代点的词语表述，它们使用的都是野味。”

“用时髦的词汇就想要蒙混过关吗？”

“毕竟是我们人类能够吃的肉，不用过于怀疑吧？”

虽然牛肉和猪肉是日本家庭经常食用的肉类，不过其他野生动物的肉并非经常能吃到。所以把其中野猪或者鹿的肉形容为“神秘的肉”，也不会有什么问题吧。

对狸猫妖怪来说，比起牛肉或猪肉，野生动物的肉要更好弄一些，所以才会把它们当做食材。并非是要刻意营造出“妖怪料理”的氛围，故意端上来一些稀奇古怪的肉给人吃。

九郎却紧皱眉头，仿佛岩永的解释并不能让他满意。岩永看着九

① 《咔嚓咔嚓山》讲的是狸猫杀死了老人的妻子做成肉汤喂老人喝下，老人和兔子一起报复狸猫的故事。

郎，把右手举过头顶。

“问题是之后发生的事情。”

“啊，我懂了。你的委托人就是那些用自动贩卖机经营乌冬面的狸猫妖怪吧？是不是因为人类世界关于那台乌冬面自动贩卖机的传闻扩散速度很快，快到出乎它们意料。结果现在误入异界的人类越来越多，它们不知道该怎么办才好——委托的内容大概就是如此吧？”

九郎从之前谈论的话题，大致推测出了这次委托的内容。不过，实际上的委托内容还要更麻烦。

“有些类似吧。上上个月的某天深夜，准确来说是四月二十五日的凌晨零点左右，驾车行驶在国道上的一名男性误入了异界，来到了放置那台自动贩卖机的小屋。只不过，那位名叫本间骏的三十二岁的男性，进来之前才刚杀过人。”

九郎露出了一副颇有些头痛的表情。沉吟半晌后，他用不太想听后续发展的语气说道。

“杀人事件……突然就回归到如此现实的话题。”

对于岩永来说，她从刚才起明明说的一直就是现实的话题，因此忍不住抗议道。

“哎呀，你先听我说完。就在这时，本间骏恰好遇上了前来自动贩卖机补货的狸猫妖怪，他有些吃惊，一边看手表，一边还向狸猫妖怪搭话——‘这么晚了你还来补货啊’‘没有饮料的自动贩卖机吗’之类的。”

“那个叫本间的竟然没能发现眼前补货的是狸猫吗？难道是情急之下幻化成人类的外表？”

“为了把器皿和食材面条放入机器，所以狸猫一直都维持着人类的外表。毕竟自动贩卖机就是给人类使用的，所以用人类的外表进行操作自然也轻松，就是这个道理。”

使用狸猫的身体很难拿起器皿，甚至连上货口的门都打不开。

“本间骏由于刚杀过人，因此没什么食欲，只是在长时间的驾驶之后需要找个地方休息。不过他不好意思拒绝化为人形的狸猫的极力推荐，吃下放有神秘的肉的乌冬面之后，又开着车子扬长而去。只不过因为乌冬面的自动贩卖机位于异界，因此车子进入的地方和离开的地方并不一定相同。”

九郎似乎还没掌握话题的走向，只是一言不发地听着。

“虽然进入异界的地点和离开异界的地点相差距离不是很远，但本间骏原来是在前往山顶的路上误入异界，结果离开的时候竟然已经翻过了山顶，来到了山脚下。也就是说原本想要去目的地还要花费两个小时的路程，实际上只用一个小时就到了。”

也就是说，在九州地区的道路发现的小屋和自动贩卖机，可是离开之后仅仅开了数分钟就到了近畿地区——虽然不会出现如此极端的情况，不过偶尔会出现进入异界和离开异界的地点相差五十公里的情况。毕竟可以进入异界的范围大概就在直径五十公里的区域里。

“只不过，人类能够进入异界，到达自动贩卖机的时间都在深夜，周围没有人烟，没有亮光的道路上，因此对于距离和时间的体感都不准确，一般不会有人注意到。”

“使用汽车导航装置的话总能注意得到吧。”

“只要能够顺利到达目的地，即使有个一小时左右的时间偏差，驾驶员也会认为是导航装置出现了一点故障吧。更何况大多数情况下都是第一次走这条公路，所以认为导航出现故障也在所难免吧。除此以外，如果花费时间比预计时间多，可能会认为自己不小心走错了道路导致浪费了时间。如果花费时间比预计少，可能会认为自己在空无一人的公路上速度开得太快——人们总是会首先接受合理的解释。至少据目前观察，遭遇到这个都市传说的人并没有发现案件或空间出现偏差的情况。”

即使是后知后觉，发现刚才遇到了都市传说里的乌冬面自动贩卖机，一般人也不会把导航出现的异常或时间空间体感出现的偏差与都市传说联系到一起。因为在体验者的眼里，并不是自己来到了怪谈的世界，而是怪谈找上门来，因此主观上就不认为自己会遇到时间和空间的偏差。

“本间骏在离开放有乌冬面自动贩卖机的小屋以后，开车前往邻县的海边。根据他向警方的供述，在杀人后想要冷静下来，开车漫无目的地闲逛，在半路上突然想到了海边，便调转方向前往。因为自己杀人的行为完全出于偶然，因此一时间陷入混乱，才有了上述的行为。据本人的证词，他到达海边的时候是凌晨一点。到达乌冬面自动贩卖机的时间，在刚才已经提到过是午夜零点。”

“他在自动贩卖机那里看了手表是吧？突然撞见深夜补货的人，在惊慌之下查看时间是自然的行动。”

“是的，因此才出现了麻烦的情况。本间骏所杀害的人，东冈宗一的推测死亡时间是二十四号的晚上九点到十一点之间。本间骏在杀人后，就算以最快速度离开现场，车子开到最高速，都无法在第二天的凌晨一点到达邻县的海边。”

因为自己误入了放置着梦幻乌冬面自动贩卖机的异界，本间骏通过由异界形成的近路到达了目的地——

九郎也逐渐看清问题的根本。

“也就是说，即使并非是犯人的本愿，他还是有了牢不可破的不在场证明，是吗？”

岩永点点头，接着说出了更加扭曲的实情。

“只不过，本间骏从出发到海边，一路上除了那个小屋之外都没有停下来，也没有跟狸猫所化身的人之外的任何人接触过，甚至还主动关闭了手机。车辆行驶的路线上也没有什么摄像头。所以，没有人或物可以在客观上证明，他在凌晨一点的时候真的到了邻县的海边。”

“不过，他不是在凌晨零点的时候在小屋的自动贩卖机前面遇见了化身人形的狸猫吗？警方应该可以通过自动贩卖机所在的大体位置，来推测犯人在被害人的推测死亡时间段内离开杀人现场，从那里驾车在凌晨零点前能否到达此处。说不定也考虑到能够他不在场证明的证人？想必本间骏和警察也说过这事了吧？”

自动贩卖机实际上处于异界之中，所以地点在哪里其实并不重要，不过在警方和本间骏眼中，那是可以证明不在场证明是否成立的重要线索。

“当然，本间骏作为嫌疑人，被警方问到了案件当天的行动。对警方来说，给自动贩卖机上货的人能不能证明本间骏的证词，是他不在场证明能否成立的关键。然而，警方在调查后发现，本间骏供述中出现的小屋和乌冬面自动贩卖机并不存在，也没有所谓的上货人员这样一号人物。”

“毕竟它的本尊是狸猫妖怪。警方调查的时候也不可能那么巧就正好进入异界，因此肯定是找不到的吧。”

“不仅如此，警方还在网上发现了与本间骏的供述内容非常相似的‘梦幻的乌冬面自动贩卖机’的都市传说。甚至连‘神秘的肉’的部分都符合他所说的内容。于是他的经历变得越来越神秘起来……”

什么叫非常相似，明明就是完全相同的遭遇。叙述了全部事实的本间骏却被警方怀疑，让人多少觉得有些可怜。

“本间骏是犯人吗？”

“是的。案发现场，也就是被害人家中的起居室里装饰着一个九谷烧[①]的壶，它也有不少的年头了，因此变成了付丧神。根据它的证

① 九谷烧是釉上彩绘瓷器，因发祥地日本九谷而得名。

言得知，犯人的确是本间骏。”

虽然警方无法得到相关证词，但是作为妖怪的智慧之神，岩永却能够得到来自妖怪们的证词。而且由于妖怪与人类没有利害关系，因此它们的证词也是可以信赖的。

在九郎眼中，从妖怪那里得到案件相关证词是岩永的惯用做法，因此也没有特别的疑问，不过他却无法抓住岩永所谓“麻烦事”的关键，就询问道。

“也就是说，在本间骏的主观上，自己的不在场证明是成立的，但总不会因为不在场证明的存在而认为自己不是犯人吧。想必他的第一反应是手表坏了，或是不小心走了一条近路之类的吧。况且警方也没能找到自己曾使用过的那台乌冬面自动贩卖机，他应该会认为是自己的记忆或者时间观念出现偏差，老老实实地认罪才对吧。”

“本间骏在警方向他讯问的时候，就已经承认自己杀人了。本来就不是蓄意谋杀，而且警方还掌握有其他证据，因此他也没想着要逃脱罪名。”

也就是说这是一起被害人和加害人本身都没有杀人的企图，而是由于某种原因在当场突发的杀人案件。

“案件的经过是这样的。本间骏在四月二十四号，也就是周日，傍晚五点多来到了与自己同龄的东冈宗一位于郊外的独栋房子里，与他商量事情。他们二人共同经营着一家从事各类进口品的贩卖、中介的公司。不过，最近公司在私下好像在做违法的药物走私的买卖。怀疑自己合伙人的本间骏在调查后，来到了东冈家中，想要和他说明事情并讨论今后的对策。”

九郎用自己面前的电脑继续搜索起来，这起案件也有新闻报道，只要在网络上搜索关键词就能找到相关的新闻。

“东冈的违法行为关系到公司的经营状况。而本间骏在调查后得知，这种药物的成瘾性很高，许多人都因为这种药物而患上了依赖症，甚至还出现过死亡的例子。只不过他还没掌握到关键证据，东冈这么做也有可能是受人胁迫进口，只告发他一个人很可能会使得真正的幕后黑手逃脱。因此，本间并未告诉警察，也没有和任何人谈论过，而是趁着休息日的晚上前往东冈家中，想要跟他商量。”

这部分内容从报纸和电视的报道都可以知道。

“两人进行了相当长时间的谈话，而东冈却拒不承认自己有过秘密走私违法药物的行为，于是本间陷入了困境。从东冈的态度推测，这些行为背后并没有所谓幕后黑手，而是在东冈的独断下秘密进行的。而当时间进入深夜之后，东冈突然拿起放在桌上的玻璃材质的沉重烟灰缸，用它砸向了本间的后脑部。”

“因为对方不愿纵容自己秘密走私违法药物的行为，甚至还要去警方那里告发自己，于是在长时间的追问下精神崩溃，做出了冲动的行为吗？”

九郎简单地总结了被害人当时的心理活动。

“没错。被害人也是容易冲动的类型。所以才没有考虑后果，引爆了自己压抑着的杀意。”

虽然一般人都会觉得，作为公司的经营者，需要压抑自己的感情、保持理智，不过也有像东冈这种被追问就会失去冷静判断的人。就像人们会觉得“在任何事情面前都能保持冷静的人很可怕”是一样的道理。

“本间虽然迅速地躲过了突袭，不过事发突然，无法调整好身体态势。而面对东冈的再次袭击，他在慌乱地抵抗中，随手拿起了身边的小熊的装饰品砸向了东冈的头部。这下反击准确地命中了东冈的头部，而东冈则倒地不起。事实上，东冈几乎是立刻死亡的。而本间也意识到自己失手将对方杀害了。”

杀人发生得太过突然，也不能去因此苛责原为被害人的本间骏。

“本间骏被吓傻了，连滚带爬地逃离了现场，根本没有考虑过擦拭指纹，消除自己痕迹的伪装工作。他驾车逃离现场，想着尽量往人迹罕至的地方开去。”

虽然在旁观者眼里，如果本间骏不逃跑而是直接向警察自首的话，事情也不会向着更坏的情况发展，然而第一次杀人后陷入极度紧张的本间无法考虑这些，只是觉得恐惧，一心想要逃离现场。这是能够理解的行动。

“本间骏因为处于极度的紧张和混乱状态，所以他也说不清楚自己是几点杀害东冈，从现场逃离的。杀人现场的房间里没有钟，自己也没有看过手表，因此本间也不记得他们到底商量了多久。住在附近的人也没人知道本间究竟是什么时候造访，什么时候离开的。”

如果能够得知案件发生的准确时间，也许案件的发展会截然不同。不过，不知该说是好运还是不幸，总之案发当天的时间线模糊不清，为警方查案造成了极大的不便。

“第二天的午后，前一天借宿在朋友家中的东冈夫人回到家后，发现了东冈的尸体。他的夫人立刻报警，并向警方提供了关键的线索。东冈在前一天晚上要见面谈论工作上的事情，因此才会让自己到朋友那里借宿。于是，本间骏就被警方列为本案的最大嫌疑人，并出动了警察前往逮捕。”

警察采取的应对非常合理，九郎点点头。

“那个时候，本间骏已经恢复理智，心情也平静下来，已经从邻县的海边开车回到了公司。为了保证自己被逮捕以后公司还能正常运转，他甚至和部下做好了工作的交接。警方在得到本间已回到的公司的消息后便立刻前往。在询问的时候本间就已经对自己杀人的事实供认不讳了。”

“毕竟他在杀人之后没有清理现场，想必指纹还留在凶器上吧。更何况还有被害人妻子的证明两人在前一天晚上要见面。他也只能承认了吧。”

“对警方来说，嫌疑人主动承认犯罪事实，案情进展顺利，想必他们也很高兴吧。在之后的审讯中，本间把自己案发当晚的行动原原本本地说了出来。结果就演变成了自己不在场证明的宣称——虽然本人并没有这个意图。因此，现在的情况就是，本间并非是刻意主张自己的不在场证明，而同时警方也无法确认他的不在场证明。”

关于警方的搜查情况，是可以自由出入警局的幽灵传达的。通常遇到这种刑事案件委托的时候，想要获得警察内部的情报是很困难的，不过这次案件因其特殊性，岩永他们也获得了相对完整的情报。

九郎露出了同情的表情。

“警方想必很困惑吧。明明当事人承认自己杀人的事实，证词中却出现了不在场证明。甚至还曾经在乌冬面自动贩卖机前跟其他人说过话，而警方却无法确认这台自动贩卖机是否存在。警方所不明白的是，为什么事到如今他还要用谎言为自己辩解？因此警方一定找本间再三确认过当晚的情况。”

相较于警方，岩永则更加同情犯人本间骏。

“本间一定也非常困惑吧——为什么自己对警方说出的事实竟然成了自己的不在场证明呢？自己把东冈砸倒在地是事实，可自己吃了里面放着神秘的肉的乌冬面也是事实呀！结果警方却找不到那台自动贩卖机，还质问自己为什么要伪造一个都市传说般的故事，可明明就是他自己的实际经历，所以根本就没有什么伪造的理由。现在警方甚至开始怀疑，是不是他在杀人以后曾经失去意识，或者在驾驶的时候睡着，所以才做了梦。总之，警方怀疑本间的经历并非是现实。”

虽然对本间骏抱有同情，不过一旦不在场证明被证实，他就能够逃脱罪名——这也是有违常理的。岩永也没有必要去解开本间骏的困惑。

“警方也认为，本间是因为一时间的精神错乱才说出了前后不符的供述。于是警方在暗地里办着送审的手续，审讯和调查取证也基本上告一段落。至于本间骏本人，虽然还略有疑惑，但终归放弃了思考。由于警方还要进行被害人非法进口药物相关的搜查，因此还算不上完全结案。就算这样，关于本间杀人的事实已没有辩驳的余地，想必在法庭上也不会把那段奇怪的不在场证明放在台面上吧。”

这段不在场证明，不管对于辩护方还是检查方来说，都只会让审判过程变得更加麻烦。因此，不把它放在台面上反而可以让审判更加顺利地进行——这是双方都赞成的判断。

“那么哪里出现问题了呢？”

九郎催促着岩永说出事情的重点。

“参与搜查的其中一位刑警，因为很在意犯人所说的不在场证明，决定私下里进行搜查。作为县警的巡查部长，他是个老练的警察，甚至利用了不上班的时间到处调查取证。他曾多次造访过犯人误入异界的那片区域，寻找着犯人车辆的目击证人。”

本间骏是走哪条路从杀人现场到达的邻县的海边呢？虽然他在突发性的杀人后曾一度在混乱的状态下进行驾驶，他的记忆也存在多处不正确的地方，但能走的路终归是固定的。说不定他是误把其他地方的路边餐厅或休息区的自动贩卖机看成是自己遇到的那个。所以只要自己细致地进行盘查，就可以找到目击者——他一定是这么考虑的。

“因为狸猫妖怪和乌冬面自动贩卖机目前都是那位刑警所追查的目标，因此它们从上个月开始就没有再把自动贩卖机摆出来营业过。但是这么一直耗下去不知道什么时候才能重新开张，令它们很是烦恼。”

九郎的表情和当初岩永在听到委托内容时一样，变得阴沉了起来。

“若是那个刑警也误入了放置有自动贩卖机的异界的话，事情就麻烦了。”

虽然以妖怪的本事，可以把误入异界的条件变得极为苛刻，让人类无法进入异界，不能使用自动贩卖机。不过若是人类完全无法使用的话，狸猫们也觉得很烦恼。

“在刑警保证不说出口的情况下，若是能让他明白这些都是妖怪在背后搞的鬼就好了。如果能同时发现进入异界后能够让移动距离缩短，那就再好不过了——但是这个提议风险太大。”

“若是发现自动贩卖机真的存在，那么不在场证明就很可能成立，已经结案的案件甚至可能会翻案——说不定会演变成严重的问题啊！”

当公权力和妖怪产生关联，事情就会变得麻烦起来。对于那位独自调查的刑警来说，等待他的也不会是什么好结果。接着调查下去只会让情况变得更加复杂，事情也越来越难以收场。

“就算事情没发展到那种程度，那些好事的媒体也很有可能从刑警的动向察觉到这件事与梦幻乌冬面自动贩卖机有关。说不定还会找出能够容易进入异界的区域。这样会导致那些爱好冒险或都市传说的媒体大规模前往此区域，使得进入异界的人大量增加。不仅妖怪们不方便使用自动贩卖机，而且可能还会产生更坏的影响。”

“本属于妖怪们的异界很可能会被人类所扰乱，想必狸猫们也很头疼吧。”

最近的媒体在取材上有些过于热情，只要传出有关都市传说的事情，就会立刻前往。很多著名的都市传说景点都被围得水泄不通。

“因此，狸猫们的委托内容就是，能否在事情变得麻烦之前，让那位刑警不要再来这片与异界的自动贩卖机相连的地区。因为明年其他地区的妖怪也想尝尝狸猫们做的乌冬面，所以它们会把自动贩卖机的场所移动至其他地区连接的异界。所以在那时之前，它们希望我可以把那位刑警给赶跑。”

岩永虽然很想向他们提议在明年之前干脆休业别做了，不过智慧之神岩永若是提出这种消极的对策，那么妖怪们也不会对她产生敬畏。

“于是，我决定向那位刑警虚构出一个合理的解释——为什么本间骏要主张自己曾使用过那台都市传说中的自动贩卖机作为不在场证明。如果那位刑警能够相信我所虚构的解释，想必他就会放弃追查吧。”

九郎看向天花板。

“因为犯人的不在场证明是问题根本，所以要用不合常理的手段破解那段不在场证明吗？”

破解本没有不在场证明的犯人在行动中产生的不在场证明——这样说起来虽然令人有些摸不着头脑，不过事实本就如此。只不过，对于岩永来说，破解不在场证明并非是重点。

“只是破解不在场证明的话，只要能够说明他所采取的伪装工作就可以。要做到这点并非难事。”

九郎紧皱眉头，他无法理解岩永的话里想要表达的意思。

“可是，当场俯首认罪的犯人，又怎么可能去做不在场证明的伪装呢？”

“所以要证明的是，并非是犯人，而是被害人采取了不在场证明的伪装工作。”

九郎毕竟和岩永相处久了，他也能逐渐赶上岩永的思路。因此，在岩永仅仅给予了提示的情况下，九郎便理解了理论的核心。

“我懂了。被害人东冈宗一为了隐瞒自己非法走私的罪行，本身就有杀害本间骏的动机——而实际上也有加害于他的举动。那么案发当天，东冈本来计划杀害本间，所以事先伪装好了自己的不在场证明——你想要证明的就是这个吧？但事实上，东冈宗一加害本间骏是冲动下的即发行为。”

“是的。根据司法解剖的结果所推测的死亡时间，是晚上六点到晚上十一点。不过，东冈在二十四号的晚上七点半左右，曾经叫了有名的连锁餐厅的比萨饼送到家中，并在晚上八点左右从送餐员那里接收了比萨饼——送餐员证明了这一点，而且还有订单记录，东冈的手机中也留有打电话给餐厅的通话记录。”

餐厅配送的比萨饼包装上一般会贴有订购日期、订购店铺等详细信息的纸条。不过这起案件里，在本间骏反抗东冈宗一的袭击时，桌上的包装由于两人的扭打而破损，上面又泼上了饮料，因此纸条上的字迹已经很难认出。不过警方从其他的证据中确认了比萨饼送达的时间，因此这件事警方并未放在心上。但现代社会中自身的行动记录很容易查证，因此不在场证明的伪装实际上非常困难。

“由于比萨饼是晚上八点钟送到被害人的手中，因此警方判断晚上八点的时候东冈还活着，案发时间也从原先的范围缩小，而且在东冈的胃里也检测出了与配送的比萨饼相同的成分，从消化状况判断，距离食用已经超过了一个小时。案发时间的范围进一步缩小，警方最终推测东冈是在晚上九点至晚上十一点之间被杀。”

假设东冈宗一在晚上八点，比萨饼送达后立刻吃下，那么超过一个小时就是晚上九点。虽然，实际情况下，东冈在比萨饼送达后并不一定会立刻吃下，不过人体的消化速度根据身体状况而有所差别，总之，晚上九点以后是相对稳妥的推测。

“警方也在杀人现场，也就是被害人的起居室内，发现了一张吃了大约七成的比萨饼。本间的证词也提到过，两人在谈话的时候，东冈曾经提到晚饭想叫外卖比萨饼，当时便拿着手机离开过房间，然后又回到屋里。不久之后听到门铃响声，东冈再次离开房间，手里捧着比萨饼第二次回到房间。”

“虽说是晚饭的时间，不过正在讨论重要事情的的时候，竟然还有心情叫比萨饼的外卖，未免过于冷静吧。”

“会不会是刚好相反，他无法忍受这种紧张的对话一直持续下去，因此才找借口离开的。本间的证词也提到了，东冈在叫外卖和取外卖的行为，都有想要中断两人对话的意图。东冈可能是想通过这种方式暂时转移话题吧。何况当时本间的肚子也很饿，在聊天气氛有些尴尬的时候也吃了几块比萨饼。只不过比萨饼是具体何时送到、何时吃下的他没有注意。而且也没有离开过房间半步。”

可以从本间骏对当晚大多数行动的时间记忆不明确这一点来入手。

“因为本间不记得具体时间，也没有离开过房间，因此东冈是有机会准备不在场证明的。比方说，送来比萨饼的人其实是东冈的同伙，事实上比萨饼根本没有送到。东冈在家中吃比萨饼的时候其实是晚上八点之前——”

“也就是说，比推测的案发时间还要更早吗？”

警方推断案发时间的依据是被害人胃里发现的比萨饼。比萨饼是八点送来的，而东冈在死亡时距离吃下比萨饼已经过去了一个小时以上，那么被害人的死亡时间就是九点钟以后。但如果东冈是八点钟之前吃下的比萨饼，那么案件就有可能发生在九点钟以前。

“留下订餐记录的那间店铺是家很有名的连锁店。因此可以提前在其他店铺里买好相同的比萨饼。接着，东冈再在两人说话的时候装作点餐，然后出去取来事先准备好的比萨饼，跟本间一起吃。另一方面，他在晚上七点半过后真的拨打了餐馆的号码，留下了叫外卖的记录。他接下来的计划是，杀害本间以后把他身上的钱包等贵重物品全部拿走，用本间自己的车子把尸体载到远离现场的地方，伪装成他在停车时遭遇打劫遇刺身亡的假象——”

“就是制造本间从东冈家中离开后才遭到杀害的假象，对吧？”

“是的。只要事先在本间车上放上一台折叠自行车，就能够骑着它迅速离开抛尸地点。只不过尸体被发现得越早，警方推测出其真正死亡时间的可能性就越高。因此他需要把车子停在第二天中午之前不会被人找到的地方。”

九郎抱着双臂，仔细思考着岩永的说明。岩永则继续说了起来。

“作为东冈同伙的那位送餐员在处理掉东冈在七点半以后订的比萨饼之后，假装已经把比萨饼送到的样子回到店里，并作出了自己在八点钟把比萨饼送到了东冈本人手上的虚假证词。”

而该收取的费用则事先已经给到了同伙手上，所以店铺也不知道实情。

“接下来，东冈要为自己制造晚上八点以后的不在场证明。他已经做好了第一步的伪装——本间吃了自己订的比萨饼便立刻离开东冈家，然后被强盗杀害。在警方发现本间的尸体后，检测出其胃部的比萨饼距离吃下已经过了一个小时以上，而比萨饼则是八点送到东冈家中的，那么案发时间就会被定在晚上九点之后。也就是说，如果东冈有晚上八点以后的不在场证明，他的嫌疑就会免除了。”

虽然尸体胃部发现的比萨饼的消化情况，并不是警方推断案发时间的唯一依据，但只要尸体没有出现明显的不一致，就能让警方误以为案件发生在较晚的时候。

“然而东冈却被本间反击致死，导致他后半部分的计划没能够实施。而本间对于东冈准备的不在场证明也毫不知情，在晚上八点前就离开东冈家中。等到第二天东冈的尸体被发现后，讽刺的是他事先准备的伪装和胃里的比萨饼，打算用在本间身上的伪装落到了东冈自己身上——警方误以为东冈的死亡时间发生在晚上九点之后。”

“也就是说，东冈在晚上八点以前也吃了比萨饼，对吧？实际吃下比萨饼的时间是晚上七点、案件发生在晚上八点之前的话，警方推断的时间就往后推迟了一个小时。这一个小时的时间内，本间已经驾车行驶了相当远的距离。于是，对案发时间的错误判断导致了本间在离开现场后到达了本来无法抵达的地方。因此，他的不在场证明成立了——这就是你虚构的‘真相’吗？”

“是的。只要案发时间比警方所推测的早上一个小时，他就有足够的时间达到临县的海边了。他的不在场证明也说得通。”

虽然加上一个小时的时间能不能抵达临县海边，岩永没有驾照也无法实地考察，不过就地图上显示的距离来看，大致是可以做到的。

九郎朝岩永露出了认真的表情。

“不过，这样就有一个疑问。怎么保证东冈打电话下订单的那间比萨饼店里，送餐的人就一定是他的同伙呢？”

“那间比萨饼店的送餐员和其配送区域基本上是固定的，案发当天的晚上，能够前往送餐的人就只有他一个。”

岩永也事先调查过这间比萨饼店的情况，好像是存在人手不足的问题。而九郎则不失时机地提出了另一个关键问题。

“那个送餐员为什么在警方询问的时候，没有提到东冈的计划呢？想必他看到案件的报道之后，就能猜到东冈的计划失败，被反杀了。既然计划失败，自己也就没有必要继续提供虚假的证词。况且对警方隐瞒实情，不是对自己更加不利吗？”

“那位送餐员有把柄握在东冈手上，所以才被东冈要挟，协助他提供虚假证词——这种解释如何？若两人是这种关系的话，警方也很难注意到两人以前就认识吧？他也参与了东冈从事的违法药物走私，所以才会被要挟，协助东冈进行不在场证明的伪装。因此即使东冈已死，警方在向自己询问情况的时候，只能撒谎。如果他说了实话——自己只是装作比萨饼已经送到，实际上并没有送过去。警方就会追问动机，自己与东冈的共犯关系，以及自己参与的其他违法活动也会被警方得知。想必是很重的罪行吧。”

这样的话，比萨饼送餐员并没有向警方说实话的理由也算是说得通。

"也就是说，他向警方说明实情会让自己不利。犯人既然已经被捕，而自己继续按照东冈的计划做伪证则更加安全，所以才没有把实情说出来——"

听到这里，九郎立刻提出了第三个问题。

"有必要把送餐员打造成东冈的同伙吗？在晚上八点以前杀害本间，在八点从毫不知情的送餐员手中接过自己后来订的比萨饼——这样的计划不也合情合理吗？"

"确实有一定可行性，不过这样一来，比萨饼外卖送来的时候，东冈就必须在家了。而搬运尸体，伪装成强盗抢劫的时间也要拖延。而且从根本上行不通的原因是，如果存在一个对'计划'毫不知情的送餐员，那么在八点的时候，按照你虚构的说法，本间就已经杀死了东冈，自己则已经逃离现场。这样就会产生矛盾——送餐员抵达的时候，那里已经成了杀人现场，根本不可能有人接收比萨饼并付钱给送餐员。所以说，为了符合真实的情况，必须把送餐员打造成东冈的同伙，他去送比萨饼也必须是伪证才行。"

"那么这样如何——晚上七点半之后东冈打电话叫了比萨饼，当送餐员八点钟到达的时候，案件还没有发生，东冈亲手接过比萨饼付了钱。在他取到比萨饼之后便立刻实施了杀害计划，结果被反杀……"

"那样的话，现场就会留下两种同一类型的比萨饼。一种是吃掉七成的，另一种是完整的。实际上，警方在现场并没有找到那张完好的比萨饼。”

如果找到第二种比萨饼的话，警方一定会产生怀疑。而且后来送到的比萨饼，东冈宗一根本没必要在杀害本间骏前连带盒子一起处理掉，而本间骏反杀东冈宗一之后慌乱离开，也不可能把比萨饼带走——九郎的假设会使得现场存在一张多余的、来不及处理的比萨饼，因此不行。

面对岩永提出的虚构推理，九郎终于也败下阵来。他把手放在嘴边，喃喃地说。

“也就是说，想要打造与现场状况吻合的虚构推理，送餐员就必须是东冈宗一的同伙吗……？”

“——很麻烦。利用同伙来伪装不在场证明这种行为本身就很麻烦……”

正常情况下，如果作伪证的同伙掌握了自己杀人的证据，那么等待着自己的将会是无尽的烦恼。所以一般情况下，人们都不希望有外人参与到自己的杀人计划。九郎也同意这种看法。

“确实是这样啊。况且如果能找到警方都寻不到踪迹的同伙，就没有必要制定让警方误判案发时间这么冒险的计划。只需在自己杀人的时候，让同伙提供此时自己在其他地方的伪证就好。相比之前复杂的布局，这种方法无疑更简单有效。”

正是如此。如果东冈宗一有杀害本间骏的计划，那么就不会选择在当晚行动，因为自己的妻子已经得知两个人要在一起谈事情了——

“只不过，人类有时候就是如此。将不可行的计划当成是最佳计划并且实施。因此，我虚构的情况在现实中也有可能发生。”

“那么你打算对那位独自搜查的刑警委婉地提出你的虚构推理——被害人本身是加害人，而不在场证明的伪装以失败告终，因此犯人，也就是‘计划’中的被害人才会有奇怪的不在场证明。你觉得他会接受你的推理吗？”

岩永耸了耸肩，摇头说道。

“不巧的是，那位刑警似乎也考虑过我的虚构推理，而且还尝试找过证据。不过因为这个假设本来就是虚构的，所以自然不会有任何相关证据，而送餐员实际上也并非同伙，所以也没能发现他和被害人之间的联系。”

也就是说，那位刑警早就得出结论——送餐员与本案完全无关。

“所以说，这个假设只存在可行性，完全不足以说服那位刑警。而且就算计划能够顺利实施，以警方的能力也会立刻发现破绽。所以即使我把这个假设告诉那位刑警，他也不可能接受。况且他更在意的是本间骏为何会说自己使用了那台自动贩卖机。”

“仅仅是解释清楚他为何有不在场证明还不够，是这个意思吗？”

“毕竟本间骏的证词具有一致性，也能说清楚乌冬面自动贩卖机的具体细节，除了警方无法找到那台自动贩卖机以外，没有明显的矛盾。所以只有关于自动贩卖机的部分是在做梦，或是混乱中产生的错觉——对于这种说法，刑警无法接受。从事刑警多年的直觉告诉他，本间骏的证词要么是真的，要么从一开始就是谎言。”

九郎皱着眉，挠了挠头。

“犯人在杀人后遇到了都市传说——在那位刑警看来，这种供述并非毫无意义，而是包含了某种意图。”

“是的，只不过他不相信都市传说的存在。”

对于那位刑警来说，盲目相信都市传说是很危险的。不过，完全排除这种可能性也不可取。

作为那些不可思议之物的智慧之神，岩永叹了口气。

“刑警要是相信那种东西，并以此为前提查案的话，那可是世界末日了。”

九郎仿佛对这件事失去兴趣一般，继续在键盘上打起了字。似乎在继续完成他的论文。

对于九郎的态度，岩永有些不快地继续说道。

“而且，要那位刑警放弃继续搜查的话，就必须与他实际接触。所以我想制造出在人烟稀少的地方偶然间碰到他的情形。因为他是自己驾车行动的，所以我们最好也开着车出行。”

虽然可以让能够飞天的妖怪带着自己在山中自由行动。不过，与其借助妖怪的力量，不如让眼前这位有驾照的正牌男友助自己一臂之力吧！

“这位刑警今晚也会独自出去调查，学长能陪我出趟远门吗？”

之前，九郎曾经因为想要品尝自己熬制的猪肉酱汤而拒绝了岩永的邀请，不过这次好像没有做什么料理，今天也没有打工的安排。所以九郎没什么理由拒绝自己吧。虽然他还在敲打键盘，不过看来，他的论文也快完成了——

之前也是这样，若是自己不跟九郎解释清楚事情的来龙去脉，他是绝对不会陪自己去的——这样的男朋友也太过分了。岩永甚至觉得九郎压根儿就不想去，不过只要他肯去就顾不上那么多了。

而此时已经完成论文，正在保存文件的九郎则一副放弃挣扎的口吻。

“真是没办法。你想我陪你去哪儿？”

虽然语气并不坦率，不过九郎却很轻易地答应了岩永的要求。这让岩永有些失望。

时间是周日的晚上十一点之后，梶木大悟驾驶着汽车行驶在伸手不见五指的国道上。他开始渐渐地意识到，自己可能是在做毫无结果的搜证。现年五十五岁，任县警搜查一课的巡查部长。虽然从事这份工作很长时间，对案件的搜查能力也得到了广泛认可，不过升迁的前景渺茫。即使自己发现了与这次案件相关的新线索，也不太可能会受到上级的褒奖。倒是被上司叱责自己添乱的可能性要更大吧。

在东冈被杀的案件中，犯人一定是本间骏。他本人早就已经承认，人证物证俱在。在这种情况下，法庭判决也绝无翻案的可能。

然而，在当初的审讯中，本间所提出的他当晚的行动，在时间上出现了问题。根据本间自己的供述，杀死被害人东冈宗一之后，他在混乱中乘车离开，前往临县的海边，深夜零点在中途的休息区停留了片刻，吃了自动贩卖机里的乌冬面，于凌晨一点左右到达了可以看见大海的地方。

而被害人的死亡时间推测是在晚上九点到十一点之间。而晚上九点后的四个小时之内，无论如何都到达不了邻县的海边。但凌晨一点是他自己看表确认的，虽说有可能看错。本间骏本人也表示存在这种可能性。

但问题出在了休息区的乌冬面自动贩卖机上。本间在那里遇到了前来补货的人，也确认了时间在午夜零点。根据他的证词，他离开休息区的时间是零点十五分，接着继续开向海边。

因为补充乌冬面的人是目击者，所以警方只要找到他，就可以得知当时的时间。只要再证明九点钟从现场出发，零点无法到达自动贩卖机的所在位置，那么本间的不在场证明就可以成立。

然而，无论警方如何寻找，都找不到那台所谓的自动贩卖机。也找不到补货的人。不仅如此，警方还发现本间骏的证词与网上流行的都市传说的内容几乎一致。他们因此判断自动贩卖机只是本间的杜撰。

从这个时候开始，搜查员们都不再关心本间的不在场证明，他们认为可能是案发当晚，本间在杀人后陷入错乱产生了幻觉，或者是他之前在某处无意识地听过这个都市传说，在开车昏昏沉沉的时候把梦境里的经历和现实混淆了。

就连本间自己也一样，对于警方没有找到自动贩卖机，而且被告知自己经历的事情和都市传说的内容相同，本间明显露出了困惑的表情。刚开始他还是无法接受，喃喃自语着“怎么可能”。不过最后他也开始觉得自己是在做梦，放弃了关于当晚行动的证词。

对于从开始就承认自己罪行的本间，再怎么争论不在场证明也没有意义。警方也一度怀疑过他想要包庇真凶，但如果有包庇的意愿，他也不可能说出产生不在场证明的供词。至少不会冒着风险把自己几点在哪里做了什么交代得如此详细。

此外，本案中还有几位有犯案动机的人。东冈宗一虽是被害人，但对于他的死，却没有惋惜和同情的声音。他所参与的违法药物的走私行为还在调查中，但实际上已经有人因为违法药物而死，想必生意上也产生过一些纠纷。

也就是说，以东冈宗一的所作所为，就算他没有被本间骏杀死，早晚也会被其他人所杀。至少在不远的将来，他肯定会被警方逮捕。本间也尝试调查过东冈的走私行为，却苦于证据不足，即使是向警方告发，搜查也很难有实质性的突破。而正因为本间杀死了东冈，某种意义上也减少了将来因违法药物而死亡的人数——也有人持以上观点。

从现场状况来判断，本间的罪名是伤害致死或过当防卫，根据法庭判决情况甚至有可能会被认为是正当防卫。如果他在杀人后立刻自首的话，也许对他会更加有利。不过也有人认为很少有人在失手杀人之后还会保持冷静。虽然本间是公司的经营者，不过他今年毕竟也不到三十五岁，如果在杀人之后还能保持冷静的话，反而会很可疑。

如果案件只到此为止，警方的后续工作不会有任何障碍可言。然而梶木却始终在意本间的不在场证明。这大概就是长年的刑警工作所赋予他的直觉吧。他认为本间奇怪的供述背后一定存在着某种原因。如果一旦进入法庭审理阶段，很可能会造成无法挽回的结果。于是，遵从着自己的直觉，梶木决定一个人继续调查。

案件本身还没有完全结案。只要现在找到了新的强有力的证据，那么就能说服搜查总部重新调查，也能够重新提审本间骏。

梶木现在正前往山间的国道途中的一处休息区。那个休息区与妖怪异界什么的没有丝毫关系，而是常走这条路的人都知道的地方。由东冈宗一的家前往邻县海边的所有路线中，只有这个休息区里面有一台乌冬面的自动贩卖机。搜查会议上曾有人提到过，本间所使用过的应该就是那里的自动贩卖机，而他却错认为是都市传说中的那台。

然而那个休息区内，除了乌冬面自动贩卖机以外，还有另外三台饮料自动贩卖机。另外还摆放有供十余人休息的桌椅。虽然设施有些陈旧，但从外表看并非是工厂预装的小屋，与本间的供述内容存在一定差距。就连那台乌冬面自动贩卖机，也只提供普通的天妇罗乌冬面，里面没有所谓的神秘肉片。案发当晚也没有人前来补货。

而且案发翌日的凌晨零点，本间如果是在这里休息的话，那么他的不在场证明就能够成立。因为这里距离案发现场很远。所以，关于本间把这里误认作是都市传说中的自动贩卖机的假设，就没有被继续拿来讨论。

虽然梶木都是在不当班的日子或者空闲时间里进行走访调查，不过到目前为止依然没有任何进展。所以今天晚上，他决定开车去之前提到过的休息区，看看有什么线索。他期待着如果有人在周日的深夜定期经过的话，说不定在案件当晚见过本间的车子。

他驾驶汽车行驶在国道，对面几乎没有什么车辆经过。周围一片黑暗，看不到任何景色，如果在杀人之后行驶在这条道路上的话，有可能看见幻觉或是产生错觉吗——让人难以相信。

前方已经能望见休息区的招牌，附近只有那处建筑闪烁着人造光。梶木将汽车停靠在空荡荡的停车场。停车场很宽阔，大约能够停下十几辆汽车，不过现在停在这里的就只有自己的车子。

梶木走下了车。在建筑的光线下，山中的树木郁郁苍苍，环绕四周，黑色的夜幕包裹在外面——自己身处的位置宛如世界的尽头一般。而建筑物的灯也不算特别明亮，看来由于设施年代久远，就连荧光灯的寿命都要走到尽头了。

对于长距离驾驶的司机来说，这片休息区除了饮料食物以外，还设置有厕所，算是非常便利的设施。不过这里绝对不适合一人独处——

周围太过安静，也没有人烟。在这样的地方，即使是发生犯罪也不会有人来帮助你。就连手机信号也时有时无。

无论如何，梶木都决定先进入休息区一探究竟。虽然自己对这里没有任何期待，不过身处这样一个仿佛和世界隔绝的空间里，说不定能够获得什么新的灵感。

他拉开拉门，走进了休息区。令他意外的是，里面已经有了一位客人。

那是一个年轻的女孩。甚至称之为少女都不为过。蓬松的头发不及肩膀，染着浅色。从外表看上去还很年幼。她头上戴着一顶贝雷帽，仿佛人偶洋装一般的设计，看起来价格不菲的服饰。身旁还放着一根红色的手杖。女孩自己则坐在其中的一张椅子上面。她此时正捧着看起来很廉价的塑料制的碗，正用卫生筷吃着里面的乌冬面。而她的表情则很不开心，眼神相当可怕，仿佛连凶恶的罪犯都能够吓跑。

作为老道的刑警，梶木很少会遇到心神不宁的情况。不过此时的氛围过于异常，他也只能傻傻得站在原地。

首先来说，少女独自出现在这种地方就很奇怪。从外表看上去，女孩更像是深闺的千金小姐，甚至像橱窗柜里的精美人偶。在将近零点的深夜，她是不可能出现在山道里的休息区的。实在是与周围的环境格格不入。

何况，休息区的停车场中就只有梶木的一辆汽车。这里也不是徒步就能到达的地方。最近的居民也在距离数公里外的地方。那么这位女孩是怎么来的呢?

“那么可爱的女孩为什么会孤身出现在这里——您刚才是这么想的吧？”

女孩突然把视线投向梶木。她的眼神看起来依然不怎么开心。

“接下来您考虑的是，我是怎么来到这里的，对吧？”

“您现在想的是，这个女孩该不会是‘觉’，对吧？”

“我可没这么想。”

梶木一边思考着女孩口中的‘觉’是什么，一边加以反驳。接下来他便突然想起，‘觉’是一种妖怪的名字。小时候曾经听说过——它是传说中的一种可以读取人心，袭击对方的妖怪。

妖怪不可能存在于现实，站在女孩的角度，恐怕是考虑着让刚进入休息区的自己停下脚步，注意自己的行动吧。如果女孩能有这种意识的话，想必她的实际年龄并非如外表看上去那么年幼吧。

“好吧，不跟您开玩笑了，请您听听我碰到的事。”

女孩满脸愤懑地说了起来。

“今晚，本来是男朋友开车载我来的，说要尝一尝这里自动贩卖机里的乌冬面，就在抵达的时候，他却接到了一个电话——”

看来女孩子的年龄不怎么小，毕竟她有一个拥有驾照的男朋友。

“电话是他打工的地方来的。那里发生了一个只有他才能解决的管理纠纷，就打电话给他求助。虽然男朋友通过电话交代了工作，不过这边手机信号不大好，对方听得不是很清楚，他就准备开车去手机信号稍好的地方解决。”

梶木也逐渐弄清楚了事情的来龙去脉。

“这个时候他对我说——你好不容易来一趟，一边吃乌冬面一边等我回来吧！结果就把我一个人扔在这里，自己开车溜掉了！”

所以停车场才会没有汽车。

“结果我在这里等了足足二十分钟，他也没能回来，也没打电话联系我。把我一个人扔在荒郊野岭，他竟然还能放得下心！”

的确，即使不是深夜，也不适合把可爱的女孩一个人留下来。作为男朋友，他的行为与其说是绝情，倒不如说是故意在惹女友生气。

缓缓走入休息区的梶木露出苦笑。他已经完全听懂女孩话中蕴含着的深意了。

“不过，看起来你对我好像没有什么警戒心呀？”

梶木的外表，即使是委婉地说，也并非是相貌和善的人。从体格来说，更是会给人十足的威严感。就算在车站的候车室里，也不会有人想跟他独处一室。

岩永用鼻子哼了一声，扬起了手中的筷子。

“我可没做什么亏心事，所以自然不会对刑警抱有警戒心。”

梶木停住了脚步。

“你怎么知道我是刑警的？”

“因为您散发的气场给我的感觉。我猜错了吗？”

女孩沉着冷静地说道。梶木虽然有些迷惑，不过还是诚实地回答道。

“你没猜错。”

“那么我就不用对您抱有警戒心了。”

女孩用小巧的嘴巴吃着乌冬面。她筷子使得很流利，坐姿也很端正，一看就是受过良好家教的女孩。与这个地方也越来越格格不入。热衷于搜寻乌冬面自动贩卖机的爱好者好像很多，难道眼前的这位女孩也是其中之一吗？只不过，就算是跟男朋友一起来的，大晚上专程跑来这里吃乌冬面，简直不可思议。

梶木环视休息区内部。最里面有一台乌冬面的自动贩卖机，前面还有三台贩卖瓶或罐装饮料的自动贩卖机。如果本间真的把这里当成只有一台乌冬面自动贩卖机的话，那么他当时差不多是处于相当混乱的心理状态了。

梶木准备在这里暂时待上一阵子，也想要吃点什么东西。于是他横穿过女孩所坐的桌子，刚站到乌冬面自动贩卖机的前面，就听见身后传来女孩愉快的声音。

“说到乌冬面的自动贩卖机，就让人想到与之有关的不在场证明存在的案件呢——”

梶木几乎是下意识地转过头去。在本间的案件里，由于乌冬面自动贩卖机的不在场证明实在不够稳定，因此对于媒体都是保密的。即使能够得到独家情报的机构，大概是案件过于普通或者难以写成报道。到目前为止，与不在场证明有关的消息并没有出现在广大民众的面前。

女孩将筷子立起，抬起了头。她与梶木四目相对。

“我认识案件的相关人士，得知嫌疑人本间声称自己在案发当晚，见到了都市传说中的那台乌冬面自动贩卖机。如果有证据能够证明他交代的情况，那么他的不在场证明就能够成立。说起来，刑警先生，这也算是你们的内部情报，您有所耳闻吗？”

是警方的相关人士将这个“虽然内部已经得出结论，但仍存在疑点”的案件告诉她了吗？还是说，是与本间骏有关的人告诉她的呢？虽然“乌冬面自动贩卖机”和“刑警”的组合的确容易让人联想到这起案件，但这个女孩对刚好独自调查案件的自己提起，又是不是偶然呢？

为了弄清楚女孩的真实目的，梶木慎重地回答道。

“我虽然也听说过梦幻的乌冬面自动贩卖机的都市传说，但是并不清楚案件的有关细节。即使是在同一片辖区内发生的案件，我们也不是都能掌握情况的。”

“是这样吗。不过案件基本上已经解决，本间先生似乎也已经认罪，想必警方也不会听信类似于‘遇到了都市传说中出现的自动贩卖机’这样的证词吧。更何况本间身上奇怪的不在场证明，实际上也并不算很难解释的谜团——”

“此话怎讲？”

因为女孩的口吻过于轻松，梶木也敏锐地有所察觉并质问起来。自己烦恼许久的问题，对方却说很轻松，想必是从相关人士那里获得了什么特别的情报。而梶木刚刚的口吻有些接近恫吓，他担心女孩会吓到。不过对方却完全没有胆怯的神情，而是拿着筷子慢悠悠地在空中画着圈。

“并非是本间先生做了不在场证明的伪装，而是被害人为了杀害本间先生而事先做好了不在场证明的伪装工作。而令被害人没预料到的是，杀害计划失败，自己也被本间先生所杀。因此，原本没有不在场证明的本间先生却因为被害人事先的计划而有了不在场证明——这样推理的话就能够说得通了。虽然我没有被告知准确的情报，不过被害人的推定死亡时间似乎有一定范围，我认为只要被害人有同伙，就能够在这段时间上面动手脚。”

梶木感到有些泄气。

“是吗？你所说的不在场证明的伪造工作，在现实中真的能做到吗？”

比萨饼的送餐员是被害人的同伙，利用饭后的消化时间使得警方对案发时间产生误判，从而制造不在场证明——这个推理梶木当然早就设想过。不过，不可否认的是，这种方法作为杀人计划实在是过于牵强。在调查过送餐员后也发现，他与被害人并不存在任何关联，因此他没有成为同伙的理由。就算送餐员真的是被害人的同伙，他们也会考虑一个更加简单可靠的不在场证明。眼前女孩的想法还是过于浅薄。

“首先的问题，如果你的推理是正确的话，那位叫作本间的犯人，难道真的使用了那台‘都市传说’里的自动贩卖机吗？那种不知所谓的怪谈里的东西，他又是在哪里使用的？”

为什么本间要在自己的不在场证明里故意提到都市传说中的东西，其中想必是别有深意——这是梶木一直纠结的地方。即使是审讯最后以“自己做了梦”草草收场，但从本间的供述内容上看，他当时的记忆并非是含糊不清的。只能理解成要么他说的是真的，要么他是带有某种目的去说的——

女孩用怜悯的眼神看着梶木。

“所以，本间先生当然不可能遇见过什么梦幻自动贩卖机。但本间先生所提出的时间和地点都并非谎言，不是吗？”

对于女孩的发言，梶木刚开始有些难以理解，但就在下一秒钟之后，他终于明白过来，面前的女孩正在向自己指出所有问题的本质。于是他赶紧问道。

“如果是这样的话，本间为什么还要撒那种蹩脚的谎言？”

女孩夹起已经软塌的天妇罗放入口中，用仿佛是自明之理一般的口气解释起来。

“所以说，本间先生想要伪装出‘被害人事先计划了不在场证明的伪装工作，却被自己反杀’的状况。因此才需要向警方提供一个似有似无，无法证明的不在场证据。”

梶木拉过自己手边的椅子，与女孩保持着一定距离坐了下来。他弄不清楚对面的女孩到底是什么人物。不过直觉好像在告诉自己，不要靠近为妙。

然而，女孩说的话却一直回荡在他耳边。

女孩把嘴巴凑近碗边，喝下一口汤汁后继续说道。

“据本间先生的供词，他是遭到被害人的背后袭击，为了抵抗才失手杀害了他。因此他的罪名想必是伤害致死，正当防卫或过当防卫这一类吧。不过，正当防卫的界定非常困难，而伤害致死也包含缓刑，难以界定。被害人在当时有可能并没有杀意，而是在一时冲动下拿起手边的东西袭击本间先生。可是，如果被害人是蓄意杀害本间先生，并且有他伪造的不在场证明的证据，事情就会完全不同了——”

怎么可能存在那种证据——梶木在说出这句话之前，岩永就又自顾自地说了起来。

“比方说，在法庭审判时，突然出现了一名自称是被害人同伙的人，他作证自己受到被害者的要挟，迫不得已协助他进行了不在场证明的伪造工作——如果是这样呢？接着再表明因为自身的犯罪行为受到要挟，因此在警方的搜查阶段因为害怕罪行暴露而没能说出口，这样一来又如何？”

被害人的同伙是比萨饼店的送餐员。而梶木觉得让他去伪造不在场证明过于危险，而排除了这种可能性。然而，如果送餐员出庭作证的话，那么警方和法庭就只能相信东冈宗一是在进行危险的伪装工作。毕竟罪犯并不一定能制定出完美无缺的计划。

“那么，那位同伙又为什么会在法庭审判时出面作证呢？”

“虽然被人握有把柄，但协助了被害人参与杀害本间先生的计划又是事实，在良心的谴责下他决定出庭作证——作为理由足够了吧？”

女孩的脸上浮现出微笑。

“如果在作证的时候能够说出对自己不利的事情，那么可信度就会更高了。法庭也就会认定，被害人确实伪造了不在场证明，制定过杀害本间先生的计划。这样一来，就有足够的证据证明被害人对本间先生怀有杀意。”

杀意。这就是能够证明“被害人事先计划了不在场证明的伪装工作，却被自己反杀”这一状况的决定性证据。

梶木喃喃地说道。

“只要能够证明被害人对自己有杀意，那么被判定为正当防卫的可能性就会很高……”

非常简单的目的。犯人只是为了自己的利益采取行动，布置工作。

“那么，那位出庭作证的同伙其实并非是被害人的同伙，而是本间的同伙吗？”

“是的。伪装成被害人同伙的……犯人的同伙。”

梶木疑惑地看着眼前正在吃乌冬面的女孩，忍不住被她的推理所吸引。明明违和感十足，如今却相得益彰。

“照你这么推理的话，案件的整个构图都要重新推翻了——如果是本间为了造成正当防卫的假象而事先跟同伙串供的话。”

“是的，本间先生的杀人并非是偶然发生的，他是蓄谋杀害被害人的。”

本间有蓄谋杀害东冈的动机吗？确实有。

本间无法找到东冈走私违法药物相关的证据，因而无法制止他的不正当行为。因为东冈的不正当行为，导致已经出现死者。在正义感的驱使下，本间决定杀死东冈。如果因违法药物死亡的人中存在与本间有关系的人，他的动机就更加强烈了。

于是，本间制定了计划，将东冈杀死以后，伪装成“东冈害怕自己的不正行为被告发而计划杀害自己，结果被自己反杀”的状况。只要用东冈的手机打电话到比萨饼店点单就可以了。而东冈的胃里发现的比萨饼，则是本间事先在别处购入，带来给东冈食用的。

“但是，即使不需要同伙和不在场证明的伪装，也可以伪装成被袭击后在抵抗中不小心杀死对方的情况呀？只要这种不需要任何实际代价的伪装，就能够很大概率得到缓刑的判决，不是吗？”

“虽然这种方法很简单，但并不保险。所以不在场证明的伪装和共犯在某种程度上都属于保险。根据法庭审判的情况，以及检察机构的方针，在可能受到严重判决的情况下才会使用的王牌。在不会受到重判的情况下，同伙就不会出庭作证。”

想要一直逃离警察的抓捕是很困难的事情。精神上的负担也很重。因此故意被警察抓到，用较轻的判决来换取今后的自由也不失为一种手段。如果是缓刑的话，连监狱都不用进。受到判决后，就无法以同样的罪名接受第二次审判。

这并非是不被抓住的方法，而是被抓住后能够得到最轻惩罚的方法。算的上是两段式的“脱罪”策略。

“所以才要把警方无从取证的，都市传说的内容当成是不在场证明吗？”

“是的。如果提供了非常清楚完整的不在场证明，很可能会在警方之后的详细验证中发现矛盾和错误。正因为不在场证明的伪装工作很牵强，因此需要避免在搜查阶段就被警方看穿，最好的做法就是让警方不重视自己提出的不在场证明。然而本间先生需要制造‘被害人伪造的不在场证明使得自己有了不在场证明’的假象，因此又不得不提出自己的不在场证明。正因为他在审讯时事先交代了自己的不在场证明，因此能够解释这种状况的推理被提出时，起到加深印象的效果。”

因此，他才会交代出一个警方不会去调查，也无法确定是否成立的、奇妙的不在场证明。在法庭审判时自己处于不利的情况下，让同伙出庭作证。这样一来，奇妙的不在场证明成立的理由也能够有明确的解答。由于自己事先并不清楚被害人布置的伪装工作，所以产生了奇怪的不在场证明——让警方和法庭接受这种说法，并进一步相信同伙的伪证。

为了让警方不重视他的不在场证明，却同时让他们留下印象的关键，在于他曾与都市传说中乌冬面自动贩卖机的补货人员说过话。当然，遭遇到都市传说这种证词在法庭上无法作为证据，但是能够给人留下印象，目的已经达到了。至于那是否为真实发生的事情，没有人会在意。

“如果是这样的话，那么本间的同伙又是处在什么立场上帮助他的？他不仅会承担起东冈共犯的罪责，自己被要挟的把柄——有关的犯罪行为也会被问责哦？虽然说是把柄，很可能只是为了伪装成被害人东冈的同伙所作出的伪证。”

如果伪证被警方识破的话，那么他是被害人同伙的大前提就会消失。因此，必须真的有“把柄”存在，必须真的被问罪，才能让自己的伪证更有可信度。

“被害人的人缘非常差，而且他的走私行为似乎还牵扯出了人命。如果是其中的相关人员的话，一定会毫不犹豫地参与本间先生的计划吧？‘本间先生替自己杀死了痛恨的对象，为了减轻他的罪行，自己愿意出面提供伪证’——大概就是这种心理吧。而且同伙需要承担的罪责想必也不会很重，估计也就是缓刑的程度吧。”

看来，对于同伙所处于的立场，这位女孩也认真地考虑过。

因为良心受到谴责，而自发出庭作证的话，所承担的罪责也不会太重。更何况本间也没有被杀，恐怕他跟本间一样，也只会得到缓刑的结果吧。而这一切都在本间的算计之内。

东冈宗一的不在场证明伪装工作之所以存在漏洞，其实是本间诱导警方和法庭将共犯当成是东冈的同伙，然后再让他作为自己的证人出庭，从而减轻自己的罪行。本间的诱导手法就是在警方的搜查阶段捏造出虚无缥缈的共犯，共犯的不确定性则会让东冈的伪装工作无法完成。

想到这些之后，梶木不禁有种双手抱头的冲动。

在调查不在场证明的时候，自己曾怀疑过比萨饼送餐员和东冈之间有所联系，但却忽视了本间和送餐员之间的关系。在被东冈直接或间接害死的人的亲属朋友之间，是否有人对他抱有极大的恨意，自己也没有进行排查。毕竟这些人不可能成为东冈的同伙，因此被自己忽视了。

这么一来，本间在杀人之后，在慌乱之中逃离现场的供述也是谎言。直接自首虽然能够减轻罪行，不过反过来说，杀人之后采取了冷静的行动会被警方怀疑事先有所计划。因此他为了塑造出一种“在无意间杀人后惊慌失措”的气氛，并未选择自首，而是选择了从现场逃离这看上去对其十分不利的行动。实际上只是为了让自己的真实计划不被暴露而刻意选择的行动。

女孩喝完了最后一滴汤汁后，总结道。

“这就是本间先生提出奇妙的不在场证明的理由。”

听到女孩的总结后，梶木忍不住喃喃自语。

“怎么会这样！我差点就放过了计划杀人的凶手！”

女孩的推理中，所有的可疑之处都有了完美解释。虽然无法很快地得出结论，但是在了解这些情况的基础上，总算能够确定下一步搜查工作的进展方向。依赖直觉的行动还远远不足。更不是待在荒山野岭的时候了。

梶木站起身子，女孩并未制止，而是平静地说道。

“但是，没有任何证据可以证明我的推理。我的推理也只能够解释，为什么本间先生的不在场证明如此不可思议。”

“但是，这种奇怪的不在场证明还能有什么其他的解释吗？”

女孩稍微歪着头，露出了认真的表情。

“我想想看。梦幻的乌冬面自动贩卖机真实存在，而它被放置在异界中。而误入异界的人在离开后就会出现在一百公里之外。因为这种现象，所以产生了奇怪的不在场证明——这样的解释可以吗？”

“怎么可能会出现你说的那种不可思议的现象！”

至少梶木自己从来没遇到过这种情况。

“这可不好说。这个世界上有很多事情无法解释。”

女孩拄着手杖站了起来，把空了的碗和筷子扔到了规定的区域中。她的步伐虽然看上去很自然，但却拄着手杖，可能是某一条腿有些不便吧。

梶木在观察着女孩。而她突然也把目光投向梶木。

“刑警先生，请您好好想一想。我会出现在这里，不也是一件不可思议的事情吗？”

“不是你说被男朋友扔在这里的吗？”

虽然嘴里这么回答，可梶木却突然在心中犯嘀咕。眼前的这位女孩，究竟是站在什么立场和自己聊了这么多案件的情况呢？她不仅能够知道自己正在搜查的案件的细节，并且能够提出相当有力的假设——仿佛就像魔术师从帽子里变出兔子的戏法一般。她真的是碰巧出现的吗？

仔细考虑她出现的理由，真的会有男人这么狠心，把这样一位看起来弱不禁风、腿脚好像又有不便的女孩独自一人留在这里吗？在这种时间会把女朋友带到这种地方来的男人可以说是相当恶劣。

“您现在发现了？现实中怎么会有忍心把像我这样可爱的女友扔在这种地方、而且又迟迟不回来的男朋友？怎么会有如此恶劣的男朋友？”

女孩仿佛读懂了梶木的心思一般，露出浅笑。虽然自己刚才的想法很容易就能推测出来，不过在此时的梶木眼里，女孩的笑容愈发让自己毛骨悚然。

女孩有些愤恨地继续说道。

“最恐怖的是，现实中的确会有这种男朋友！和幽灵与怪物相比，现实才是最让人恐惧的！简直就是惊悚！”

如果有这样的男友，那么赶快跟他分手为妙——梶木虽然想要如此忠告，但眼前的女孩与外表不同，是个相当聪明的姑娘。不仅如此，她浑身上下还散发着神秘的气息，让人看不清楚她的本来面目。说不定，是男方被女孩不断纠缠，又因为无法分手，所以才故意做出这种惹她生气的行为。

女孩戴好了贝雷帽，一边缓缓走向入口，一边用同情地口吻说道。

“您大可将我的推理告诉本间先生案件的负责人，不过据我了解，被害人是一个即使不被杀害也会被警方逮捕的恶人。就算稍稍减轻犯人的罪行也不是什么过分的事情。这不也算是另一种方式的正义吗？”

“正义这种东西，并不是个体能够擅自决定的！”

面对着在站立门前的女孩，梶木用强硬的口吻反驳道。不遵守法律，以自己的价值观为根据，擅自犯下杀人罪行的人绝非正义。

女孩略显稚嫩的脸上却露出了尖锐的眼神。

“那么，因为个人成见而擅自调查的您来说，您的所作所为是为了正义吗？还是说，您只是为了解开心中的疑惑呢？”

看到女孩锐利的瞳孔，梶木的身体本能地僵硬起来。眼前女孩说出了自己绝对无法忽视的事实——为何她会知道自己在独自搜查呢？

女孩拉开门后，转过头来，露出了一个优雅的微笑。

“如果不愿正视不可思议的现象，一切都会徒劳而终哦。”

梶木在椅子上陷入了短暂的呆滞。不久之后便慌忙站起身来，连撞带拉地打开休息区的门，冲了出去。

“喂，等等！”

休息区之外依然是那片景象，周围空荡荡的。女孩的身影早已消失不见。停车场的对面是一条向两端延伸的道路，没有汽车通过的迹象。

就算周围再怎么黑暗，那位拄着手杖的女孩也不可能在这么短的时间内从自己的视野中完全消失。连汽车的引擎声都听不见。不可能有这种事……应该不可能的……

梶木全身都冒出了冷汗。

那位女孩是存在于现实之中的吗？不，休息区还残留着她吃完乌冬面留下的碗筷。她好像之前暗示过自己——“觉”的妖怪。

这种想法马上被他从脑海里否定了。说不定是女孩以极快的速度跑开，在走上公路的时候刚好男朋友的车子也来了，于是她便乘车扬长而去。或许可能是自己坐在椅子上发呆的时间太久，追出去的时候太晚——这世界不存在什么不可思议的事情。应该不存在的。

他摇了摇头。那个女孩是谁不重要。不过她提出的假设倒是有验证的价值。

梶木回到了休息区内，又觉得这里让人有些瘆得慌，于是连忙回到了自己的车子里。要尽快重新调查本间才行。

虽然假设很有分量，但依然不方便向周围的人透露。在掌握决定性的证据之前，还是暂时一个人行动吧——

“九郎学长，我一个人总算是蒙混过关了。你是故意在惹我生气吗？”

伸手不见五指的过道上，坐在行驶车辆的副驾驶席的岩永琴子，从刚才起就一直在用手杖的握柄部分戳着驾驶席上九郎的大腿。当然，这个行动也表明了她目前心情不好。

握着方向盘的九郎则露出了一副诚心道歉的表情。

“抱歉。这次真是不可抗力。”

“‘这次’？也就是说，之前几次是故意惹我生气，你都还记得吧！”

“确实是有过几次——”

“快道歉！为之前那几次道歉！”

岩永用手杖的前端戳着九郎的脸颊。九郎的表情虽然有些郁闷，不过他应该是真的感到愧疚了，也没有用手推开，而是让岩永随意地出气。

岩永从妖怪们那里得知，今晚梶木刑警要前往刚才那里的休息区，就让九郎载着自己过去那边等待他的到来。当初的预想是她和九郎装出在谈论那起案件的样子，引起梶木的兴趣，接着再提出自己的假设——这是原先的剧本。

然而在梶木到来之前，九郎就接到了打工地点的电话。之后发生的事情就和岩永跟梶木叙述的一样。把岩永独自留在休息区，也是为了防止梶木到达的时候二人都不在休息区。虽然在这一点上是经过岩永同意的，但九郎回来太晚也是事实。据他所说，打工地点的纠纷一直无法解决，所以拖了很久。

因为九郎迟迟不回来，所以岩永就开始了即兴的“表演”。她成功地吸引了梶木的注意，一个人完成了原本预定的两人剧本。从休息区消失的原因，是她事先让会飞行的妖怪在屋顶上等待，出门之后就抱着它飞走了——而岩永神秘的“消失”也多少能让梶木刑警有所察觉——这个世界上存在着不可思议的现象。飞行的妖怪把岩永送到九郎的车子旁边以后，二人就踏上了归途。

“那位刑警，今后不会再跟梦幻的乌冬面自动贩卖机扯上联系了吗？”

九郎似乎非常在意，今天的失态是否对原本计划造成了不好的影响。

岩永摆了摆手。

“那是必须的。我所提出的假设中，本间先生遭遇梦幻的乌冬面自动贩卖机的供述是他刻意的谎言。也就是说，即使去搜查求证，也找不到任何与其相关的线索，今后自然也就不会与都市传说里的自动贩卖机扯上关系。而且，刑警先生之后一定会忙于寻找比萨饼送餐员和本间先生之间的关系，以及案发现场伪装工作的证据。他根本不会有时间再前往能够误入异界，遭遇乌冬面自动贩卖机的地区吧。”

“但你的假设不是让本间先生蒙受了不白之冤吗？这样做不会有问题吗？”

原本因为运气不好犯下杀人案的本间，更是因为岩永的假设而被冠以莫须有的罪名，可能会面临着审讯的负担。然而，岩永的假设从一开始就说不通。

“我的假设完全是虚构的。无论刑警先生怎么调查，别说是像模像样的证据，就连与之相关的动机都找不到。只是怀疑阶段的话，刑警先生根本无法像搜查总部提交假设，更无法展开大规模的重新搜查。为了不让本间先生的‘同伙’警觉，他也不会把情报透露给媒体知道。”

这样一来，媒体也不会有动作，更不可能引起话题。

“因此，本间先生的状况也不会产生变化，即使在审理中遭到重判，也不会有证人出来逆转法庭。只要进行到这一步，刑警先生也会明白我的假设是错误的。”

“之后会变成怎么样呢？”

“不会有任何变化。搜查总部也马上要结案了，媒体对于案件也逐渐没了兴趣。梶木刑警很快就会把案件的搜查权交出，案情也没有翻转的余地。再加上我又是以那种方式消失的，在他心里一定会觉得乌冬面自动贩卖机不祥，也许会把它封印在自己内心深处吧——”

即使本间骏的判决结果是正方防卫或是缓刑，免除了牢狱之灾。即使梶木刑警对于判决结果产生怀疑，在没有证据的情况下，等待他的也只有徒劳而终的结局。

况且到了那个时候，狸猫妖怪的乌冬面自动贩卖机就已经搬离到其他地区，更没有后顾之忧了。只要让梶木刑警在几个月之内忙于收集线索和证据，目的就已经达到。

岩永终于放下手杖，深深地靠向了座椅。虽然对于九郎还有诸多不满，不过今晚就算了吧——

“事情终于解决了。我们出了趟远门呢！不过，自动贩卖机里的乌冬面相当好吃。”

“我却没能吃上……”

“这是你平日恶行过多的报应！”

被这样教训的九郎岂能安然接受。他立刻抗议起来。

“今天真的是不可抗力呀。我本来是准备打完电话就回去的——”

“所以说，如果你平日里多做些好事，现在也就不必做这么多解释了！”

这件事错在九郎，所以他再怎么反驳都是无用功。话虽如此，但一直这么剑拔弩张，车内的气氛都僵住了。

“那么作为惩罚，你要说出二十个我让你喜欢的优点。说得出来我们就和解——当然，也可以包含房术相关的内容哦——”

把这个当惩罚实在令人难办——九郎虽然一副满不情愿的样子，不过还是无可奈何。

然而，九郎几乎没怎么思考，就列举出来了第一点。

“这么说吧，对你本人倒没什么感觉。不过，不服输的那股劲头，我还是蛮喜欢的哦。”

“这不就是委婉地说讨厌我吗？”

自己的确不是九郎喜欢的类型，想让对方转变喜好也是不可能的挑战，她只希望九郎能够更加善待自己，不要总是挖苦自己。

九郎叹了口气。他一边转动方向盘，一边向自己的女友说道。

“虽然你可能不相信，就算你会丢下我，我也绝不会抛弃你的。你做现在的自己就好——”

“不不，不要以为你这么说就能把今天丢下我的事蒙混过去！”

这位学长究竟什么时候，才能成为满分男友呢?

无论如何，还有十九个优点。岩永期待着九郎能说出一个正经的优点，左眼望向窗外……

图书在版编目（CIP）数据

虚构推理短篇集 ：岩永琴子的出现 /（日）城平京著 ；警部殿译 . -- 北京 ：北京时代华文书局，2020.7
ISBN 978-7-5699-3678-0

Ⅰ . ①虚… Ⅱ . ①城… ②警… Ⅲ . ①推理小说－小说集－日本－现代 Ⅳ . ① I313.45

中国版本图书馆 CIP 数据核字 (2020) 第 069165 号

北京市版权著作权合同登记号　图字：01-2020-1297

虚构推理短篇集：岩永琴子的出现

XUGOU TUILI DUANPIANJI YANYONG QINZI DE CHUXIAN

作　　者 | [日] 城平京
译　　者 | 警部殿

出 版 人 | 陈　涛
策划编辑 | 黄思远　张录宁
责任编辑 | 周海燕　黄思远
封面绘制 | [日] 片濑茶柴
版式设计 | 刘艳秋
责任印刷 | 刘　银　荆永华
封面设计 | MF mystery Factory · 雕梦

出版发行 | 北京时代华文书局 http://www.bjsdsj.com.cn
北京市东城区安定门外大街 136 号皇城国际大厦 A 座 8 楼
邮编：100011　电话：010-64267955　64267677　57735442
印　　刷 | 三河市嘉科万达彩色印刷有限公司　电话：0316-3156777
（如发现印刷质量问题，请与印刷厂联系调换）
开　　本 | 880mm×1230mm　1/32　　印　　张 | 9.5　　字　　数 | 201 千字
版　　次 | 2020 年 11 月第 1 版　　印　　次 | 2020 年 11 月第 1 次印刷
书　　号 | ISBN 978-7-5699-3678-0
定　　价 | 56.00 元